suhrkamp taschenbuch 3957

Yvonne Gärstrand, erfolgreiche Chefin einer Firma für Zeitmanagement, hat Zeit. Zeit, um sich in fremden Gegenden herumzutreiben und in fremde Häuser zu schauen. Als suche sie dort nach dem wirklichen Leben, das ihr selbst, verheiratete Mutter eines inzwischen fast erwachsenen Sohnes, abhanden gekommen ist. Die Bewohner im Orchideenweg 9 aber bleiben ihr fremd. Als dort eine Putzfrau gesucht wird, bewirbt sie sich. Als Nora Brick tritt sie ihren Dienst an in dem gepflegten Haus Bernhard Ekbergs, dem offensichtlich die Hausfrau fehlt – und verliebt sich in ihn. Wo ist Helena, Ekbergs Frau? Und wer ist die geheimnisvolle Schöne auf dem Foto, das sie in Ekbergs Jackentasche findet? Yvonne alias Nora macht sich auf Spurensuche und wird zur Mitwisserin eines dunklen Geheimnisses.

»Eine unheimliche Reise in die schwärzesten Winkel der Seele. Überraschend und intelligent. Lesen!« *Jönköpings-Posten*

Von Marie Hermanson, geboren 1956, erschienen zuletzt *Der Mann unter der Treppe*. Roman (st 3875), *Das unbeschriebene Blatt*. Roman (st 3626), *Die Schmetterlingsfrau*. Roman (st 3555) und *Muschelstrand*. Roman (st 3390).

Marie Hermanson
Saubere Verhältnisse

Roman

Aus dem Schwedischen von
Regine Elsässer

Suhrkamp

Die Originalausgabe erschien 2004 unter dem Titel
Hembiträdet
bei Albert Bonniers Förlag, Schweden
© Marie Hermanson 2004

Umschlagfoto: Detlef Odenhausen

suhrkamp taschenbuch 3957
Erste Auflage dieser Ausgabe 2007
Deutsche Erstausgabe
© der deutschen Ausgabe
Suhrkamp Verlag Frankfurt am Main 2005
Alle Rechte vorbehalten, insbesondere das
der Übersetzung, des öffentlichen Vortrags sowie der Übertragung
durch Rundfunk und Fernsehen, auch einzelner Teile.
Kein Teil des Werkes darf in irgendeiner Form
(durch Fotografie, Mikrofilm oder andere Verfahren)
ohne schriftliche Genehmigung des Verlages reproduziert
oder unter Verwendung elektronischer Systeme
verarbeitet, vervielfältigt oder verbreitet werden.
Druck: Ebner & Spiegel, Ulm
Printed in Germany
Umschlag: Göllner, Michels, Zegarzewski
ISBN 978-3-518-45957-7

1 2 3 4 5 6 – 12 11 10 09 08 07

I

Der Vorort

1

Sie geht durch den Vorort. Die ruhigen, stillen Straßen entlang, vorbei an den gepflegten, lauschigen Gärten.

In den Häusern brennt Licht. Sie sieht in die ordentlichen Küchen, die komplette Sammlung einheitlicher Gewürzgläser steht in ausgerichteten Reihen über dem Herd. Fernseher mit Großbildschirmen, die die Farbe der Zimmer verändern. Gekrümmte Rücken vor den Computern.

Ein Mann steht am Herd und kratzt sich mit dem Stiel des Bratenwenders im Nacken.

Eine junge Mutter mit einem Säugling an der Schulter geht im Zimmer hin und her, über dem Gitterbett brennt eine kleine Nachtlampe.

Eine Frau steht an einem offenen Fenster. Sie raucht und weint.

»Weine nicht. Es ist nicht so schlimm, wie du denkst. Weine nicht!«

Die Frau hört auf zu weinen und schaut sich um. Hört sie die flüsternde Stimme im Dunkeln? Weiß sie, daß sie nicht allein ist?

Da ist die Glückliche Familie in ihrem verfallenen Haus mit dem ungemähten Rasen, Kaninchenstall und Holzschuppen.

»Ihr seid geborgen«, flüstert sie. »Solange ich hier spazieren gehe, kann euch nichts Schlimmes passieren.«

Jetzt erlöschen die Fernsehschirme und Computer. Über der Tür der Einwandererfamilie flattert sanft die schwedische Flagge an einer Stange.

»Schlaft, alle miteinander«, flüstert sie. »Ihr Mütter und Väter und Kinder. Ihr Witwen und Witwer und Geschiedenen. Schlaft, ihr Vögel in den Baumkronen. Schlaft, ihr

Volvo Kombis in euren Einfahrten. Ihr Hunde und Hamster und Kaninchen. Schlaft im schützenden Grün, schlaft unter großen, stillen Bäumen.«

Die Straßen sind öde und leer. Im Vorort geht man zeitig schlafen. Weil man früh aufstehen muß. Da draußen wartet die harte Arbeit mit Kürzungsprogrammen, Umorganisationen und Unsicherheit.

Jetzt fangen die Igel in den Hecken zu rumoren an. Jetzt flitzen die Hasen über die Rasen, und Katzen verschwinden wie graue Striche unter den geparkten Autos.

Jetzt leuchten nur noch die kleinen Nachtlampen und ab und zu ein Computerbildschirm bei jemand ganz Fleißigem. Einem, der sich Sorgen macht. Angst hat, es nicht zu schaffen.

»Geh schlafen«, flüstert sie. »Du brauchst keine Angst zu haben. Schlaf. Schlaft alle miteinander, ihr Lieben. Ihr werdet alle geliebt. Wenn ihr etwas anderes glaubt, dann ist das nicht wahr. Ihr werdet geliebt. Ich weiß nicht von wem, ich weiß nur, daß es so ist. Ihr werdet mit einer mächtigen Liebe geliebt. Habt ihr es gehört, meine Freunde. Ihr werdet alle zusammen unendlich geliebt.«

2

Zwei Jahre lang hatte Yvonne den Vorort verfolgt und in dieser Zeit hatte sie ihn ganz gut kennengelernt. Sie kannte die Familien, ihre Gewohnheiten, ihren Geschmack, ihren Tagesablauf.

Es war ein Vorort mit abwechslungsreicher Bebauung, der in Etappen, zu verschiedenen Zeiten, entstanden zu sein schien. Sie nahm an, daß die ersten Häuser zu Beginn des Jahrhunderts gebaut worden waren, als hier noch plattes Land war. Große, stabile Holzhäuser mit allerlei Nebengebäuden.

Weiter oben am Hang gab es ein paar sehr individuelle, lustige kleine Gebäude: die Häuser der Armen, von ihnen selbst gebaut, Brett für Brett, so wie eben das Geld reichte. Es hatte bestimmt noch mehr dieser Flickenteppichhäuser gegeben, aber sie nahm an, daß die meisten von ihnen späteren Besitzern bis zur Unkenntlichkeit verändert worden waren.

Nach dieser ersten Kolonisierung scheint im Vorort nicht viel passiert zu sein. Yvonne stellte sich vor, daß die Kinder der Armen barfuß in den Felsen spielten und die Eltern auf einem kleinen Stück Land Kartoffeln anbauten und auf einer Weide eine Kuh graste.

Ansonsten schien der Vorort bis in die 60er Jahre des 20. Jahrhunderts ziemlich unberührt gewesen zu sein, bis dann die Ausbeutung richtig begann. Aus dieser Zeit gab es jede Menge Einfamilienhäuser aus gelbem, rotem oder weißem Klinker, umgeben von kleinen, pflegeleichten Gärten mit vielen Nadelgehölzen.

Die nächste Bebauungsphase ist wohl auf die 80er Jahre zu datieren. Zu jener Zeit war die Stadt so sehr gewachsen, daß der Vorort plötzlich nicht mehr weit außerhalb lag, sondern am Rande der Stadt, die Grundstückspreise waren in die Höhe geschossen.

Jetzt hatten die Reichen ihren Einzug in den Vorort gehalten. Da der größte Teil des Bodens bereits bebaut war, mußten ihre Häuser auf den abgeteilten Bauplätzen der ältesten Grundstücke errichtet werden. Mit ihren sauberen weißen Fassaden, runden Kajütenfenstern und großen Sonnendächern erinnerten sie an stolze Schiffe, die vorübergehend an einem Felshang vertäut worden waren. In den Einfahrten standen Wagen von Mercedes und BMW. (Ansonsten war Volvo das absolut häufigste Auto im Vorort: Volvo Kombi. Er stand in so vielen Einfahrten, daß es schon beinahe komisch wirkte.)

Nach der Errichtung der Protzhäuser der 80er Jahre war der Vorort eigentlich voll bebaut. In den letzten Jahren – das heißt zu der Zeit, in der Yvonne den Vorort studiert hatte – waren nur noch wenige Häuser hinzugekommen, und eines wurde gerade gebaut. In allen Fällen hatten die Hausbesitzer eines der verfallenden Häuser gekauft, es abgerissen und neu gebaut. Die knorrigen Apfelbäume hatten sie stehenlassen, und mit ihren Satteldächern aus roten Ziegeln, der senkrechten weißen und hellgelben Holzverkleidung und den kleinen dreieckigen oder halbrunden Giebelfenstern ähnelten diese ganz neuen Häuser den allerältesten zum Verwechseln.

Als ob der Kreis sich geschlossen hätte und der Vorort wieder von vorne anfangen würde.

3

Yvonne nannte es ihren Vorort, aber eigentlich war es nicht ihrer. Sie wohnte nicht hier, nicht einmal in der Nähe, sie kannte auch niemanden, der im Vorort wohnte.

Sie kam zum ersten Mal an einem Abend Ende Mai hierher, sie war bei einer Kundin gewesen, deren Schreibtisch sie aufgeräumt hatte, und war auf dem Weg nach Hause. Das war zu der Zeit, als sie so etwas noch selbst machte. Inzwischen machten das die Mädchen.

Sie war ein bißchen müde, aber ziemlich gut gelaunt. Sie war mit ihrem Einsatz bei der Kundin zufrieden. Sie hatten um zehn Uhr angefangen, mit einem chaotischen Durcheinander aus Protokollen, Post-it-Zetteln, Briefen, Prospekten, ungespülten Kaffeebechern, Visitenkarten, Computerausdrucken und Zeitungsausschnitten, und nach einer systematischen Durchsicht jedes einzelnen Zettels, nach der Methode ihrer Firma, standen sie um halb sechs vor einigen gefüllten Ordnern und Mappen und einem großen Müllsack. Yvonne schloß die Arbeit wie immer damit ab, daß sie den Schreibtisch mit einem Tuch abwischte, um das Gefühl von Sauberkeit zu verstärken. Die Kundin war so dankbar, daß sie fast weinte. Sie betrachtete die neuen, blendend weißen Ordner, die sie zusammen mit Yvonne ins Regal gestellt hatte, strich mit der Hand über die leere Schreibtischplatte und flüsterte:

»Wie sie aussieht. Was ist das wohl für ein Holz? Eiche?«

»Kaum. Wahrscheinlich irgendein Laminat«, sagte Yvonne und steckte den Lappen und die kleine Sprayflasche mit dem Putzmittel in ihre Aktentasche.

»Und zögern Sie nicht, mich anzurufen, wenn es wieder überhandnimmt. Aber wenn Sie meiner Methode folgen, verspreche ich, daß Sie mich nie wiedersehen.«

Kurz vor sechs saß Yvonne im Auto auf dem Weg nach Hause. Aus den Lautsprechern kamen »klassische Perlen«, und durch das offene Fenster strömte warme Luft herein. Der Motor schnurrte leise und sanft.

Plötzlich bemerkte sie etwas Ungewöhnliches. War die Luft vor ihr nicht irgendwie dick und dunstig? Brauchte sie eine Brille? Oder machte jemand in der Gegend ein Feuer? Es erinnerte nämlich an Rauch, was da ihr Auto verfolgte und ihr nun auch die Sicht vernebelte. Es roch nach Rauch und – mein Gott, es war Rauch. Dicker, schwarzer, stinkender Rauch, der sich zu einer Wolke verdichtete. Sie warf einen Blick auf das Armaturenbrett und sah, daß die Warnlampe für überhitzten Motor leuchtete.

Yvonne fuhr an den Rand, machte den Warnblinker an und stieg schnell aus. Bevor sie noch richtig nachdenken konnte, hielt neben ihr ein Mercedes, und der Fahrer erbot sich, sie zu einer Werkstatt in der Nähe zu schleppen. Verwirrt und dankbar nahm sie das Angebot an, und kurze Zeit später war sie bei einer Tankstelle mit einer kleinen Werkstatt im Hof.

Der Mann, der sie abgeschleppt hatte, mußte eilig weiter, aber bevor dieser Ritter der Landstraße verschwand, konnte sie ihm noch die kleine Broschüre über ihr Unternehmen »Mehr Zeit« und seine Methoden zustecken. Er warf einen Blick auf den Umschlag und steckte ihn ohne ein Wort in die Tasche. (Das war noch zu einer Zeit, als sie noch nicht mit ihrem minimalistischen Profil arbeitete, sondern mit dem schrecklichen ersten Logo, einer Uhr, die in den Schlitz eines Sparschweins rutschte.) Dem Wagen und der Kleidung nach zu urteilen, handelte es sich um einen Karrieremann. Vielleicht ein potentieller Kunde? Aber sehr gestreßt schien er nicht zu sein, er hatte sich schließlich die Zeit genommen, anzuhalten und ihr zu helfen.

»Der Kühlerschlauch hat sich gelöst«, sagte der dunkeläugige, hübsche Automechaniker und beugte sich über den Motor. Er besaß Wimpern, die jede Frau neidisch gemacht hätten. Sie streichelten seine Haut wie dichte Pinsel, als er in den Rauch blinzelte.

»Kann man das schnell reparieren?« fragte Yvonne hoffnungsvoll.

»Ein, zwei Stunden dauert es schon«, antwortete er.

Sie warf einen Blick auf ihre kleine Schmuckuhr aus Titan, die sie letzte Weihnachten von ihrem Mann bekommen hatte – das Geschenk war wie geschaffen für ein Weihnachtsgedicht, man hätte auf den Namen ihres Unternehmens anspielen können, aber Jörgen hatte sich natürlich mit einem kurzen Kommentar begnügt.

Es war Viertel nach sechs. Yvonne war für solche Uhrzeiten dankbar. Die Uhr hatte ein längliches viereckiges Zifferblatt, keinerlei Zahlen oder Markierungen, die Zeiger waren kurz und spitz wie Rosendornen, der große nur unbedeutend länger als der kleine. Sie hatte ein halbes Jahr gebraucht, bis sie die Uhr ablesen konnte, und ganz sicher war sie nur bei der vollen, halben und viertel Stunde.

Die Tatsache, daß es Viertel nach sechs war, war eigentlich kein Grund zur Dankbarkeit, denn es bedeutete, daß es nach Geschäftsschluß war und sie das Auto bis zum nächsten Tag in der Werkstatt lassen mußte. Sie holte ihr Handy aus der Aktentasche, um ein Taxi zu rufen, und wollte gerade den Automechaniker fragen, welche Adresse sie angeben sollte. Der Mann, der sie abgeschleppt hatte, war kreuz und quer durch kleinere Straßen gefahren, und sie wußte überhaupt nicht mehr, wo sie war.

»Es kann auch schneller gehen. Sie können da drüben warten. Der Kaffee ist auf der Wärmeplatte«, fügte der Mechaniker hinzu.

»Sie machen es also gleich? Sofort?« fragte sie erstaunt.

Er nickte, und Yvonne dankte Gott für die fleißigen Einwanderer, die sich nicht um normale Arbeitszeiten scherten.

Sie fuhr das Auto in die Werkstatt und ging dann eine kleine Treppe hinunter in einen Personalraum im Keller, wo sie die Wartezeit verbringen sollte.

Der Kaffee stand tatsächlich noch auf der Wärmeplatte, und da hatte er vermutlich seit dem Morgen gestanden, dem Geschmack nach zu urteilen. Yvonne warf einen Blick auf die plastikbezogenen Stühle, sie wollte nicht, daß alte Ölflecke ihr nougatfarbenes Kostüm verdarben. Dann setzte sie sich und nippte an dem bitteren Getränk im Pappbecher, schaute sich im Raum um: verblichene Plakate mit Formel-1-Wagen, nicht ausgeleerte Aschenbecher und ein Kalender, auf dem das Mai-Model rittlings auf einem Lastwagenreifen saß. Der Gedanke, ein, zwei Stunden hier zu verbringen, war nicht sehr verlockend.

Sie ging wieder in die Werkstatt hinauf und dann hinaus auf die Straße. In den angrenzenden Häusern schienen früher einmal Läden gewesen zu sein, was jetzt dort stattfand, war nicht recht zu erkennen. Weiter vorne sah sie einen Fußballplatz und daneben einige einstöckige Gebäude, die eine Schule sein mochten. Sie schlug diese Richtung ein, dort schien es am grünsten und hübschesten zu sein, und als sie dort war, stellte sie fest, daß sie am Rande eines kleinen Vororts mit Einfamilienhäusern war, aber sie wußte nicht, in welchem Stadtteil sie sich befand.

Sie ging eine Straße entlang und betrat so zum ersten Mal die Welt, die sie später bis ins kleinste Detail kennenlernen sollte. Aber bei diesem ersten Mal war es nur ein unbekannter Vorort, ein Seitengleis, auf dem sie ein, zwei Stunden zubringen würde, weil sie darauf warten mußte, daß ihr Auto wieder fahrtüchtig war und sie auf das Hauptgleis zurückbringen würde.

Von diesem ersten Mal waren ihr vor allem das Grün, die Stille und der Gesang der Amseln in Erinnerung geblieben. Sie ging, nein sie wanderte, schlenderte in einem angenehmen, meditativen Tempo, das sie sonst erst nach ein paar Wochen Urlaub schaffte, und schaute sich um wie eine Touristin: offen, neugierig, aufnehmend.

Die Obstbäume und Forsythien blühten. Die Birken zeigten gerade das erste Grün, es war vielleicht nur wenige Stunden alt, im Wäldchen am Rande des Vororts schwebte das leuchtende Grün wie ein halb durchsichtiges, grünes Gas über den Baumkronen. Die Menschen arbeiteten in ihren Gärten. Es roch nach Erde. Bälle wurden gekickt, Fahrräder rollten die Straße entlang, die Kinder riefen in der blauen Dämmerung.

Ein Igel trottete auf seinen kurzen Beinchen über die Straße. Er sah ausgesprochen beschäftigt und sehr zielbewußt aus. Merkwürdigerweise lief er direkt auf Yvonne zu, und sie blieb ganz still stehen, um ihn nicht zu erschrecken. Als er nur einen halben Meter von den schmalen Zehenspitzen ihrer Cerutti-Schuhe entfernt war, blieb er stehen, schnüffelte verwirrt und schien zu zögern. In der Stille konnte sie seine schnellen Atemzüge hören, was sie vor Ehrfurcht erschauern ließ. Einen Moment lang glaubte sie sogar, das Herz des kleinen Tieres schlagen zu hören, aber dann sah sie ein, daß es Einbildung war und sie ihren eigenen Puls hörte, kurz und pochend wie das Herz eines Igels.

Dann traf der Igel plötzlich eine Entscheidung, änderte seinen Kurs und trottete in eine andere Richtung auf eine Hecke zu, wo er seinen kleinen, rundlichen Körper durch das Zweigwerk drückte. Yvonne blieb lange stehen und hörte, wie er in der Hecke raschelte und schnaubte.

Aus einer Garageneinfahrt kam eine Katze, strich ihr an den Beinen entlang und ließ sich willig streicheln.

Zwei dreizehn-, vierzehnjährige Mädchen saßen auf einer Mauer. Sie trugen zu dünne Kleidung für den kühlen Frühlingsabend, die eine strich sich mit den Händen über die nackten Arme. Aber sie redeten über etwas Wichtiges und wollten nicht ins Haus gehen.

Sie hörte Stimmen aus einem offenen Fenster, irgendwo wurde ein Auto angelassen und fuhr los, und als sie sich dem Wald näherte: ein Chor von Vögeln, die ganz trunken schienen, verrückt vom Frühling.

Yvonne schaute auf ihre Armbanduhr – sie zeigte jetzt eine komplizierte Zeit an, ohne Viertel –, und wieder einmal dachte sie, daß Jörgen beim Auswählen dieser Uhr tiefsinniger war, als er selbst wußte: Er hatte ihr nicht nur »mehr Zeit« geschenkt, wie er es mit einer scherzhaften Anspielung ausdrückte, sondern er hatte ihr auch zu verstehen gegeben, wie kompliziert und schwer zu fangen die Zeit war; überhaupt nicht so trügerisch selbstverständlich, wie einfachere Zifferblätter einen glauben machen konnten. Aber sie hatte das Gefühl, es sei an der Zeit, zur Tankstelle zurückzugehen, und als sie dort ankam, war das Auto fertig, und sie konnte nach Hause fahren.

Dann ging das Leben wie gewohnt weiter mit Arbeit und Ehe und Muttersein, ihr Unternehmen entwickelte sich und wuchs, sie wurde immer besser und effektiver und sparte immer mehr Zeit, sowohl für ihre Kunden als auch für sich selbst.

Aber dieser Abend in dem fremden Vorort war etwas Besonderes gewesen. Wenn sie in einer Besprechung saß, konnten ihr plötzlich die hohen Hecken einfallen, das Geräusch der Bälle auf dem Asphalt, die schnellen Atemzüge des Igels und die blühenden Obstbäume.

Und sie dachte, daß sie das wieder erleben könnte. Sie brauchte nur wieder dorthin zu fahren, das Auto bei der Tankstelle zu parken und zwischen den Häusern umherzugehen. Würde es wieder so sein? Vermutlich nicht. Solche Augenblicke ließen sich nicht wiederholen.

4

Wir haben alle eine besondere Begabung. Musikalität, Ballgefühl, ein Händchen für Pferde, einen guten Riecher für Geschäfte.

Yvonnes Begabung war Effektivität: Dinge mit sowenig Anstrengung wie möglich in so kurzer Zeit wie möglich zu erledigen.

Sie machte nichts Besonderes, aber was sie machte, machte sie schnell, geschickt und ohne größere Anstrengung: ein Bett beziehen, eine Essenseinladung organisieren, eine Tagesordnung für eine Besprechung aufstellen. Sie schob die unangenehmen Dinge nicht auf, blieb nicht an Details hängen, sie bürdete sich nicht mehr auf, als sie schaffen würde, ließ sich nicht von destruktiver Selbstkritik bremsen. Sie tat einfach, was getan werden mußte, nicht mehr und nicht weniger, und das war – merkwürdigerweise – ziemlich ungewöhnlich, hatte sie festgestellt. Daß es schnell und leicht ging, lag daran, daß sie ihren Körper, ihren Intellekt, ihre Energie und ihre Zeit ausgesprochen ökonomisch einsetzte.

Es war eine angeborene Begabung, aber wie alle Talente mußte sie trainiert werden. Zunächst trainierte sie, weil sie es mußte, um zu überleben. Dann, um zu sehen, wie gut sie werden konnte. Und schließlich, um sich selbst zu studieren, eine Methode zu erfinden und sie anderen beizubringen.

Yvonne hatte eine Consultingfirma, die Weiterbildung für Firmen und öffentliche Institutionen organisierte. Sie bot maßgeschneiderte Fortbildungstage und Kurse an, der Kunde konnte sich ganz nach Wunsch ein Buffet von ausgesprochen Nützlichem bis zu leichter Unterhaltung zusammenstellen lassen. Sie arbeitete mit vielen Seminarleitern und Experten auf allen möglichen Gebieten zusammen – die ganze Spannbreite von Fremdsprachen, Unternehmensethik über buddhistische Konfliktlösung und Chi Gong bis hin zu entspannender Aquarellmalerei. Und manchmal – in letzter Zeit sehr gefragt – auch rein geistliche Themen. Die Schwedische Kirche gehörte zu ihren Partnern.

Am Anfang nannten sie das Unternehmen »Mehr Zeit«, und sie präsentierten ihre Methode als Möglichkeit, die Zeit effektiver einzusetzen. Später änderten sie den Namen, nachdem sie sich ausführlich mit diversen Experten beraten hatten, in »Deine Zeit«. »Dein« sei persönlicher, eher qualitativ und weniger quantitativ und vulgär als »Mehr«.

»Niemand will heute mehr haben, mehr ist 20. Jahrhundert, mehr ist stillos«, hatte der junge Trendexperte naserümpfend gesagt. »Heute ist das Kleine, Spezifische, Exklusive angesagt. Nur für dich. Handwerk, Sorgfalt, Qualität. Lieber nur einen selbstgebackenen Kuchen als zehn aus der Fabrik. Lieber ein Paar maßgeschneiderte Unterhosen als einen Anzug aus der Massenproduktion.«

Sie änderten also den Namen und das Konzept. Ausgehend von der unleugbaren Tatsache, daß man tatsächlich die Zeit hat, die man hat, betrachteten sie diese Zeit aus einer neuen Perspektive und betonten, daß es »Deine eigene Zeit« heißen mußte: die Gottesgabe, Dein Verweilen auf der Erde, Dein Augenblick in der Unendlichkeit. Und deshalb sollst Du und sonst niemand entscheiden, was damit zu geschehen hat. Das Sparschwein mit der Uhr wurde ersetzt durch einen glitzernden Tautropfen, die Kursinhalte wurden weicher, philosophischer.

Die erste Frage, die Yvonne immer ihren Kunden stellte, lautete: »Was möchtest du mit deiner Zeit machen?« Und sie stellte sich die Frage auch oft selbst, wenn sie sich nach der Morgenmeditation langsam dehnte und vom Kissen auf den ergonomischen Schreibtischstuhl wechselte. Was wollte sie mit diesem Tag machen?

Normalerweise hatte sie natürlich einige Termine – nicht allzu viele – aber sie hatte immer ein paar freie Stunden. Oft erledigte sie dann etwas – einen Vortrag vorbereiten, ein paar Telefongespräche führen, einige E-Mails schreiben, aber manchmal entschied sie sich auch fürs Sportstudio oder las ein Buch. »Das Wichtigste ist, zu spüren, daß man selbst entscheidet«, sagte sie immer zu ihren Kursteilnehmern und Zuhörern.

Seit diesem Tag im Mai gab es eine weitere Alternative, wenn sie ihre Entscheidungen traf, aber lange hatte sie sich dagegen entschieden, weil es ihr verrückt oder unsinnig vorkam. In einem fremden Vorort umherzuschlendern, warum sollte sie ihre Zeit darauf verwenden?

Andererseits – warum nicht?

Und dann fuhr sie wieder hin. Es war inzwischen Herbst geworden.

Sie parkte in einer Straße am Rande des Vororts, dicht neben einer Hecke. Sie ging etwa eine Stunde spazieren. Sie umrundete die Häuserblocks in einer labyrinthartigen Schleife und bemühte sich, nicht zwei Mal die gleiche Straße zu gehen. Sie wollte keine Aufmerksamkeit auf sich ziehen, wollte nicht, daß die Leute sich fragten, warum sie auf und ab ging, obwohl sie doch kein Ziel und keinen Grund zu haben schien.

Es ist zwar nicht verboten, ohne Grund ein Wohngebiet zu besuchen. Aber es ist sehr ungewöhnlich. Nur die Bewohner, ihre Gäste und hin und wieder mal ein Handwerker kommen hierher und suchen schnell das Haus auf, zu dem sie unterwegs sind. Yvonnes planloses Umherspazieren paßte zu einem Sonntagsspaziergang in der Natur oder zum samstäglichen Einkaufsbummel in der Innenstadt, aber hier im Vorort kam es einem unpassend vor, beinahe verboten.

Das Gefühl, ein Eindringling zu sein, war dieses Mal noch stärker, weil es dunkel war und in den Häusern Licht brannte und man hineinschauen und Bruchstücke des alltäglichen Lebens beobachten konnte: eine Familie am Abendbrottisch, eine konzentrierte Gestalt vor einem Computerbildschirm, eine Frau, die etwas aus einem Schrank holte.

Sie blieb natürlich nicht wie ein Voyeur stehen. Sie strich langsam vorbei und nahm mit dem Blick soviel wie möglich auf. Für die Menschen drinnen war sie einfach jemand, der vorbeiging. Ein Fremder, der einen Nachbarn besuchte. Oder jemand, der weiter weg im Vorort wohnte und den man deshalb noch nie gesehen hatte. Vielleicht jemand, der neu zugezogen war.

Wenn sie ihr überhaupt einen Gedanken widmeten. Sie war eine Statistin, die dafür sorgte, daß die Straßen nicht ganz menschenleer waren. Eine einfache Rolle. Sie brauchte nicht gut auszusehen oder angezogen zu sein, brauchte nichts Gescheites zu sagen oder auf bestimmte Weise aufzutreten. Niemand in den Häusern erwartete etwas von ihr. Sie ging einfach da draußen in der herbstlichen Dunkelheit spazieren, war da, wenn sie einen Blick aus dem Fenster warfen, und nahm einen Teil des Blickfeldes ein, einen Teil, den sie ebenso unbewußt registrierten wie eine vorbeistreichende Katze oder einen Schwarm Spatzen.

Sie ging eine Stunde spazieren, und der einzige Mensch, den sie traf, war ein älterer Mann mit einem Rauhhaardackel. Er nickte ihr höflich zu, und sie nickte zurück.

Sie erzählte nichts von ihrem Besuch im Vorort, als sie nach Hause kam. Jörgen, ihr Mann, würde es doch nicht verstehen und Simon, ihr Sohn, auch nicht. Sie hätte ihnen nicht erklären können, warum sie in einem fremden Vorort weit weg von zu Hause fast eine Stunde lang fröstelnd spazierengegangen war. Sie konnte es sich ja selbst nicht erklären.

Sie sagte also nichts. Sie fuhr weiter hin und wieder abends nach der Arbeit dorthin. Manchmal machte sie früher Schluß und fuhr am hellichten Tag hinaus. Aber sie hatte immer noch niemandem etwas davon erzählt. Der Vorort war ihr Geheimnis.

Yvonne war gegen neun im Büro von »Deine Zeit«. Nach einem Gespräch mit Cilla über ihren Anfängerkurs mit einer Gruppe von Langzeitarbeitslosen ging sie in ihr Zimmer, schaute ihre E-Mails durch und sortierte die Spams des Tages aus:

Sieben Nachrichten, mit denen ihr die Lieferung von Psychopharmaka rezeptfrei binnen 24 Stunden angeboten wurde. Eine, die ihr größere und aufregendere Brüste mit Hilfe eines Hormonpräparats versprach, und eine weitere, in der man sie mit ebensolchen Lippen zu locken versuchte. Drei mit Schlankheitsmitteln. In fünf Nachrichten wurde ihr Viagra angeboten. Neun versprachen ihr Penisvergrößerungen (sie hatten in letzter Zeit die Viagra-Angebote weit überholt). Eine Firma wollte sie dazu bringen, in eine bisher geheime Erfindung zu investieren. Und dann noch zwei Mitteilungen mit dem Absender Spam Control und Stop all Spam, wo man sich erbot, sie vor derlei Mitteilungen zu verschonen.

Danach erledigte Yvonne die normale Post, blätterte rasch ihre Tagesmappe durch und räumte nach ihrer eigenen Methode den Schreibtisch auf – das war ihr inzwischen in Fleisch und Blut übergegangen.

Zehn nach elf vertauschte sie den Bürostuhl gegen das Meditationskissen auf dem Boden. Sie setzte sich in den Halblotussitz, und ehe sie die Augen schloß, ließ sie den Blick rasch über den Ort gleiten, an dem sie sich befand:

Ein Zimmer in einem Altbau mitten in der Innenstadt. In den Bücherregalen weiße Ordner mit dem diskreten Tautropfen von »Deine Zeit« unten auf dem Rücken. Ein Kachelofen (zugemauert, aber schön). Ein marokkanischer

Wandbehang in roten und ockergelben Farbtönen auf der ansonsten leeren, weißen Wand. Auf dem Schreibtisch ein Flachbildschirm und eine geschwungene Tastatur, ein unlinierter Spiralblock, ein Filzschreiber mit feiner Spitze und ein Telefon, dessen Design an etwas Organisches, Elastisches denken ließ, das zufällig aus der klaren Fläche wuchs, wie eine Wasserlilie aus einem See.

Ihre Augenlider schlossen dies alles aus, sie konzentrierte sich auf ihre Atmung.

Viertel vor zwölf war sie unten auf der Straße.

Einmal hatte Yvonne scherzhaft zu einer Kursteilnehmerin gesagt: »Am Ende seid ihr so effektiv, daß ihr nur eine Stunde am Tag im Büro sein müßt.« Sie hatten gelacht. Aber nun stand sie hier. Sie konnte es inzwischen viel zu gut. Cilla und Lotta machten das meiste allein, und sie machten es ausgezeichnet. Yvonne ließ sich nur informieren. Und das Geld strömte aufs Konto.

Sie war es gewöhnt gewesen, hart zu arbeiten. Sie hatte es gemacht, um es später ein bißchen ruhiger angehen zu können. Das konnte sie jetzt, und die Ruhe langweilte sie. Vielleicht sollte sie etwas Neues machen. Noch mal ganz unten anfangen. Aber so etwas macht eigentlich nur einmal im Leben Spaß.

Yvonne aß in dem kleinen Sushi-Restaurant an der Ecke zu Mittag und überlegte, ins Sportstudio zu fahren. Sie hatte ihre Trainingssachen im Auto. Aber sie überlegte es nicht ernsthaft, denn innerlich hatte sie sich schon entschieden. Sie wollte nur so tun, als hätte sie Wahlmöglichkeiten. Daß sie noch nicht abhängig war.

Sie fuhr in den Vorort, was sie inzwischen mehrmals pro Woche tat.

Es war September, ein ruhiger, grauer Tag, die Luft war sehr feucht, aber es war noch sommerlich warm.

Yvonne parkte, wo sie immer parkte, und machte in raschem Tempo ihre Runde, die immer gleich aussah:

Zuerst den Weißdornweg vier Blocks geradeaus. Der Weißdornweg war die Hauptstraße des Vororts. Hier lagen einige der ältesten Häuser, umgeben von großen Gärten.

Dann bog sie in den Phloxweg ein, dem sie ein paar Blocks leicht ansteigend folgte.

In einem der Häuser wohnte früher eine sehr strebsame Familie. Die junge Frau saß oft abends am Küchentisch und studierte, die Wäsche hing um sie herum auf den Stuhlrükken. Manchmal hatte sie auch den Kinderwagen in der Küche und schaukelte ihn rhythmisch beim Lesen. Der Mann kam spät nach Hause und saß dann den ganzen Abend am Computer. Ihre Mühen lohnten sich ganz offensichtlich. Der schlichte alte Toyota in der Einfahrt wurde durch einen silberfarbenen Volvo 760 ersetzt, und eines Tages waren sie weg. Es war ein ziemlich kleines Haus, vielleicht waren sie in ein größeres gezogen.

Jetzt wohnte hier eine Familie aus der Türkei oder dem Iran oder so. In ihrem Wohnzimmer glänzte und glitzerte alles, wie im Palast eines Maharadscha. Die Küchengardinen waren aus fliederfarbenem Tüll, und die Unterseiten der Hängeschränke waren mit Seidenkrepp verziert. Auf einem riesigen Sofa in Grün und Gold saßen oft Männer mit Schnauzbärten und gestickten Kaftanen. Sie gestikulierten heftig unter einem Kronleuchter mit rosa Prismen (Yvonne stellte sich vor, daß sie Umstürze in der Heimat planten).

Ins Haus nebenan waren Landsleute dieser Familie eingezogen, aber da hatte Yvonne keinen so guten Einblick. Sie hatten ein Loch in die Hecke geschnitten und besuchten sich gegenseitig. Beide Familien hatten die schwedische Flagge an einer Stange an der Hauswand gehißt.

Nach dem Phloxweg kam sie zum Akeleiweg. Hier gab es ein langweiliges kleines Haus aus den vierziger Jahren, das kein Interesse in ihr weckte. Aber wenn man hier um halb acht abends vorbeikam, passierte etwas Lustiges. Und merkwürdigerweise passierte es immer genau zu dieser Zeit, sommers wie winters, bei Regen, Sonne oder Schnee.

Folgendes passierte: Auf einem Anbau gab es eine Dachterrasse. Um Punkt halb acht wurde die Terrassentür aufgeschlagen, die dramatischen Fanfaren der Erkennungsmelodie der Nachrichten dröhnten in voller Lautstärke aus dem Zimmer, ein älterer Mann in einem offenen Bademantel und Hausschuhen trat in die Tür. Mit resolutem Schritt ging er zum Geländer, sein schlaffes, adriges Organ baumelte unter dem graubuschigen Bauch hin und her. Er zündete eine Zigarette an, nahm drei schnelle, gierige Züge und warf die Kippe mit einer Miene des äußersten Ekels übers Balkongeländer, machte dann kehrt und ging ruhig und würdig ins Haus zurück. Yvonne erinnerte dies an mittelalterliche mechanische Uhren, bei denen zu einer bestimmten Uhrzeit eine Heiligenfigur erschien.

Weiter vorne im Akeleiweg wohnte eine unkonventionelle Familie mit Kindern, die Yvonne »Die Glückliche Familie« getauft hatte. Sie hatten einen großen Garten mit Kaninchenställen, alten Fahrrädern, einem Schuppen, der in ein Spielhaus verwandelt worden war, einem Baumhaus und einem alten Saab, an dem der Mann immer wieder herumreparierte, den er jedoch nie fahrtüchtig bekam. Das Haus hatte eine Fassade aus kaputten Eternitplatten, sie mähten nie das Gras und putzten nie die Fenster. Im Sommer versammelten sie ihre Freunde zu großen Gartenfesten, ohne den ansonsten obligatorischen Grill. Der Mann hatte einen wilden, roten Bart und trug Flanellhemden, die Frau war nie geschminkt und hatte einen bis auf den Rücken reichenden Zopf. Sie hatten etwas Hippieartiges, aber gleichzeitig sehr Bodenständiges. Yvonne schwankte zwischen einer christlichen Sekte und Ökofreaks.

Manchmal phantasierte sie, wie es wäre, das Leben mit

der Zopffrau zu tauschen. Das ganze Konzept zu übernehmen, das Haus, die Kinder, die Kaninchen, den bärtigen Mann. Nicht für immer, aber für ein paar Wochen.

Dann kam das lila Haus. Da wohnte nicht, wie man vermuten könnte, eine Hippiewohngemeinschaft oder ein exzentrischer Künstler, sondern ein Paar jenseits der fünfzig, sehr ordentlich in gedeckten Farben gekleidet. Yvonne sah sie manchmal, wenn sie ihren Zwergspaniel Gassi führten. Sie gingen nie weiter als bis zur nächsten Laterne, und immer mußte er sich die schwarze Plastiktüte über die Hand ziehen und sich bücken, während die Frau sich diskret abwandte. Manchmal schüttelte sie eine lachsrosa Tagesdecke über dem Balkongeländer aus. An einem Sommerabend, als das Schlafzimmerfenster offenstand, hatte Yvonne die Frau brüllen gehört: »Ich trinke soviel wie ich will, du impotentes Aas!«

Vom Akeleiweg bog sie meistens in den Orchideenweg ab. Das war eine Sackgasse. Sie ging bis zum letzten Haus, Nummer neun, dessen Grundstück an den Wald angrenzte. Sie wußte nicht, wer da wohnte, sie hatte noch nie jemanden gesehen, weder in noch vor dem Haus, aber sie blieb immer ein Weilchen stehen und betrachtete das Haus, bevor sie umkehrte und wieder zum Akeleiweg hinunterging.

Durch die netten, gewundenen Sträßchen Minzpfad und Hortensiengasse ging sie zur Petuniengasse. In diesem Teil des Vororts war das Gelände steil und die Grundstücke ein wenig wild und planlos.

Yvonne hatte diese Straßen mit ihren plötzlichen Kurven und steilen Treppen von Anfang an gemocht, und manchmal phantasierte sie, daß sie und Jörgen sich hier ein Haus kaufen würden. Das lustige Haus zum Beispiel, das die neuen Besitzer im letzten Jahr zu einem richtigen Märchenschloß haben umbauen lassen: Wo jetzt ein goldener Halbmond auf einer Stange von einem sechseckigen Turm glänzte und ein Stern den pavillonartigen Anbau krönte. Da könnten sie wohnen.

Doch wenn sie ehrlich war, konnte sie sich nicht vorstellen, daß Jörgen da wohnte. Und auch Simon nicht. Nicht einmal sie, die Yvonne, die sie jetzt war, würde da wohnen. Das heißt, sie könnte da wohnen, wäre dann allerdings eine andere Yvonne. Sie wußte selbst nicht, was sie meinte.

Die Yvonne, die sie war, fühlte sich in einem Einfamilienhaus nicht wohl. Jörgen und sie hatten sogar schon einmal ein Haus gehabt. Sie hatten es gekauft, als sie mit Simon schwanger war. Es gehörte zu ihrer Vorstellung, wie eine Familie mit Kind zu leben hatte.

Das Haus lag in einem attraktiven Vorort in der Nähe des Meers, aber sie stellten bald fest, daß dieses Leben nichts für sie war. Jörgen war nicht der Typ Mann, der am Wochenende den Blaumann anzog und das Werkzeug hervorholte, und sie gehörte nicht zu den Frauen, die im Garten herumpusselten, sobald sie eine freie Minute hatten. Das Haus brachte nur zusätzliche Arbeit neben dem Beruf und dem Baby, das sie kurz darauf bekamen. Sie vermißten die Stadt und das spontane Glas Bier in der Eckkneipe oder die Kinobesuche. Nach eineinhalb Jahren verkauften sie das Haus und zogen in die moderne Vierzimmerwohnung im Zentrum, wo sie jetzt wohnten.

Nach dem Petunienweg kam sie in den etwas tristen Eibenweg mit identischen Häusern aus Kalksandstein aus den sechziger Jahren.

Es gab eigentlich nur ein Haus, das es wert war, beachtet zu werden. Das Haus war fast das ganze Jahr unbewohnt. Was nicht hieß, daß es verwahrlost war. Im Gegenteil, es war das ordentlichste Haus des ganzen Vororts, der Garten war ausgesprochen gepflegt. Jeden Abend gingen im Haus die Lampen an. Es war keine typische Einbruchssicherungsbeleuchtung mit einer Lampe auf dem Fensterbrett. Das

Haus erstrahlte in vollem Glanz mit Deckenlampen, Kronleuchtern, Schreibtischlampen, Kellerbeleuchtung und den Leuchtröhren über der Arbeitsplatte in der Küche, als ob die ganze Familie allen möglichen Beschäftigungen nachging. Und diese fieberhafte Aktivität brach immer punkt acht Uhr aus. Yvonne stellte sich vor, wie die einzelnen Familienmitglieder in den dunklen Zimmern kauerten und mit dem Finger am Schalter auf den magischen Moment warteten.

Das Ganze wurde natürlich von einer Schaltuhr betrieben, aber es war dennoch immer gleich aufregend, diesen Moment zu erleben. Wenn sie um halb acht am nackten Mann auf der Dachterrasse vorbeiging, kam sie gerade rechtzeitig zum Lampenanzünden um acht in den Eibenweg. Im Sommer war es nicht so effektvoll, es war irgendwie noch absurder, besonders wenn die Sonne schien.

Der Garten erinnerte an die Gärten, die man aus Legosteinen bauen kann. Die Büsche waren streng konisch getrimmt, die Ränder des Rasens schienen wie mit der Rasierklinge geschnitten, und manchmal glaubte Yvonne, die dicht wachsenden roten und gelben Blumen in den Beeten seien künstlich. Ihr Auftauchen im Frühling war genauso plötzlich und unwirklich wie die Illuminierung des Hauses. Sie war zu dem Schluß gekommen, daß die Blumen zwar echt waren, aber nicht hier, sondern in einem Gewächshaus gewachsen waren. Sie wurden jedes Frühjahr als ausgewachsene Pflanzen in die Beete gepflanzt, so wie die Blumen um die Straßencafés im Zentrum.

Zwischen Weihnachten und Neujahr waren die Besitzer da. Dann stand im Wohnzimmer ein riesiger, perfekt gewachsener Weihnachtsbaum amerikanischen Typs, der Schmuck war in Weiß und Gold gehalten, und man konnte sehen, daß das Zimmer voller festlich gekleideter Menschen mit Weingläsern in den Händen war. Waren sie wirklich lebendig? Oder waren sie auch eine Illusionsnummer der exklusiven Firma, die sich um Haus und Garten kümmerte, während die Besitzer ihre Frühpension in einer Luxusvilla an der spanischen Sonnenküste verlebten?

Vom Eibenweg kam sie dann wieder auf den Phloxweg, das letzte Stück ging sie dann zweimal, jetzt allerdings in entgegengesetzter Richtung, bis hinunter zum Weißdornweg und dann geradeaus bis zu ihrem Auto.

Nach einem solchen Spaziergang war sie immer erfrischt und gut gelaunt. Sie freute sich, ihre alten Bekannten in den Häusern wiederzusehen und zu beobachten, wie sich alles seit dem letzten Besuch entwickelt hatte, aber sie brauchte dafür keine Konversation zu machen oder sie zum Essen einzuladen. Es war ein bißchen wie bei einer alten, vertrauten Fernsehserie, wo nicht sehr viel passierte und wo man gut mal eine Folge oder zwei verpassen konnte ohne den Faden zu verlieren. Man hat seine Lieblingsfiguren und solche die einem eher gleichgültig sind. Im Lauf der Serie verschwinden Menschen, neue kommen hinzu, und genau das ist das Gute daran.

Wie alle Serien spielte auch diese in einem geographisch begrenzten Gebiet, was den Eindruck von Überschaubarkeit vermittelte. Die Welt in einer Nußschale. Yvonne legte den Vorort unters Mikroskop, betrachtete belustigt die Menschentierchen, die in ihre Nester hineinflitzten und wieder herauskamen, und studierte ihr Verhalten.

Natürlich gab es eine Gefahr, wenn man die Menschen so studierte. Die Gefahr, zu glauben, etwas zu wissen. Denn eigentlich wußte sie ja nichts. Sie zählte zwei und zwei zusammen und füllte das, was fehlte, auf. Sie riet, sie phantasierte. Sie war sich bewußt, daß sie den Vorort als Projektionsfläche für ihre eigenen Hoffnungen benützte, für ihre Enttäuschungen, Ängste, Sehnsüchte. Sie sah nur einen leeren Spiegel. Erst wenn sie selbst in den Vorort zog, am

Leben teilnahm, mit den Menschen sprach und etwas von sich preisgab – erst dann würde sie etwas erfahren.

Es war wichtig, dies alles nicht zu vergessen. Trotz ihrer Spaziergänge, trotz ihrer Beobachtungen und Studien wußte sie nichts.

Und um sich an diese Tatsache zu erinnern, ging sie bei jedem Spaziergang in die Sackgasse Orchideenweg hinein und blieb vor dem Haus Nummer 9 stehen.

Dieses Haus eignete sich nämlich nicht für irgendwelche Projektionen. Sie betrachtete es und versuchte zu verstehen, was sie sah. Sie bemühte sich, ein Bild der Bewohner und ihres Lebens zu erzeugen. Aber es blieb einfach nur ein Haus.

Ein hübsches Haus, weiß verputzt, nicht sehr groß, an einem Giebel kletterte Efeu hoch. Es sah nicht sehr schwedisch aus, eher irgendwie dänisch oder deutsch, besonders wenn man es von der Giebelseite aus betrachtete. Es war höher und schmaler, als schwedische Häuser normalerweise sind. Auch die Fenster waren höher und schmaler. Es hatte ein tief gezogenes Satteldach, das sich wie eine Schale um den Hauskörper schloß.

Das Haus war in gutem Zustand, der große Garten allerdings war ungepflegt. Der größere Teil lag hinter dem Haus, aber von der Straße aus konnte sie einen großen, brachliegenden Gemüsegarten sehen. Das Gras war hoch wie bei einer Wiese.

Weiter hinten ging der Garten in den Wald über, und von da kam manchmal ein sprödes Klingen, das sich an windigen Tagen verstärkte. Sie vermutete, daß das Geräusch von einem Windspiel herrührte, Metallstäben, die gegeneinander schlugen.

Die Fenster gestatteten keine gute Einsicht. Naturfarbene Leinenvorhänge waren wenig kunstvoll aufgehängt. In einem Fenster stand als einziger Schmuck eine kleine

Vase aus hellgrüner Keramik. Vielleicht eine chinesische Antiquität. Vielleicht eine billige Kopie. Das war gleichgültig. Die Form war einfach und exklusiv, und die Leere um diese Vase machte sie wertvoll. Es erforderte Mut und ästhetisches Gefühl, einen Ziergegenstand so aufzustellen.

Manchmal hatte sie weit drinnen im Raum Licht von einer niedrigen Lichtquelle gesehen – einer Tisch- oder Stehlampe –, und im ersten Stock stand im Sommer manchmal ein Fenster offen.

Menschen hatte sie noch nie gesehen.

Als Simon noch klein war, spielten sie manchmal ein Spiel, das hieß: »Wer wohnt hier?« Man mußte Tiere mit ihren Wohnungen paaren: das Pferd mit dem Stall, den Hund mit der Hundehütte, den Vogel mit dem Nest und so weiter. Sie war mit der Zeit sehr gut darin geworden, die Vorort-Variante des »Wer wohnt hier?« zu spielen. Sie versuchte zu erraten, wer in den Häusern wohnte, und mußte ihr Bild dann eventuell korrigieren, wenn sie die Bewohner sah.

Aber den Orchideenweg 9 schaffte sie nicht. Das war das Puzzlestück, das immer übrigblieb. Sie nahm an, daß es ihr recht geschah.

Und dann passierte heute, an diesem sanften, grauen Septembertag, etwas Merkwürdiges.

An dem Platz, wo sie immer ihr Auto abstellte, gab es eine Anschlagtafel – so ein Brett mit einem kleinen Dach drüber, wo Zettel wegen entlaufener Katzen angebracht werden, die Einladungen zur Jahresversammlung des Vorortvereins und für den Flohmarkt des Sportclubs. Als sie nach ihrer Runde zurückkam, bemerkte sie, daß es einen neuen Zettel gab. Er hatte vermutlich schon da gehangen, als sie vor einer Stunde vorbeikam, aber da hatte sie ihn nicht bemerkt.

Der Zettel war handgeschrieben. Da stand:

*Suche Hilfe bei Haushaltsarbeit,
einige Stunden pro Woche.
Putzen, Bügeln u.ä.*

B. Ekberg, Orchideenweg 9

Der untere Teil des Zettels war in kleine Fähnchen geschnitten, auf denen die Telefonnummer stand.

Ihr war sofort klar, daß dies eine Möglichkeit sein könnte, etwas über die Bewohner des Hauses zu erfahren. Sie könnte anrufen und so tun, als würde sie sich um den Putzjob bewerben. Vielleicht würde sie sogar zu einem Vorstellungsgespräch eingeladen werden.

Allein beim Gedanken, etwas in diesem Haus zu tun zu haben, das Gartentor zu öffnen, über den Kiesweg zu gehen, an der Tür zu klingeln, den Besitzer öffnen zu sehen und dann das Haus zu betreten, wurde ihr heiß vor Aufregung. Sie würde natürlich nicht ihren richtigen Namen oder ihre Telefonnummer angeben. Nach dem Vorstellungsgespräch würde sie nie mehr wiederkommen.

Sie riß ein Fähnchen mit B. Ekbergs Telefonnummer ab (vor ihr hatte noch niemand einen abgerissen, hier kamen eben nicht so viele arbeitsuchende Putzfrauen vorbei) und steckte ihn in die Tasche.

Es war eine von den vielen Ideen, die ständig wie Vögel durch ihren Kopf flatterten, bei denen sie es so selten der Mühe wert fand, die Hand auszustrecken und sie einzufangen.

6

Sie vergaß das Ganze. Bis sie ein paar Tage später in der Garderobe des Büros stand und in der Manteltasche nach einer Visitenkarte suchte, die ein Kunde ihr gegeben hatte. Der zerknitterte Schnipsel kam mit der Visitenkarte zum Vorschein, und ohne richtig zu sehen, was es war, nahm sie beides zum Schreibtisch, um den Kunden anzurufen.

Als das Gespräch beendet war, betrachtete sie den Schnipsel mit einem diffusen Gefühl von Scham. Bei »Deine Zeit« war man bemüht, die Flut von losen Zetteln einzudämmen. Wenn es sie dennoch gab, sollten sie möglichst sofort bearbeitet oder die Informationen an ihren richtigen Platz, in eine Datei oder einen Ordner übertragen werden.

Yvonne nahm den Hörer und wählte rasch die Nummer, dabei versuchte sie, sich zu erinnern, um was es ging.

Eine Männerstimme antwortete. Sie wollte sich schon mit ihrem Namen vorstellen, aber dann erinnerte sie sich und hielt inne. Für den Bruchteil einer Sekunde erwog sie, aufzulegen.

»Also, ich rufe wegen dem Job an. Haushaltshilfe, ein paar Stunden pro Woche.«

»Ja?« Er klang immer noch mißtrauisch.

»Ich möchte mich bewerben«, sagte sie einfach.

»Und wer sind Sie? Haben Sie schon einmal geputzt? Profimäßig, meine ich.«

»Ich kenne mich aus in der Art von Tätigkeiten, die Sie suchen. Ich erzähle Ihnen gerne mehr über mich bei einem Vorstellungsgespräch. Im Moment paßt es nicht so gut. Ich rufe von einem Büro aus an, wo ich putze. Ich kann jetzt nicht so gut reden.«

»Ja, dann müssen Sie wohl herkommen? Wann paßt es Ihnen? Heute abend?«

Das »heute abend« machte das Ganze plötzlich merkwürdig real. Sie schwieg.

»Hallo?« hörte sie den Mann sagen.

Yvonne, die es sonst tunlichst vermied, Pausen in ihren Gesprächen entstehen zu lassen, konnte nichts sagen. Sie meinte sehen zu können, wie ihr Schweigen immer größer wurde, wie die dunkle Wasserfläche zwischen einem Anlegesteg und dem Deck eines davongleitenden Boots.

»Hallo? Sind Sie noch da?« hörte sie den Mann wieder. »Hallo!«

Jetzt klang es, als würde er rufen. Und doch irgendwie weit weg. Gleich würde es zu spät sein.

»Ja«, antwortete sie. Ihre Stimme war ruhig und kühl, als wäre das Schweigen technisch bedingt gewesen. »Heute abend ist gut.«

Dann gab der Mann ihr eine Wegbeschreibung, und sie hörte aufmerksam zu, als ob sie noch nie im Orchideenweg 9 gewesen wäre. Als sie aufgelegt hatte, schaute sie überrascht auf ihre Hand. Sie zitterte.

Cilla schaute herein und fragte, ob sie mitkommen wolle, etwas zu Mittag essen. Als sie sich vor dem Lokal wieder trennten, machte Yvonne eine Runde durch die Stadt. Ihr war klargeworden, daß sie sich um einen Job als Putzfrau nicht in ihrem normalen Outfit bewerben konnte, bestehend aus schwarzem Anzug, weißer Bluse und hochhackigen italienischen Lederstiefeln.

Sie ging in einen Secondhand-Laden und entschied sich für eine Hose aus Baumwolljersey, einen beigen Rollkragenpulli, der ein bißchen noppig und vielleicht auch nicht ganz sauber war. Aber er war dünn, wie eine zweite Haut und er war angenehm warm. Sie fühlte sich darin wie ein weiches, geschmeidiges Tier – ein Iltis oder ein Seehund.

Dann wählte sie noch ein paar einfache flache Schuhe und eine Schultertasche aus Lederimitat aus. Jetzt fehlte nur noch ein Mantel.

Als sie die Bügel mit muffig riechenden Steppjacken und Cordjacken mit Kunstpelz durchging, dachte sie, daß es wahnsinnig war. Total wahnsinnig. Aber sie mußte zugeben, daß sie schon lange keinen solchen Spaß mehr beim Kleiderkaufen gehabt hatte.

Dann wurde sie fündig. Ein einfacher Popelinemantel mit Gürtel. Als sie ihn vom Bügel nahm, bemerkte sie den Markennamen auf einem Stoffschild im Kragen: »Nora Brick«. Nicht gerade eine bekannte Marke.

Sie probierte den Mantel, zog den Gürtel zu und schlug den Kragen hoch. Sie liebte diesen Mantel sofort. Obwohl er nichts mit den Kleidungsstücken gemein hatte, die sie sonst kaufte, hatte sie merkwürdigerweise das Gefühl, daß dieser Mantel ihr schon immer gehört hatte. Er fühlte sich richtig an, genau wie der total unbekannte Markenname Nora Brick ihr irgendwie richtig und natürlich vorgekommen war.

Mit den Secondhand-Kleidern in einer großen Plastiktüte kehrte Yvonne ins Büro zurück. Sie blieb, bis alle anderen gegangen waren. Dann zog sie ihre neuen, alten Kleider an.

Sie kämmte ihre dicken, braunen Haare stramm nach hinten und band sie zu einem hohen Pferdeschwanz zusammen. Sie wusch die Schminke aus dem Gesicht und nahm ihren Schmuck ab: eine goldene Halskette, die kleinen weißen Perlen, die sie in den Ohren trug, und einen Designerring mit einem großen, ovalen Stein, der ihre schmalen Finger betonte. Sie behielt nur ihren Ehering an – ein protziges Teil, breit und dick wie ein Serviettenring. Es war der teuerste glatte Ring, den es im Juwelierladen gab, und Jörgen wollte ihn unbedingt kaufen. Er war vielleicht eine Kompensation für eine magere Ehe. Sie fand, der Ring sah zusammen mit den Secondhand-Kleidern völlig deplaziert aus, und sich diesen Ring an einer Hand mit einem Scheuerlumpen vorzustellen war geradezu absurd.

Nach kurzem Zögern zog sie auch den Ehering aus, und als sie ihn in das Münzfach ihres Portemonnaies steckte, erinnerte sie sich plötzlich an eine weit zurückliegende Situation, als sie für eine Blinddarmoperation vorbereitet wurde. Unter der Aufsicht einer Krankenschwester hatte sie alles Persönliche ablegen müssen – Kleider, Schmuck, Haargummis, Schminke – und statt dessen ein weißes, im Rücken geknöpftes Baumwollhemd bekommen und ein Plastikarmband, das ihre Identität auf Namen und Personennummer reduzierte. Ein beängstigendes Gefühl von Tod, vermischt mit einem kribbelnden Gefühl von Wiedergeburt.

Yvonne betrachtete sich im großen Spiegel der Garderobe. Sie sah anders aus. Sie hörte immer wieder, daß sie jünger aussah als einundvierzig. Aber jetzt sah sie wirklich aus wie einundvierzig, fast noch älter. Fünfundvierzig. Vielleicht sogar fünfzig. Weil sie ungeschminkt war.

Yvonne erinnerte sich an ihre Teenagerzeit, als die Schminke auf so wundersame Weise ein kindliches Mädchengesicht in das einer erwachsenen Frau verwandeln konnte, und sie dachte über das Phänomen nach, daß Make-up einen erst älter macht und dann wieder jünger. Wo liegt der Wendepunkt? Bei fünfundzwanzig?

Der Rollkragenpullover kratzte ein bißchen am Hals, und es war nicht zu leugnen, daß er schwach, aber deutlich nach der Haut eines anderen Menschen roch.

Yvonne knöpfte den Nora-Brick-Mantel zu, hängte die Plastiktasche über die Schulter und ging.

Sie hatte schon dreimal geklingelt, aber niemand öffnete. Ein leichter Wind kam aus dem nahen Wald, und sie konnte den Klang des Windspiels aus dem hinteren Teil des Gartens hören. Es klang spröde und einsam. Aus dem Inneren des Hauses drang kein Laut, und die Auffahrt war wie immer leer.

Einmal würde sie noch klingeln und dann aufgeben, entschied sie. Aber gerade als sie den Finger auf die Klingel legte, wurde die Tür geöffnet.

Das erste, was ihr an seinem Gesicht auffiel, waren die weichen Formen. Die runde Nasenspitze, die breiten und wohlgeformten Lippen, die gewölbte Stirn mit dem hohen Haaransatz. In der Oberlippe ein tiefes Grübchen. Er glich einer reifen Frucht, die jemand gedrückt hatte, sanft und vorsichtig.

Er schien genauso groß wie sie zu sein (das heißt eins zweiundsiebzig), seine Augen schauten nämlich geradewegs in ihre. Sie waren braun, groß und schauten erschrocken.

»Haben Sie vergessen, daß ich heute abend kommen wollte?« sagte sie. »Sie haben gesagt ›heute abend‹, aber wenn es nicht paßt, kann ich ein anderes Mal wiederkommen.«

Als er immer noch nicht antwortete, sagte sie:

»Ich möchte mich wegen der Putzstelle vorstellen.«

»Oh«, rief er aus.

Ein Anflug von Erleichterung, dann straffte sich das Gesicht, und das Weiche und Knabenhafte verschwand zugunsten männlicher Entschlossenheit.

»Ach ja, richtig. Kommen Sie herein.«

Er führte sie durch eine Diele – sie war viel zu nervös, um

sich genau umzuschauen, obwohl sie ja nur deswegen hier war – und in ein Wohnzimmer, wo er ihr einen Platz anbot. Yvonne zog den Mantel aus und legte ihn in den Schoß.

»Also«, sagte B. Ekberg und setzte sich in einen Sessel ihr gegenüber. »Können Sie ein bißchen was von sich erzählen? Über ihre Erfahrung in Putzen und Hausarbeit«, fügte er rasch hinzu, als ob er Angst bekommen hätte und sie die Gelegenheit ergreifen könnte, um ihre Lebensgeschichte zu erzählen.

»Ich putze seit vielen Jahren«, sagte sie etwas vage und schaute sich im Zimmer um.

Sie registrierte einen sehr schönen antiken Bücherschrank, einen Perserteppich in dunkelroten Tönen und einen großen Eßtisch aus Eiche, der offenbar als Arbeitstisch diente, er war überhäuft mit Büchern und Papierstapeln.

In dem einen Fenster stand die kleine grüne Vase, die sie von außen gesehen hatte. In den anderen beiden – die nicht zur Straße gingen und die sie deshalb nicht hatte sehen können – standen tote, vertrocknete Topfpflanzen.

»Sie putzen zur Zeit in einem Büro, sagten Sie?«

»Genau. Aber das sind nur ein paar Stunden, ich muß mehr arbeiten. Um wie viele Stunden handelt es sich bei Ihnen?«

»Ein Büro ist ja nicht ganz das gleiche wie eine Wohnung«, sagte B. Ekberg, senkte die Stimme zu einem jovialen Baß und lehnte sich im Sessel zurück. »Es ist ein großer Unterschied, in einem Büro zu putzen oder in einer Privatwohnung, das verstehen Sie wohl.«

Er hatte ihre Frage nicht beantwortet, und sie versuchte, ihren Ärger nicht zu zeigen.

»Eine Wohnung, eine Wohnung wie diese hier«, fügte er rasch hinzu und machte eine Handbewegung, die andeuten sollte, daß er nicht irgendeine Vorstadtbude meinte, »erfordert besondere Sorgfalt. Hier gibt es empfindliche Flächen,

Hölzer, die poliert werden müssen, und antike Gegenstände, die uns besonders am Herzen liegen. Hm. Und Parkettböden. Wissen Sie zum Beispiel, wie man ein Parkett behandelt?«

Wenn Yvonne in all den Kursen über persönliche Entwicklung und mentales Training, die sie im Lauf der Jahre absolviert hatte, irgend etwas gelernt hätte, dann hätte sie trennen können zwischen ihrem eigenen Wert und dem Bild, das B. Ekberg von ihr hatte und das von seinen Wünschen gefärbt war, und sie hätte unbeschwert geantwortet: »Tja, ich habe bisher zwar hauptsächlich Linoleumböden geputzt, aber einen Parkettboden werde ich auch schaffen. Man scheuert ihn mit der Wurzelbürste und Scheuerpulver und warmem Wasser. Nur keine Sorge, mein Herr, ich krieg den Boden schon sauber. Und der alte Schrank da, der kann die Bürste auch mal vertragen, wenn ich schon dabei bin.«

Dann hätte er sich an den Kopf gefaßt, sich über den Abgrund an Unwissenheit in der edlen Kunst des Putzens empört und gesagt: »Sie sind absolut nicht die richtige Person für diesen Job.«

Und sie hätte ihren Nora-Brick-Mantel nehmen können und mit raschen Schritten das Haus Orchideenweg Nummer 9 verlassen können. Sie hätte ihr Ziel erreicht gehabt – ins Haus zu kommen und seinen Besitzer zu sehen – und wäre dann in ihr normales Leben mit Firma und Familie zurückgekehrt. Damit wäre die ganze Geschichte aus der Welt gewesen.

Aber, dachte Yvonne später, es gibt Dinge, die sitzen so tief, daß man sie nie los wird. Man geht in Kurse, man macht Therapie, man meditiert, man liest alles, was es zu dem Thema gibt, man trainiert in allen möglichen alltäglichen Situationen. Und man hat das Gefühl weiterzukommen. Man macht Fortschritte. Langsam zieht man sich hoch aus diesem Abgrund, in dem man gefangen war. Stück für Stück wird man ein erwachsener, weitsichtiger Mensch mit Wissen über sich und andere.

Dann passiert etwas. In einer Situation, die völlig entspannt und ungefährlich wirkt. Eine Bemerkung von jemandem. Ein Blick, eine Geste. Die einfachsten Dinge. Und man purzelt wieder in den Abgrund, und all die Leiterstäbe, mit deren Hilfe man sich langsam und methodisch nach oben gearbeitet hat, sausen im Bruchteil einer Sekunde an einem vorbei.

Und dann sitzt man wieder da. Auf dem Boden des Abgrunds. Im Feld Null. Mit der psychischen Reife einer Einjährigen.

In Yvonnes Fall waren die magischen, gefährlichen Worte – auch wenn sie verpackt und zurückgenommen waren, manchmal sogar nur eingebildet – diese: »Du kannst es nicht.« Sie lösten unmittelbar einen Alarm in ihr aus, und sie mußte sofort das Gegenteil beweisen. Auch wenn diese Beweise nicht nötig waren, Energie kosteten und ihr manchmal direkt schadeten.

Yvonne Gärstrand, eine erfolgreiche, gutausgebildete Frau mit eigener Firma, geriet aus der Fassung, weil ein völlig fremder Mensch andeutete, daß sie womöglich seinen Parkettboden nicht putzen könnte. Unglaublich, aber wahr.

Mit einemmal war es ungeheuer wichtig für sie, B. Ekberg von ihren Fertigkeiten im Parkettputzen zu überzeugen. Sie ratterte ihre Erfahrungen im Wohnungputzen herunter. Sie habe weiß Gott nicht bei Kreti und Pleti geputzt, sie habe unschätzbar wertvolle Rokokokommoden poliert, und wenn sie an den Intarsienboden beim Regierungspräsidenten dachte – da war sie eingesprungen, als die normale Putzfrau krank wurde –, dann war, Herr Ekberg möge entschuldigen, dieses Parkett eine Bagatelle.

Er stoppte ihren angeberischen Wortschwall mit einer dämpfenden Geste.

»Das klingt gut«, murmelte er.

Sie fand dennoch, daß er zu zögern schien, und fragte sich, ob sie nicht ein bißchen zu dick aufgetragen habe. Das mit dem Regierungspräsidenten wäre vielleicht nicht nötig gewesen.

»Haben sich schon andere beworben?« fragte sie.

»Ja, gestern hat ein Mädchen angerufen.«

Sie hatte also Konkurrenz.

»Aber sie war viel zu jung. Sie hatte gerade das Gymnasium abgebrochen.«

»Oje, oje«, seufzte Yvonne und schüttelte den Kopf. »Wie solche jungen Mädchen sind, das kann man sich ja denken. Ordnung und Sauberkeit gehören nicht zu den hervorstechendsten Eigenschaften. Lassen ihre Sachen rumliegen und geben freche Antworten. Und dann noch nicht mal die Schule beendet! Hat sich sonst noch jemand beworben?«

»Ja, eine ältere Frau. Pensioniert. Aber ehrlich gesagt, ich glaube, sie ist zu alt.«

»Natürlich ist sie zu alt! Entweder man ist pensioniert oder nicht. Sie muß natürlich ihre Rente aufbessern, manche haben ja eine sehr kleine Rente. Aber wenn Sie entschuldigen, ich persönlich finde, man sollte einen alten Menschen nicht auf diese Weise ausnützen.«

»Ja, Sie haben schon eher das richtige Alter«, gab B. Ekberg zu.

Willst du mir nicht auch noch in den Mund schauen? dachte sie. Ob ich noch alle Zähne habe?

»Sie haben also schon privat geputzt. Hätten Sie irgendwelche Empfehlungen? Entschuldigen Sie, aber es ist schon ein großes Vertrauen, wenn man jemanden so einfach in seine Wohnung läßt.«

Sie nahm eifrig das Portemonnaie aus der Tasche und holte eine ihrer eigenen Visitenkarten heraus.

»Yvonne Gärstrand, Organisationsberatung. ›Deine Zeit AG‹«, las er.

»Das ist ihre Geschäftnummer. Aber ich habe bei ihr zu Hause geputzt. Acht Zimmer. Fünf mit Parkett. Chinesisches Porzellan, das alle drei Tage abgestaubt wurde. Sie war ausgesprochen penibel. Kronleuchter mit siebenhundert Prismen ...«

»Danke, danke«, B. Ekberg wedelte abwehrend mit der Hand.

»... die heruntergenommen werden mußten und in ...«

»Ich bin sicher, daß Sie Ihre Arbeit können.«

»Sie können sie gerne anrufen, sie war sehr zufrieden mit mir«, schloß sie.

Sie hatte sich im Kopf schon die Lobrede ausgedacht, die sie auf sich halten würde, falls er anrufen sollte. Jörgen sagte immer, daß sie am Telefon wie jemand anders klang, und sie würde bestimmt auch B. Ekberg täuschen können.

»Das klingt ausgezeichnet. Sie müssen sehr gut sein«, sagte er.

Endlich schwieg Yvonne und lehnte sich zurück.

Diese Worte hatte sie hören wollen. Ein warmes, süßes Gefühl erfüllte sie. Ihr Hunger war gestillt worden.

»Eine Bessere als Sie kann ich nicht finden, das ist klar. Ja, Sie wissen, worum es geht. Einmal wöchentlich durchputzen. Hemden bügeln. Die Küche aufräumen, wenn sie es nötig hat. Einmal pro Woche. Zwei, drei Stunden. Die Zeit, die Sie eben brauchen. Wenn etwas Besonderes ist, schreibe ich Ihnen einen Zettel. Die Hemden liegen auf der Waschmaschine im Badezimmer. Bügelbrett und Bügeleisen stehen auch dort. Alle anderen Putzgeräte sind im Putzschrank in der Küche. Das Geld lege ich in einem Umschlag auf den Küchentisch.«

Die Worte ergossen sich über sie, aber sie hörte sie kaum. Der Satz »Sie müssen sehr gut sein« klingelte ihr immer noch in den Ohren.

»Können Sie am Montag anfangen? Am Vormittag?«

Sie nickte glücklich.

»Ausgezeichnet.«

Er beugte sich zu ihr, gab ihr einen Schlüssel. Yvonne steckte ihn in die Tasche, stand auf und fühlte sich ein wenig unsicher auf den Beinen, als sie Richtung Diele ging. Sie war immer noch in ihrem Tüchtigkeitsrausch.

»Wie heißen Sie eigentlich?« fragte er.

»Nora Brick«, hörte sie sich antworten.

Es klang wie der Name eines Hollywoodstars aus den 40er Jahren, und sie erschrak ein wenig. Sie hätte etwas Glaubhafteres nehmen sollen.

Aber B. Ekberg schien nichts zu argwöhnen.

»Aha. Also dann bis Montag, Nora.«

Sie tanzte den Orchideenweg entlang. Im Akeleiweg drosselte sie das Tempo, und im Minzpfad holte ihr Verstand sie wieder ein.

Was hatte sie gemacht? Sie hatte eine Stelle als Haushaltshilfe bei einem unsympathischen Faulpelz angenommen, der nicht mal seine Hemden selber bügeln wollte.

Hatte sie alles nur geträumt? Nein, sie hatte den Schlüssel in der Manteltasche.

Als sie das Auto anließ, fiel ihr ein, daß sie etwas zu fragen vergessen hatte. Sie – die immer so auf ihren Wert bedacht war, die steinhart verhandelt hatte, wenn sie sich auf Stellen in der Verwaltung oder in der Wirtschaft beworben hatte, und die, ohne zu zögern, gesalzene Rechnungen für Vortragshonorare schrieb – sie hatte vielen Dank für einen Scheißjob gesagt, ohne auch nur nach dem Lohn zu fragen.

Yvonne war gegen neun zu Hause. Vor ein paar Jahren war sie immer so spät nach Hause gekommen. Jetzt arbeitete sie nicht mehr so lange, aber meistens fuhr sie nicht direkt nach Hause. Sie machte sich oft noch im Büro zu schaffen, fuhr ins Sportstudio oder in den Vorort.

Durch die halbgeöffnete Tür sah sie ihren Sohn Simon vor dem Computer sitzen, absorbiert von einem Videospiel. Er sagte hallo, ohne sich umzudrehen. Sie ging zu ihm und strich ihm über die Haare. Sein Blick war auf das Spiel gerichtet, seine Finger flogen über die Tastatur. Auf dem Bildschirm kämpften Armeen von neanderthalerähnlichen Wesen unter heftigem Gestöhne und Gegrunze gegeneinander.

»Ist Papa schon da?« fragte sie.

Simon schüttelte den Kopf. »Er ist doch heute in Stockholm.«

Genau. Jörgen war in Stockholm. Da würde er so gegen elf nach Hause kommen.

Sie ging ins Schlafzimmer und zog sich etwas Bequemeres an. Die Secondhand-Kleider steckte sie in eine Plastiktüte. Morgen würde sie bei einem Sammelcontainer anhalten und sie hineinwerfen.

Sie machte sich einen Tee, legte eine Platte mit neuer irischer Folkmusik auf, setzte sich auf einen der Ruhesessel aus Stahlrohr und hellem Leder, die sie so wahnsinnig bequem fand, in denen Jörgen sich allerdings wie auf einem Zahnarztstuhl vorkam. Halb liegend lauschte sie der klaren Frauenstimme und den uralten mystischen Klängen.

Sie sah sich im Wohnzimmer um, es war teuer und geschmackvoll eingerichtet. Aber nicht so gemütlich wie bei B. Ekberg. Warum war es bei ihm soviel gemütlicher? Vermutlich, weil es langsam und im Lauf der Zeit entstanden war, sie und Jörgen hatten die ganze Einrichtung an ein paar hektischen Wochenenden zusammengekauft.

Aber wie hatte es eigentlich ausgesehen im Innern des Hauses Orchideenweg 9? Sie versuchte, sich an Möbel, Textilien und Farben zu erinnern, aber sie hatte offenbar alles vergessen. Sie hatte es eigentlich gar nicht gesehen. Die Anstrengung, sich wie eine fähige Putzfrau zu benehmen, hatte all ihre Aufmerksamkeit in Anspruch genommen. Sie erinnerte sich nur an den antiken Schrank, der poliert werden mußte, und das verfluchte Parkett, das ehrlicherweise ziemlich abgetreten war. Einen Kronleuchter? Nein, den hatte ja sie sich ausgedacht, ein Detail aus ihrer fiktiven Putzvergangenheit. Einen Kronleuchter gab es ganz bestimmt nicht.

Aber wie hatte es denn ausgesehen? Sie hatte den Eindruck von gemütlich gehabt. Aber auch ... irgendwie verlassen? Diese vertrockneten – völlig toten – Pflanzen am Fenster. Und ein bißchen unaufgeräumt? Ja, genau: der große Tisch mit Papierstapeln und Büchern und Pappkartons, auch auf dem Boden.

Und B. Ekberg selbst? Vielleicht fünfundvierzig. Unangenehm überlegen. Herablassend. Aber in einem unbeobachteten Moment, als er die Tür öffnete: Verletzlich. Beinahe ängstlich.

Und sein Aussehen? Die Gesichtszüge? Nein, sie konnte sich nicht erinnern. Sein Gesicht war verschwunden.

Yvonne ärgerte sich über sich selbst. Sie hatte Dinge getan, die sie sonst nie machte: gelogen, einen falschen Namen angegeben, sich verkleidet. Sie hatte ein großes Risiko auf sich genommen, einzig und allein, um dieses Haus von innen zu sehen und seinen Besitzer kennenzulernen. Und dann hatte sie fast nichts gesehen! Was hatte sie eigentlich von ihrem peinlichen Besuch? Nur Probleme. Ein Versprechen, das sie nicht zu halten gedachte, einen Schlüssel, von dem sie nicht wußte, wie sie ihn loswerden sollte. Und ein ausgesprochen schlechtes Gewissen.

Sie nahm ein Bad mit beruhigenden Kräutern, und als Jörgen kurz darauf nach Hause kam, lag sie im Doppelbett und schaute sich einen amerikanischen Krimi im Fernsehen an. Er legte sich angezogen neben sie auf die Decke, das Hemd war am Hals offen, die Brille hatte er auf die Stirn geschoben und die Augen geschlossen. Sie drückte ihren wohlriechenden Körper durch die Decke an seinen.

»Müde?« flüsterte sie.

Er nickte. Durch die Bewegung fiel die Brille auf die Decke, aber er ließ sie liegen.

»Was hast du heute gemacht?« murmelte er schläfrig.

Yvonne dachte nach. Sie informierten sich im Prinzip gegenseitig über das meiste, was sie so machten. Die Arbeit, die Freunde, die Freizeitaktivitäten. Und natürlich Simon. Das waren die zugänglichen, gemeinsamen Bereiche, sie standen für Diskussion und Einblicke offen. Daneben hatten sie ihre privaten Zonen – Geheimzonen, wenn man so will. Bei Jörgen handelte es sich um Untreue und zweifelhafte geschäftliche Transaktionen, die er in seiner Firma neben seiner eigentlichen Anstellung betrieb.

Bei Yvonne war es der Vorort und der größte Teil ihrer Kindheit.

Und ihr Besuch bei B. Ekberg gehörte definitiv zur Privatzone. Er gehörte zum Vorort. Und zu etwas noch Privaterem, hatte Ähnlichkeiten mit Jörgens Steuertricksereien und seinen schmierigen One-Night-Stands, mit Lüge, Scham und Unmoral.

»Das Übliche, nichts Besonderes«, antwortete sie sanft.

»Wie war es in Stockholm?«

Sie bekam keine Antwort, Jörgen war eingeschlafen. Sie nahm seine Brille, beugte sich über ihn und legte sie auf seinen Nachttisch. Sie machte mit der Fernbedienung den Fernseher aus, die Lampen ließ sie allerdings an. Sie lag auf der Seite, Jörgen zugewandt und betrachtete ihn zärtlich durch das gedämpfte Licht.

Sie wußte genau, in welchem Augenblick sie beschlossen hatte, ihn zu heiraten.

Es war kurz nach dem Tod ihrer Mutter gewesen, als sie die Wohnung auflösen mußte. Sie hatte seit Jahren keinen Kontakt zu ihrer Mutter gehabt und nicht gewußt, daß es die Wohnung überhaupt noch gab, sie hatte gedacht, sie wäre schon lange gekündigt. Es war nicht die große Wohnung im Zentrum, in der sie aufgewachsen war, sondern eine kleinere in einem Vorort. Die Mutter hatte dort zwischen ihren Krankenhausaufenthalten gewohnt, von einem Pflegedienst betreut, aber in den letzten Jahren hatte die Wohnung leer gestanden.

Yvonne hatte sich vor dem Augenblick gefürchtet, wo sie sich diesem Teil ihrer Vergangenheit stellen mußte, und hatte deshalb Jörgen als Stütze mitgenommen.

Zu ihrer großen Erleichterung war das meiste schon gemacht. Die Leute (der Sozialdienst?), die der Mutter beim Umzug von der großen in die kleine Wohnung geholfen hatten, hatten die meisten Möbel weggeworfen (verkauft?). Jetzt stand hier eine freundliche blaue IKEA-Sitzgruppe, die Yvonne noch nie gesehen hatte, und Gardinen mit einem sonnengelben Tulpenmuster, die sie überhaupt nicht mit der Mutter verband. Aber die hohe, alte Kommode war noch da, ebenso wie der Sekretär, und die mußte sie ausräumen und wenigstens einen Blick auf den Inhalt werfen, bevor sie alles in die schwarzen Müllsäcke warf, die sie mitgebracht hatte.

In der untersten Schublade des Sekretärs, unter einem Packen alter Theater- und Ballettprogramme fand Yvonne ein Foto von sich. Es war ein Schulfoto aus der siebten oder achten Klasse. Ihr erster Impuls war, es in kleine Stücke zu reißen, bevor sie es in den Müllsack warf, aber Jörgen war schneller und schnappte es.

»Aber das bist ja du, Yvonne«, rief er aus.

»Gib her«, hatte sie gesagt. »Das kommt weg.«

Sie wollte nicht an diese Zeit erinnert werden. Und sie wollte noch weniger, daß Jörgen sie sah, wie sie damals war.

Aber er hielt das Foto hoch über sich, schaute es lange an und sagte dann:

»Ich weiß genau, was für eine Sorte Mädchen du damals warst.«

Einen Moment lang hatte sie das Gefühl, als würde der Fußboden in der Wohnung ihrer Mutter unter ihr weggerissen und sie stürze in ein schwarzes Loch. Sie streckte sich nach dem Foto, aber er zog es weg und hielt es noch höher, betrachtete es und fuhr mit einer bitteren und eintönigen Stimme, die sie bei ihm noch nie gehört hatte, fort:

»Du warst eins von den hübschen Mädchen, bei denen ich nie eine Chance gehabt hätte. Du hast mit deinen Freundinnen auf dem Schulhof gestanden, und wenn ein Junge näher kam, dann habt ihr gekichert und gelacht und ihn unsicher gemacht, er wußte nie, ob ihr über ihn lacht oder über was anderes. Du warst so eine, die auf die Frage, ob man sie treffen könnte, ›vielleicht‹ gesagt hat. Und wenn man bei dir angerufen hat, und deine Mutter war am Telefon, hat man dich im Hintergrund flüstern hören, daß du nicht zu Hause bist. Du konntest einen Jungen mit deinen schönen, großen Augen anschauen, daß er sich Gott weiß was eingebildet hat, und später hat er dann erfahren, daß du mit einem blöden Typen zusammen warst, der mit der Schule fertig war und einen Führerschein hatte.«

»Was?« rief sie aus.

Jörgen schaute sie ernsthaft an.

»Kannst du dir vorstellen, wie den Jungen zumute war,

mit denen du erst geflirtet und die du dann hast stehenlassen?«

»Ich weiß nicht, wovon du redest.«

»Nein, das glaube ich dir sogar. Ich glaube nicht, daß die Mädchen von deiner Sorte wußten, was sie mit uns Jungen machten. Wie ihr unser Selbstwertgefühl untergraben habt. Ihr wart gut aussehend, selbstsicher und eingebildet. Wir haben euch gehaßt, weil ihr uns so weh getan habt.«

Er machte eine Pause und betrachtete das Foto mit zusammengekniffenen Augen. Und mit einem kapitulierenden Seufzer fügte er hinzu:

»Mein Gott, Yvonne – ich hätte dich vergöttert, wenn ich dich damals gekannt hätte!«

Sie starrte ihn verwirrt an. War das eine besondere Form der subtilen Ironie? Hatte er etwas über ihre Vergangenheit erfahren?

»Jetzt reicht es«, zischte sie.

Sie streckte die Hand aus und schnappte das Foto. Sie drehte sich zum Müllsack, und gerade als sie es in kleine Stücke reißen wollte, hielt sie inne. Plötzlich sah sie, was Jörgen gesehen hatte:

Ein junges Mädchen mit langen, schokoladebraunen, hübsch gekämmten Haaren. Leicht schräge braune Augen. Eine phantastisch glatte Haut. Ein Lächeln, zu groß, um echt zu sein, ein typisches »Cheese-Lächeln« für den Fotografen, aber die Steifheit konnte man auch als Arroganz und Überheblichkeit deuten.

Ja, sie verstand, was Jörgen gemeint hatte. Warum hatte sie das hübsche Mädchen nicht gesehen, als sie als Teenager in den Spiegel geschaut hatte. Warum hatte sie ein Gesicht gesehen, das so häßlich war, daß sie alles tat, um es hinter langen Haarvorhängen zu verstecken, in Schals und Rollkragen, in die man das Kinn bohren konnte?

»Ich hätte mich total in dich verliebt, wenn ich dich da

gekannt hätte«, hatte sie Jörgen über die Schulter sagen gehört.

Und in diesem Moment liebte sie ihn.

Daß er in die Yvonne verliebt war, die in der Wohnung ihrer Mutter stand, bedeutete ihr nichts. Die selbstsichere sechsundzwanzigjährige Frau, die ihre Kleider in den großen Modehäusern kaufte, Kanebos Pflegeserie verwendete, ihren schlanken Körper im Fitneßstudio trainierte und ihr hochtouriges, effektives Gehirn mit Meditation abkühlte, kannte viele Männer, die an ihr interessiert waren. Ihr Interesse konzentrierte sich auf Männer, die ihr auf lange Sicht im Berufsleben nützlich sein konnten und auf kurze Sicht im Bett brauchbar waren. Wenn sie sagten »Ich liebe dich«, nahm sie das als Kompliment, aber sie wußte, daß sie nicht »lieben« meinten und vor allem nicht »dich«. Sie kannten sie nicht.

Jörgen hatte sie seit einem halben Jahr immer mal wieder getroffen. Sie fanden sich attraktiv, fühlten sich wohl, wenn sie zusammen waren, aber sie hatten sich keine Versprechen gegeben. Er war wie alle anderen. Bis zu diesem Moment, als sie am Sekretär der Mutter standen und ihr altes Schulfoto ansahen.

Er hatte das Besondere an der vierzehnjährigen Yvonne gesehen. Er hatte gesehen, daß sie hübsch war. Ein Mädchen, in das man sich verlieben konnte. Er hatte ihr Genugtuung verschafft.

In diesem Moment hatte sie beschlossen, ihn zu heiraten. Vier Monate später waren sie verheiratet.

Sie paßten gut zusammen. Jörgens aufgeregtes, impulsives Temperament paßte gut zu ihrer strukturierten Ruhe. Sie interessierten sich beide nicht für Politik. Sie waren sich einig, daß die Karriere wichtig war, daß Waschbecken sauber sein mußten, ungeputzte Fenster jedoch okay waren, Sex zwei Mal pro Woche genug war, Zucker im Kaffee ein

Greuel und Verwandtschaftsbesuche sich auf Weihnachten und runde Geburtstage beschränken sollten. Kinder wollten sie so schnell wie möglich, aber eines reichte.

Sie stritten sich selten, und es hätte eine richtig gute Ehe werden können, allerdings gründete sie auf einer großen Lüge.

Denn Yvonne war natürlich nie das hübsche, eingebildete Mädchen gewesen, das mit ihren Freundinnen auf dem Schulhof stand und sich einen Jungen aussuchen oder ihn fallenlassen konnte. Sie war eine stinkende Paria gewesen, die niemand, weder Mädchen noch Jungen, auch nur berühren wollte.

In der dritten Klasse verliebte sie sich in einen Jungen, der Kennet hieß. Als sie bei einem Klassenfest »Russische Post« spielten, sah sie ihre Chance, mit ihm in einen Körperkontakt zu kommen. Entweder Handgeben, Umarmung, Streicheln und – im besten Fall – einen Kuß. Sie hielt die Luft an, als Kennet der Briefträger war, der vor der Tür stand und die Post bringen sollte. »Kuß«, rief er selbstbewußt, ein erwartungsvolles Gemurmel verbreitete sich im nicht sehr hell erleuchteten Zimmer. Jemand wanderte lange mit ausgestrecktem Finger umher: »Dem? Oder dem?« Als Kennet schließlich »ja« rief, zeigte der Finger auf Yvonne. Unterdrücktes Lachen.

»Bist du sicher?« fragte das Mädchen, das mit dem Finger auf sie zeigte.

»Ja«, kam Kennets selbstbewußte Stimme wieder von draußen.

»Bist du ganz sicher, daß du die Post bei dieser Person abgeben willst?«

»Ja, klar.«

Die Tür wurde aufgemacht. Lachen. Mitleidiges Gemurmel. Der ausgestreckte Finger. Kennet starrte sie an, versuchte, umzukehren und wieder hinauszugehen, wurde aber festgehalten und zu ihr geschleppt.

»Nein, verdammt, nein, verdammt«, protestierte er verzweifelt.

»Laß ihn doch. Ich finde, er braucht es nicht zu machen«, sagte jemand.

»Warum nicht? Er hat ›ja‹ gesagt. Er muß sich an die Spielregeln halten. Los jetzt, Kennet. Ihr mußt du die Post übergeben!«

»Ich habe doch nicht gedacht, daß du auf sie zeigen würdest. Sie hat doch nicht mitgemacht.«

Eine heftige Diskussion entstand. Manche blieben hart: die Spielregeln waren nun mal so, ein Ja blieb ein Ja. Andere waren etwas nachgiebiger:

»Ja, schon, aber seid doch nicht so streng. Würdest du jemanden küssen wollen, der nach Pisse riecht? Wirklich?«

Schließlich einigte man sich auf eine Ausnahme von den Regeln. Wenn man bei Yvonne landete, brauchte man nur die Hand zu geben, egal, was man vor der Tür gesagt hatte.

Kennet versuchte, sich auch davor zu drücken, gab aber schließlich dem Gruppendruck nach, streckte widerwillig Yvonne seine Hand hin und berührte ganz leicht ihre Fingerspitzen. Das Gekicher steigerte sich zu einem Kreischen der Begeisterung, in die sich Ekel mischte.

»Pfui Teufel«, sagte Kennet und wischte sich die Hand am Hosenbein ab.

Näher als so ist sie einem ihrer Klassenkameraden nie gekommen.

Sie machte ihnen eigentlich keine Vorwürfe. Es stimmte, sie roch nach Pisse. Zu Hause gab es nur selten Klopapier, ihre Unterhosen hatten immer eine unbestimmbare, braungelbe Farbe. Sie dachte, das wäre normal so. Sie wusch sich manchmal die Hände, aber das mit dem Baden und Duschen vergaß sie meistens, und niemand erinnerte sie daran.

Manchmal wurde sie schön hergerichtet – vor einer Einladung zum Essen bei der Großmutter, einem Besuch bei Mutters Arzt, Doktor Willenius, oder vor einem Opernbesuch.

Dann stellte die Mutter sie in die Badewanne, mitten in die Schmutzwäsche, die im kalten Wasser herumschwamm, und machte sie sauber wie einen Gegenstand. Sie schrubbte sie mit einer harten Bürste, und wenn sie das Shampoo aus den Haaren spülte, achtete sie nicht darauf, ob es in die

Augen lief. Yvonne bekam frische Kleider, die alten wurden in die Brühe in der Badewanne gelegt – eingeweicht – und warteten auf die große Wäsche, die nie stattfand.

Bei der Großmutter war es so sauber und aufgeräumt, wie es bei der Mutter schmutzig und unordentlich war. Sie saßen in der guten Stube und aßen. Die Mutter zwitscherte und erzählte von Opernbesuchen und von Yvonnes Fortschritten in der Schule. Die Großmutter muß wenigstens teilweise gewußt haben, wie es ihr ging, aber sie sah nur, was sie sehen wollte.

Vermutlich war die Mutter schon lange krank, nur hatte das niemand wahrhaben wollen. In ihrer vornehmen Familie sprach man nicht über Angstzustände, Paranoia oder Halluzinationen. Sie heiratete, als sie zwanzig war, und im Jahr darauf bekam sie Yvonne. Während der Schwangerschaft und der Geburt explodierte die Psychose und war nicht mehr zu verschweigen. Die Mutter kam in eine psychiatrische Klinik, die junge Ehe ging in die Brüche, Yvonne wohnte bei der Großmutter und wurde von einem Kindermädchen versorgt. Nach einem Jahr wurde die Mutter entlassen und holte ihre Tochter nach Hause.

Yvonne konnte sich nicht erinnern, ob ihr Vater jemals bei ihnen gewohnt hatte. Formal waren er und die Mutter verheiratet, bis sie fünf Jahre alt war. In Wirklichkeit hatte er schon bei der Geburtspsychose der Mutter das Weite gesucht, glaubte Yvonne. Sie traf ihn ein paar Mal im Jahr. Er holte sie dann vor der Haustüre ab. Sie gingen zusammen ins Kino, ins Museum, in den Zirkus oder zu anderen Veranstaltungen. Er war sehr höflich und angespannt, und sie hatte immer das Gefühl, daß er, genau wie sie, diese Treffen aus Pflichtgefühl absolvierte.

Die Mutter hatte bessere und schlechtere Perioden. Der Krankheitszustand kündigte sich langsam und schleichend, mit vielen Anzeichen und Warnungen an, der Wechsel zu einer gesunden Periode hingegen konnte ganz plötzlich, quasi über Nacht kommen. Yvonne fand sie dann am Morgen in der Küche, völlig entsetzt darüber, wie es dort aussah. Yvonne wurde mit einer Einkaufsliste weggeschickt und mußte die Lebensmittel einkaufen, die im Kühlschrank fehlten, während die Mutter spülte und putzte.

Die Mutter hatte auch eine beinahe unfaßbare Fähigkeit, sich zusammenzunehmen, wenn es nötig war. Am allermeisten nahm sie sich zusammen, wenn sie als Privatpatientin bei ihrem Arzt, Doktor Willenius, war. Yvonne vermutete später, daß er Psychiater war, obwohl das nie ausgesprochen wurde. Die Mutter wollte Yvonne immer dabeihaben, in neuen Kleidern, mit gelockten und gekämmten Haaren. Sie war ein wichtiger Baustein in der Fassade der Mutter: »Seht nur, wie gut ich meine kleine Tochter versorge.«

Doktor Willenius – ein kettenrauchender alter Kauz mit dem Gesicht eines Bluthundes – hörte der eleganten Konversation der Mutter mit halbgeschlossenen Augen zu, murmelte etwas Unverständliches und verschrieb Medikamente, die sie auf dem Heimweg abholten. Die Medikamente wurden im Badezimmerschrank aufbewahrt, wo die Mutter sie vergaß, bis sie sich plötzlich eines Tages wieder an sie erinnerte, eine Riesendosis einnahm und dann für mehrere Tage außer Gefecht war.

Das war alles an medizinischer Betreuung. Die Großmutter weigerte sich zuzugeben, daß die Tochter krank war, und Doktor Willenius war nur an seinem Honorar interessiert.

Später hatte Yvonne sich oft gewünscht, daß die Mutter einmal richtig verrückt geworden wäre, auf der Straße oder in einem Geschäft, daß sie Aufmerksamkeit erregt und von der Polizei aufgegriffen worden wäre. Aber dazu war sie zu schlau. Die Paranoia konnte in ihrem Innern rasen, die Halluzinationen in den Ohren brausen, aber sie richtete sich auf, kniff die Lippen zusammen und lächelte steif.

Im Fernsehen hatte Yvonne vor kurzem gehört, wie ein Tierarzt berichtete, daß sie immer Probleme mit kranken Vögeln hätten, weil sie so geschickt gesund spielen können. Sie plusterten sich auf und zwitscherten, solange die Besitzer in der Nähe waren. Das ist ein Überlebensinstinkt, weil ein kranker Vogel riskiert, von den anderen Vögeln totgehackt zu werden. Will man wissen, wie es dem Wellensittich oder Papagei wirklich geht, muß man ihn heimlich beobachten.

Genauso war es mit der Mutter. Sich schwach oder krank zu zeigen war lebensgefährlich, das hatte sie von Kindheit an gelernt. Munter und fröhlich mußte man sein, mit rosigen Wangen, sonst würde man unweigerlich von den anderen totgehackt. Ihr angelerntes »gesundes« Verhalten saß ihr in den Knochen, und wenn es gebraucht wurde, drückte sie einfach auf einen Knopf, und dann kamen die Phrasen und Gesten.

Sie wirkte trotzdem nicht ganz normal. Sie sprach mechanisch, lachte zu laut, zog sich komisch an. Aber sie konnte als etwas merkwürdige, unkonventionelle Person durchgehen.

Wenn es ihr richtig schlechtging, konnte sie diese Fassade nicht aufbauen. Da verließ sie die Wohnung nicht und ließ keinen Außenstehenden herein. Ihre Tochter betrachtete sie in diesen Perioden als Requisit ihrer Halluzinationen. Yvonne gehörte zur Schwangerschaft und zur Geburt. Irgendwie war die Tochter immer noch ein Embryo, ein ekliger, widerwärtiger Teil ihres Körpers.

Am schlimmsten war es für Yvonne, wenn die Mutter Angst vor ihr hatte. Ihre Angst war zehnmal schlimmer als ihr Zorn. Aus nachvollziehbaren Gründen hatte Yvonne oft Alpträume, und eines Nachts, als sie aus einem aufwachte, tappte sie zur Mutter und kroch zu ihr ins Bett, um sich trösten zu lassen. Die Mutter erwachte mit einem Schrei und trat nach ihr und kratzte. Aus den entsetzt hervorgekeuchten Sätzen verstand Yvonne, daß die Mutter in ihr eine große Krabbe sah, die in ihr Bett gekrochen war und sich an sie geklammert hatte. Yvonnes eigener Alptraum verblaßte angesichts dieser schrecklichen Begegnung, aus der man nicht einmal aufwachen konnte.

Ihr Essen mußte sie meistens selbst machen. Sie lernte durch Versuch und Irrtum. Sie lernte, Konservendosen aufzumachen und den Gasherd anzuzünden. Es gab im Fernsehen noch nicht so viele Kochsendungen wie heute, aber sie merkte sich, was sie sah.

In der Schule wurde sie natürlich gemobbt. Ihre Kleider waren komisch. Die Mutter kaufte sie in einem Kurzwarengeschäft in der Nähe. Die Verkäuferin war alt und senil, ihre Kunden waren ebenfalls alte und senile Damen. In irgendwelchen Verstecken hatte sie ein unerschöpfliches Lager an rosa gerüschten Mädchenkleidern, die vielleicht ein Traum waren für eine Vierjährige im Prinzessinnenalter, aber immer unmöglicher aussahen, je älter Yvonne wurde. Besonders weil die größten Modelle für Siebenjährige gedacht waren und Yvonne sie tragen mußte, bis sie zwölf war und die Nähte platzten.

Die Mutter liebte die Oper. Sie nahm Yvonne mit in Vorstellungen von »Tosca«, »Carmen« und »La Traviata«. Sie war Mitglied bei den Freunden der Oper, was bedeutete, daß sie zu speziellen Empfängen gehen mußte und im Foyer, zusammen mit jeder Menge Tanten, Lachshäppchen bekam. Der Opernchef hielt einen kleinen Vortrag über den Komponisten, und ein älterer Opernstar erzählte Geschichten aus seinem Leben und sang ein paar Töne.

In der Welt der Oper lebte die Mutter auf. Sie liebte die bunten Kostüme, die Pracht und die Schminke. Die starken Gefühle, die für sie so destruktiv waren – eingekapselt und erstickend oder plötzlich und unkontrolliert explodierend –, waren hier gezähmt und zu schöner Kunst veredelt.

Yvonne verabscheute die Opernwelt, für sie war sie eine einzige große Psychose. Das schlimmste war, daß die Mutter und sie so gut hineinpaßten. Die Mutter war immer kräftig geschminkt, sie trug tiefrote oder kobaltblaue Kostüme, dicke Goldketten und eine Perücke, weil ihre Haare durch ihre schlechten Perioden ungepflegt und struppig aussahen. Und daneben Yvonne in ihren Tüllkleidern, Shirley-Temple-Locken und Haarschleifen. Sie hätte auf die Bühne gehen und sich ins Libretto hineinschreiben lassen können.

Aber an diesen Abenden hatte sie immerhin saubere Kleider an und roch nicht nach Pipi.

In der neunten Klasse kam eine energische Theaterpädagogin an die Schule. Sie ging durch die Klassen und warb Teilnehmer für eine Inszenierung von Ionescos »Die kahle Sängerin«.

»Ich brauche junge Leute, die bereit sind, sich auf etwas einzulassen«, sagte sie begeistert und fuchtelte unter dem gestickten Poncho mit den Armen. »Gibt es hier solche jungen Leute?«

»Yvonne, Yvonne«, schrieen die Jungen, die sie sonst immer mobbten.

»Wer ist Yvonne?«

Sie wollte im Erdboden versinken.

»Prima, Yvonne. Wie heißt du mit Nachnamen? Ich schreibe dich auf. Am Freitag, um 10.30 in der Aula. Bis dann.«

Und als der wohldressierte kleine Hund, der sie war, ging sie hin.

Es gab viel mehr Interessierte als Rollen. Aber die meisten sprangen bald wieder ab. Die beliebten Mädchen merkten schnell, daß es keine glamourösen Rollen gab, die sie zu Stars machen würden. (Ich habe gedacht, sie sagte »die fahle Sängerin«. Heißt es wirklich die »kahle«? Nein, dann lieber nicht.) »Wird die Teilnahme zur Note gerechnet?« fragte ein Mädchen, und als sie hörte, daß das nicht der Fall war, verschwand sie mit drei, vier anderen. Dann waren nur noch die übrig, die hofften, vom Unterricht befreit zu werden. Aber nur die erste Einführungsstunde fand während des Unterrichts statt, danach mußten sie in der Freizeit kommen. Schließlich war eine kleine Schar von Schülern übrig, die sich schüchtern anschauten. Yvonne war die einzige aus ihrer Klasse, dafür war sie sehr dankbar.

Nachdem sie in den ersten Stunden die üblichen peinlichen Theaterübungen absolviert hatten, fingen sie mit den Proben an. Yvonne ratterte ihre Sätze genauso leise und eintönig herunter wie die anderen. »Die kahle Sängerin« war ein absurdes, völlig unverständliches Stück, aber es hatte den Vorteil, daß es nichts machte, wenn man ein paar Sätze übersprang oder sie in der falschen Reihenfolge sagte. Niemand merkte den Unterschied.

Bei der Premiere passierte etwas mit ihr. Als sie auf der Bühne der Aula stand, war ihre Nervosität wie weggeblasen. Obwohl die ganze Schule zuschaute, hatte sie das Gefühl, ganz allein zu sein. Nicht auf unangenehme Weise allein, sondern forderungslos und entspannt. Wie wenn man abends im Bett liegt und die Gedanken frei und halb im Traum wandern.

Plötzlich war sie die Mrs. Smith, die sie spielte. Sie bewegte sich anders, bekam eine andere Stimme. Als ob ein fremder Mensch in ihr verborgen gewesen wäre, der nun hervorkam. Sie verstand diese merkwürdigen Sätze nicht, aber diese andere verstand sie und sprach sie wie selbstverständlich. (Im nachhinein war ihr klargeworden, daß in ihrer Mrs. Smith viel von der Mutter war. Wenn man es recht bedachte, war sie ja in einem absurden Drama aufgewachsen, und wenn die Mutter ihre dreistündigen Monologe abfeuerte, konnten sowohl Ionesco als auch Beckett nach Hause gehen.)

Nach einer Weile verschwand das Gefühl des Alleinseins, und ihr wurde die Anwesenheit des Publikums bewußt. Es war ganz still, und dennoch erregte es sie. Sie traute sich, seine Gegenwart zu benutzen, und verstand den Sinn des Worts Publikumskontakt.

Die Vorstellung war ein Erfolg. Alle sprachen von Yvonnes schauspielerischer Leistung. Sie wurden eingeladen und spielten in anderen Schulen. Erst in der Heimatstadt und dann im ganzen Bezirk. Ihre Klassenkameraden hatten plötzlich Respekt vor ihr. Sie schienen sich plötzlich nicht mehr sicher zu sein, wer sie war, und manchmal hatte sie das Gefühl, daß sie ein bißchen Angst vor ihr hatten. Ein Junge, der gesellschaftskritische Gedichte schrieb und Vorsitzender des Schülerbeirats war, sprach mit ihr wie mit einer Gleichgestellten.

Sie ging auf den Wirtschaftszweig des Gymnasiums, hatte jedoch Probleme mitzukommen. Die Mutter beanspruchte immer mehr von ihrer Zeit. Wie üblich wahrte sie nach außen den Schein und wirkte recht gesund, wenn sie bei ihrem Arzt war. Nur Yvonne wußte, daß es der Mutter schlechter ging als je zuvor. Aber von nun an konnte nichts mehr ihr wirklich weh tun. Sie wußte, daß sie schlummernde Kräfte in sich hatte, die sie herauslassen würde, wenn es soweit war.

Dann ging der alte Willenius in Pension. Die Mutter bekam keine Medikamente mehr verschrieben und mußte nun in die Ambulanz eines Krankenhauses gehen. Endlich wurde sie stationär behandelt. Yvonne kam zu einer Familie auf dem Land, was eine große Umstellung für sie war, sie hatte ihr ganzes Leben, Sommer wie Winter, in der Stadt zugebracht.

Im Schulbus lernte sie Gunnar kennen, ihren ersten Freund. Er lernte Automechaniker und war langsam, träge und gelassen. Eines Tages setzte er sich im Bus neben sie, legte seine ölverschmierte Hand auf ihre, und also gingen sie miteinander. Seine Eltern hatten Milchkühe, und Yvonne war einmal bei der Geburt eines Kalbes dabei, bei der sowohl das Kalb als auch die Kuh starben. Sie erinnerte sich gut an die Stimmung unter den Anwesenden: Es war traurig und schmerzlich, aber völlig natürlich.

Mit Gunnar redete sie über alles. Über die Mutter, das Gemobbtwerden, die Träume vom Theater. Er fand nie etwas komisch. Eines Tages machte er Schluß, auf die gleiche einfache und ehrliche Art, wie er die Beziehung angefangen hatte. Er fand, die Beziehung nahm ihm zuviel Zeit, die er lieber mit Autos zubrachte und für die Kühe brauchte. Yvonne hatte das gleiche Gefühl wie damals beim Kalb: Traurig. Aber natürlich.

Sie studierte Theaterwissenschaft an der Universität und zog in eine Einzimmerwohnung in der Stadt. Nach einem Jahr gründete sie zusammen mit anderen eine freie Theatergruppe. Sie lebten vom Arbeitslosengeld und spielten Kindertheater in Schulen und Kindergärten.

Yvonne wurde von einer etablierteren Gruppe abgeworben, die von einem charismatischen Regisseur geleitet wurde, der einen Namen in der Theaterszene hatte. Es war eine glückliche Zeit in ihrem Leben. Die Gruppe bekam gute Kritiken, die Stadt gab ihnen eine großzügige Unterstützung, und sie hatten viel Publikum.

Die kalte Dusche bekam sie, als sie eines Tages im Zimmer des Regisseurs einen Brief vom Gerichtsvollzieher fand. Unangenehme Erinnerungen kamen in ihr hoch. Die Mutter hatte nie die Rechnungen bezahlt und oft solche bedrohlichen Briefe bekommen. Yvonne sprach mit dem Regisseur, der die Sache auf die leichte Schulter nahm. Wie viele Genies hatte er keine Ahnung von Ökonomie.

Sie durchsuchte heimlich seine Unterlagen und erkannte die Wahrheit hinter der glanzvollen Theatergruppe. Sie spielten wunderbares Theater, standen jedoch am Rande des Abgrunds. Wenn die Stadt erfahren würde, wie schlecht es um sie stand, würden sie nie wieder einen Zuschuß bekommen. Es war ein bißchen wie mit Micky, Donald und Goofy, die im Wohnwagen eine Serpentinenstraße hinunterfuhren. »Wer fährt eigentlich?« Sie spielten alle im Wohnwagen, aber niemand saß hinter dem Steuer und lenkte.

Yvonne brachte alles in Ordnung. Dann wurde es immer mehr ihre Aufgabe, sich um die Buchführung und die Rechnungen zu kümmern. Sie war schließlich auf dem Wirtschaftsgymnasium gewesen, und den Rest lernte sie nach und nach. Erst hieß es, sie würden sich bei der Buchführung abwechseln. Alle sollten spielen dürfen. Aber Yvonne machte es gut. Niemand außer ihr konnte es, sie blieb also bei der Buchführung hängen. Und die Bühne verschwand immer mehr.

Erst war sie sauer. Dann stellte sie fest, daß Wirtschaft und Buchführung Spaß machen konnte. Sie lernte, wie man Zuschüsse beantragte, und bekam einen Riecher dafür, wo es Geld zu holen gab.

Sie verschaffte sich eine feste Stelle mit einem kleinen, aber festen Gehalt. Mit der Zeit wurde das Gehalt ihr zu klein, und sie bewarb sich um besser bezahlte Jobs.

Nach einigen Anstellungen in verschiedenen Unternehmen beschloß Yvonne zu studieren. Sie belegte Betriebswirtschaft mit dem Schwerpunkt auf Organisation und Führung. Ihre Examensarbeit hatte Zeitplanung in einem IT-Unternehmen zum Thema. Sie machte Interviews, untersuchte Einstellungen und analysierte sie, und plötzlich merkte sie, daß sie als Beraterin einen Job machte, der sehr gesucht war.

Sie gründete »Mehr Zeit« und traf bei einem Kunden Lotta, eine Klassenkameradin aus der Handelshochschule.

Sie arbeitete für eine amerikanische Firma, die eine neue Geschäftsidee hatte, sie räumte bei fremden Leuten die Schreibtische auf. Nun wollte sie sich selbständig machen. Sie erarbeiteten zusammen eine Methode, die zu Yvonnes Ideen über Zeitplanung paßte, und taten sich zusammen.

Yvonne stellte fest, daß die Welt voller Chaos war und daß die Leute geradezu nach Ordnung schrieen. Lotta und sie wurden wie rettende Engel empfangen, wenn sie mit ihren schneeweißen Ordnern und genau ausgearbeiteten Organisationsmethoden in das Büro des Kunden kamen. Hinterher weinten die Kunden vor Dankbarkeit, wenn sie ihre aufgeräumten Schreibtische sahen, und konnten sich gar nicht schnell genug zu den teuren Kursen von »Mehr Zeit« anmelden.

Der nach Pisse riechende Paria Yvonne war begehrt, erfolgreich und selbstbewußt geworden.

All dies hatte B. Ekberg in wenigen Minuten zum Einsturz gebracht.

Der Montag war ein herrlicher, klarer Tag. Yvonne begann ihren Arbeitstag im Hotel Sheraton, wo ein Netzwerk, in dem sie Mitglied war, zu einem Frühstücksvortrag eingeladen hatte. Sie blickte suchend durch den Raum, vor einer Bühne mit Rednerpult waren Tische gedeckt. Viele Menschen bedienten sich schon am Büffet, und Yvonne entdeckte sofort Cillas kurze, rote Haare, die wie ein Stopplicht leuchteten, als sie sich von einem der Tische erhob und eifrig winkte. Eines der jungen Mädchen, die Schreibtische aufräumten, saß neben ihr.

»Wir wollten beizeiten kommen, solange alles noch frisch ist«, sagte Cilla, als Yvonne sich gesetzt hatte.

Sie hatten schon Frühstück geholt und freundlicherweise auch etwas für Yvonne mitgebracht. Cilla wußte inzwischen genau, was sie wollte: Kaffee mit Milch, Orangensaft und ein halbes Brötchen mit Schinken.

Eine Frau hielt einen Vortrag, der von der Zeit nach einem Burn-out handelte. Yvonne versuchte zuzuhören, konnte sich aber kaum konzentrieren, weil sie die ganze Zeit daran dachte, was für ein Tag heute war: der Tag, an dem B. Ekberg erwartete, daß sie als Putzfrau bei ihm anfing. Sie stellte sich vor, was er wohl für Augen machen würde, wenn seine Wohnung genauso ungeputzt war wie am Morgen, als er sie verlassen hatte. Sie stellte sich seinen Ärger vor, wenn er im Telefonbuch nach Nora Brick suchte, die es nicht gab, und seine Unruhe, wenn ihm klar wurde, daß er seinen Schlüssel einer Fremden überlassen hatte, die irgendwer sein und alle möglichen Absichten haben konnte.

Was würde er machen? Vermutlich würde ihm die Visitenkarte der früheren Arbeitgeberin, Yvonne Gärstrand, einfallen. Er würde sie suchen und im Büro anrufen. Falls Yvonne da war, wenn er anriefe, würde sie sagen, es müsse ein Mißverständnis sein, sie habe nie eine Putzfrau Nora Brick beschäftigt.

Er würde seine Dummheit verfluchen, den Schlüssel so schnell hergegeben zu haben. Dann würde er vielleicht ein paar Tage warten, daß die geheimnisvolle Nora auftauchen würde. Hatte sie sich im Tag geirrt? Und jeden Abend würde er mit klopfendem Herzen die Haustür öffnen: Würde sein Haus geputzt, von Dieben ausgeräumt oder einfach nur ungeputzt und unberührt sein? Danach würde er einen Schlüsseldienst anrufen und das Schloß auswechseln lassen.

Yvonne schämte sich und beschloß, einen Spaziergang an seinem Haus vorbei zu machen und den Schlüssel zusammen mit einem entschuldigenden Zettel in seinen Briefkasten zu legen. Sie könnte ja so tun, als habe sie eine andere Stelle gefunden.

Sie sagte, daß sie etwas erledigen müsse, und trennte sich vor dem Hotel von ihren Kolleginnen, die zum Büro spazierten, während sie zum Parkhaus ging, wo sie das Auto abgestellt hatte.

Sie parkte auf dem üblichen Platz am Rande des Vororts. Die Gärten waren noch voller Spätsommerpracht, die süßen, blumigen Düfte waren von säuerlichen Obstdüften abgelöst worden, und der Wind, der die Wolkenfetzen über den klarblauen Himmel jagte, war kühl. Merkwürdigerweise war es im Vorort immer ein bißchen kühler als in der Stadt, vermutlich erwärmten die großen Gebäude die Luft etwas mehr. Yvonne fror in ihrem dünnen Leinenjackett und erinnerte sich an die Tüte mit den Secondhand-Kleidern, die sie noch nicht in den Container geworfen hatte. Sie lag immer noch im Kofferraum. Sie holte den Mantel heraus, er war groß genug, sie konnte ihn über dem Jackett tragen.

Mit raschen Schritten ging sie den wohlbekannten Weg zum Orchideenweg hinauf. In Zukunft würde sie den kleinen Abstecher bei ihrem Spaziergang meiden und geradewegs zum Akeleiweg gehen. Jetzt, wo sie das Haus Orchideenweg 9 von innen gesehen und den Besitzer kennengelernt hatte, hatte das Haus etwas von seiner Anziehungskraft verloren.

Sie blieb vor dem Haus stehen und warf einen Blick zu den Fenstern hinauf. Im Tageslicht waren sie dunkel und so reflektierend, daß sie fast undurchsichtig aussahen. Sie hob den Briefkastendeckel an, um den Schlüssel und den Zettel, den sie geschrieben hatte, einzuwerfen: Bin leider verhindert, Ihr Angebot für eine Arbeit anzunehmen. Tut mir leid, wenn ich Ihnen Mühe gemacht habe. MfG Nora Brick. Aber sie hielt inne.

Das peinliche Vorstellungsgespräch hatte ihr ja keineswegs das gebracht, was sie erhofft hatte. Was ihr hätte klar sein müssen. Man kann nicht gleichzeitig beobachten und beobachtet werden, nicht das Spiel anschauen, an dem man selbst teilnimmt.

Aber jetzt war sie ja allein. Sie konnte hineingehen und sich in aller Ruhe die Zimmer anschauen. Und erst dann den Schlüssel in den Briefkasten werfen.

Yvonne ging die Treppe zur Haustüre hoch, drückte den Klingelknopf und wartete, ob B. Ekberg aufmachen würde. Als alles ruhig blieb, schloß sie auf und trat ein. Und endlich hatte sie das kribbelnde Gefühl, das sie sich vorgestellt hatte, als sie den drastischen Schritt gewagt und sich um die Stelle als Haushaltshilfe beworben hatte, um ins Haus zu gelangen.

Wenn sie allein war, waren ihre Sinne offen und empfänglich. Ein Geruch, an den sie sich vom letzten Mal nicht erinnern konnte, schlug ihr entgegen. Es war der verdichtete »Leeres-Haus-Geruch«, den jedes Haus besitzt, der Eigengeruch des Hauses, der normalerweise von Essensgerüchen, Seife und Menschenkörpern überlagert wird, der jedoch ungehindert durchschlägt, wenn die Bewohner nicht da sind, ja sogar an Stärke zunimmt, so daß man ihn nicht wiedererkennt, wenn die Menschen zurückkommen, der als fremd und fast ein wenig beängstigend wahrgenommen wird.

Sie zog die Schuhe aus und behielt den Mantel an. Von der dunklen Diele aus konnte sie direkt in die sonnige Küche schauen. Sie ging hinein und sah sich um.

Ekbergs Küche war behutsam renoviert und schien keine größeren Veränderungen durchgemacht zu haben, seit das Haus irgendwann in den ersten Jahrzehnten des 20. Jahrhunderts gebaut worden war. Die Schranktüren waren sorgfältig weiß lackiert, aber nicht ausgewechselt worden. Der große Klapptisch war unlackiert, das Kiefernholz war nach vielen Jahren der Sonnenbestrahlung und vom wiederholten Einölen nachgedunkelt, es hatte nun eine warme, braune Farbe, die es wie ein edles Holz aussehen ließen.

Genau so eine altmodische, gemütliche Küche hätte sie selbst gern gehabt. Wenn sie denn so ein Leben führen würde, wo man viel Zeit in der Küche verbrachte, ordentlich kochte und zusammen mit der Familie am Küchentisch zu Abend aß. Aber ihr Leben sah nun einmal nicht so aus. Jörgen, Simon und sie kamen zu den unterschiedlichsten Zeiten nach Hause, und jeder machte sich ein belegtes Brot, schnell ein paar Nudeln oder etwas Fertiges, das man in der Mikrowelle wärmen konnte. Sie hatten einmal einen Versuch gemacht mit einem regelmäßigen Sonntagsessen, den Tisch schön mit dem guten Porzellan gedeckt und zusammen gekocht, danach ruhig und langsam gegessen und sich gegenseitig in freundlichem Ton erzählt, was sie so die

Woche über gemacht hatten. Es war ihnen schrecklich anstrengend und unnatürlich vorgekommen, und sie hatten bald wieder damit aufgehört.

Ungemütlich an Ekbergs Küche war, daß sie so unaufgeräumt war. Auf der Spüle und der Arbeitsplatte aus Marmor stand das Geschirr von vielen Tagen, Bierdosen, Verpackungen und Essensreste. Der Tisch war nach dem Frühstück nicht abgedeckt worden, vermutlich weil auf der Spüle kein Platz mehr war.

Yvonne verzog angeekelt das Gesicht und wollte die Küche gerade verlassen, um den Rest des Hauses zu besichtigen, als sie mitten in dem Durcheinander auf dem Tisch einen handgeschriebenen Zettel bemerkte. Da stand:

Liebe Nora!

Es tut mir sehr leid, daß Sie an Ihrem ersten Arbeitstag von diesem widerwärtigen Durcheinander empfangen werden. Ich bin mir schmerzlich bewußt, daß dies nicht die »einfache Hausarbeit« ist, auf die wir uns geeinigt hatten. Es wird in Zukunft <u>nicht</u> mehr so aussehen!
Habe übers Wochenende zu Hause gearbeitet – jede Menge Arbeit, die ich bis heute fertig haben mußte – und habe einfach schnell was gegessen und keine Zeit gehabt, hinterher aufzuräumen. Wollte es gestern abend noch machen. Muß am Schreibtisch eingeschlafen sein. Bin schon zu spät, schreibe diesen Zettel in der Hoffnung, daß Sie Nachsicht mit mir haben.
Als Entschädigung habe ich etwas extra in den Umschlag getan.

In Eile
Bernhard Ekberg

PS
Als ein etwas persönlicheres Geschenk möchte ich Ihnen eine Flasche des selbstgemachten Pflaumenlikörs meiner Frau geben – er steht im Keller links neben der Treppe. Oder – falls Sie das vorziehen – ein Glas von ihrer Quittenmarmelade oder den Ingwerbirnen. Nehmen Sie, was Sie mögen!

PS
Ich hoffe, Sie haben beim Vorstellungsgespräch keinen falschen Eindruck von mir bekommen. Ich habe keinen Moment an Ihren Fähigkeiten gezweifelt, Nora. Es gibt heute nicht mehr viele wie Sie!

Unter dem Zettel lag ein Umschlag. Yvonne schaute hinein. Sie hatte keine Ahnung, was Putzfrauen verdienten, es war jedenfalls mehr, als sie für ein paar Stunden Putzen erwartet hatte.

Erstaunt las sie den Zettel noch einmal durch. Bernhard hieß er also. Und er hatte eine Frau. War sie verreist?

Sie ging wieder in die Diele, öffnete die Tür, von der sie vermutete, daß sie in den Keller führte, und ging die Treppe hinunter. Hinter einer schmalen Tür, die mit einem Holzklotz verschlossen war, fand sie einen Vorratskeller, der einer Hausfrau aus dem letzten Jahrhundert würdig gewesen wäre. Auf den mit Wachspapier ausgelegten Regalen drängten sich lange Reihen von Flaschen und Gläsern. Der Sonnenstrahl, der durch das kleine Fenster drang, ließ den Inhalt halb durchsichtig schimmern, die Farbskala reichte von Bernsteingelb über Kirschrot bis Rubinrot. Jedes Glas und jede Flasche hatte ein Etikett, das Inhalt und Datum angab. Die Handschrift war ordentlich und gerade und hatte keine Ähnlichkeit mit Bernhards Gekrakel. Die Daten unterschieden sich, aber kein Datum war jünger als vor zwei Jahren.

Die Ehefrau war also nicht nur vorübergehend verreist. Bernhard Ekberg war geschieden. Oder vielleicht Witwer.

Sie verließ den Vorratskeller, ohne etwas zu nehmen, und ging wieder hinauf. Die Unordnung in der Küche stand in scharfem Kontrast zu den säuberlich aufgestellten und etikettierten Gläsern, die sie gerade gesehen hatte. Sie ahnte einen möglichen Grund für die Scheidung. Einen Moment war sie in Versuchung, einen neuen Zettel zu schreiben:

Lieber Bernhard!
Hier haben Sie Ihren Schlüssel zurück. Ich verstehe, warum Ihre Frau Sie verlassen hat.
In Eile
Nora Brick

Aber es konnte ja wirklich sein, daß die Frau gestorben war. Neugierig ging Yvonne weiter in den ersten Stock.

Im Badezimmer glänzte Frau Ekberg durch Abwesenheit. Keine Schminke, kein Parfum. Nur eine Zahnbürste.

Auf der Schwelle zum Schlafzimmer blieb sie respektvoll stehen und betrachtete diesen privatesten Teil der Wohnung, den Raum, in den man nie seine Gäste führt. Sie sah ein Doppelbett mit einem baumwollenen Überwurf, das Bett war tadellos gemacht. In eine Nische mit einem bleiverglasten Fenster war eine Sitzbank mit Kissen eingebaut. Die Einfassungen zeichneten Vierecke auf den zitronengelben Teppich. Unter der Dachschräge war eine Tür zu einem begehbaren Schrank.

Es war ein geräumiges, gemütliches Zimmer. Die warmen Farben und die sparsame Möblierung vermittelten ein Gefühl von Sauberkeit. Ein Zimmer zum Aufwachen. In einen neuen, unbefleckten Tag.

Yvonne mußte bei diesem Gedanken über ihren eigenen Tag nachdenken. Um sechs würde sie mit einem Kunden essen gehen. Davor mußte sie noch ins Büro und sich ein wenig vorbereiten. Sie würde nur noch rasch die anderen Zimmer anschauen. Dann würde sie abschließen, ihren Entschuldigungsbrief zusammen mit dem Schlüssel in den Briefkasten werfen und dieses Haus für immer verlassen. Sie hatte ein schlechtes Gewissen wegen ihres Betrugs gehabt. Aber jetzt war sie ganz zufrieden. Sie stellte sich Bernhard Ekbergs Gesicht vor, wenn er den Schlüssel und den Zettel im Briefkasten fand. Er würde sich selbst an seinen Geschirrberg machen müssen.

Gab es heute wirklich noch Männer, die völlig hilflos waren, wenn die Frau aus ihrem Leben verschwand? Wie würde Jörgen sich in so einer Situation verhalten? dachte Yvonne. Vermutlich würde er weiterhin sein Geschirr in die Spülmaschine stellen und seine Hemden bügeln, wie er es schon immer getan hatte. Was das betraf, würde sie keine Leere hinterlassen.

Würde sich überhaupt etwas verändern? Sie sah vor sich, wie das Leben von Sohn und Mann in den gleichen Bahnen verlief. Mit Schule, Freunden und Computerspielen bei Simon. Mit Arbeit, Geliebten und Fitneßstudio bei Jörgen. Genau wie immer. Irgendwie ein beunruhigender Gedanke. Aber auch beruhigend. Dann fiel ihr Blick auf die Schranktür unter der Dachschräge. Einer Eingebung folgend ging sie rasch über den gelben Teppich, der sich unter ihren Strümpfen dicht und dick wie Moos anfühlte, öffnete die Tür und machte das Licht an.

Vor ihr erstreckte sich eine lange Reihe aufgehängter Kleidungsstücke. Einige Herrenjacketts, Hemden und ein paar Anzüge. Dahinter hingen Röcke, Kostüme, Blusen, Kleider. Alles einfach und elegant, gut geschnitten und von bester Qualität. Bernhard Ekberg war also nicht geschieden.

In diesem Moment hörte sie ein Geräusch aus dem unteren Stockwerk. Es klang, als ob die Haustür geöffnet und wieder geschlossen würde. Ihr erster Impuls war, im Schrank stehen zu bleiben. Sich verstecken, bis die Person da unten wieder ging. Aber dann fiel ihr ein, daß sie die Haustür nicht abgeschlossen hatte und ihre Schuhe mitten auf der Fußmatte standen. Sie stolperte aus dem Schrank, machte das Licht aus und schloß ab. Auf halbem Weg die Treppe hinunter blieb sie stehen. Bernhard Ekberg stand in der Diele und zog seine Handschuhe aus.

»Wie schön, daß Sie schon da sind, Nora«, sagte er. »Ich bin früher nach Hause gefahren. Ich war heute morgen bei einem wichtigen Termin, jetzt kann ich den restlichen Tag zu Hause arbeiten.«

»Ich bin gerade gekommen«, murmelte Yvonne mit brennenden Wangen. »Ich bin nach oben gegangen, um mir einen Überblick zu verschaffen. Die Hemden. Ich dachte, vielleicht liegen sie hier oben.«

»Die Hemden?«

»Ich habe gedacht, ich soll Hemden bügeln.«

Ihre Notlüge, daß sie eine andere Arbeit gefunden hatte, schien ihr nicht mehr haltbar, seit er sie ertappt hatte, wie sie aus seinem Schlafzimmer kam.

»Mein Gott, ich habe sie noch nicht einmal gewaschen. Ich hatte so schrecklich viel zu tun übers Wochenende. Diesmal keine Hemden. Sie könnten vielleicht mit der Küche anfangen.«

Sie nickte verwirrt.

»Danke, nett von Ihnen, Nora.«

Yvonne bemerkte, daß sie immer noch wie festgefroren dastand, den einen Fuß halb auf der nächsten Treppenstufe und eine Hand auf dem Geländer. Mit der anderen hielt sie krampfhaft ihren Mantel zu, als ob er sie schützen könnte.

Dann löste sich die Lähmung, sie ging in die Küche hinunter, und obwohl sie immer noch in einer Art Schockzustand war, begann sie, Wasser ins Waschbecken laufen zu lassen. Durch das Rauschen des Wassers hörte sie, wie Bernhard Ekberg in die Küche geschlichen kam, und als sie einen Blick über die Schulter warf, sah sie, wie er den Zettel auf dem Küchentisch an sich nahm, ihn mit einer kurzen, raschen Handbewegung zerknüllte und ihn dann in die Tasche steckte, als ob er sich plötzlich dafür schämen würde.

»Da drüben gibt es eine Schürze. Ich sitze am Eßtisch und arbeite. Sie können mich fragen, wenn Sie etwas wissen möchten, ansonsten möchte ich nicht gestört werden«, rief er aus der Diele. Sein unpersönlicher, professioneller Tonfall machte den Eindruck, als wolle er etwas von der Autorität zurückerlangen, die er durch den reuevollen Zettel verloren hatte.

Yvonne zog den Mantel und das Leinenjackett aus, hängte sie über einen Stuhl und krempelte die Blusenärmel hoch. Auf einem Haken an der Innenseite der Tür fand sie eine Schürze und zog sie an. Das Spülmittel schäumte im Becken, sie versenkte ein Glas mit unverkennbarem Geruch nach Whisky. Sie wußte selbst nicht, wie es zugegangen war, aber sie hatte ihren Dienst als Haushaltshilfe bei Bernhard Ekberg angetreten.

Sie war auf merkwürdige Weise aufgekratzt und angespornt, wie nach einer Fahrt mit der Achterbahn. Das warme Spülwasser umschloß ihre Hände, der Schaum glänzte in allen Regenbogenfarben in der Sonne, und sie stellte fest, daß jeder Gegenstand, den sie spülte, ausgesprochen schön war. Jeder Löffel, jeder Topf und jedes Schälchen waren perfekt in Form und Funktion, mit Sorgfalt und Sinn für Ästhetik ausgewählt. Was angestoßen oder abgenutzt war, war auf patinierte und schöne Art angestoßen und abgenutzt. Wie die verblaßten Blumen in den Suppentellern oder die alte Servierplatte, deren Glasur gesprungen war, die Risse bildeten ein Muster, das an Wurzeln oder

Blattnerven erinnerte. Einen Moment lang hatte sie ein fast mystisches Gefühl, in der wunderbarsten Küche zu stehen und die wunderbarsten Gegenstände zu spülen. Ein angenehmer, aber idiotischer Gedanke, den sie abzuschütteln versuchte.

Als sie fertig war, trocknete sie alle Flächen ab und wischte den Boden mit einem Mopp. Sie ging von Zimmer zu Zimmer, staubte ab und staubsaugte und bekam so einen guten Überblick über das Haus. Das Erdgeschoß bestand hauptsächlich aus dem großen Wohnzimmer, das in einen Eßbereich und einen Wohnbereich mit Sofa und Sesseln aufgeteilt war. Im ersten Stockwerk gab es außer dem Schlafzimmer zwei kleinere Zimmer, ein Bad und eine kleine Diele.

Sie stellte fest, daß das Haus leicht zu putzen war, klare Flächen und relativ wenig Gegenstände. Es war jedoch viel staubiger, als sie zunächst gedacht hatte. Abgesehen vom Chaos in der Küche hatten die Zimmer einen ordentlichen Eindruck gemacht, aber auf den Bilderrahmen lagen dicke Staubschichten, und als sie den Bettüberwurf im Schlafzimmer anhob, tanzten die Wollmäuse hervor. Hier war offenbar sehr lange nicht geputzt worden.

Bernhard Ekberg saß am Eßtisch und arbeitete. Er sah sehr konzentriert aus, hatte sogar Schweißperlen auf der Stirn. Er nickte kurz und aufmunternd, als sie mit dem Staubtuch zwischen seinen Papierstapeln durchfuhr.

Yvonne dachte über Frau Ekberg nach, und plötzlich wurde ihr klar, daß sie einem Vorurteil aufgesessen war: Haus ungeputzt = Hausfrau nicht da. Wieso in aller Welt kam sie zu diesem Schluß? Warum war sie nicht da? Sie war natürlich eine Frau mit einem Karrierejob, genau wie ihr Mann. Keiner von beiden hatte Zeit zu putzen, und deshalb delegierten sie die Arbeit. Cilla hatte eine bosnische Putzfrau. Viele Leute machten es so.

Yvonne selbst war gespalten. Die Überzeugung, daß man es selbst schaffen mußte und sich nicht helfen lassen durfte, saß tief. Sie hatte sich ja schon als Kind um den Haushalt und die Mutter kümmern müssen. Andererseits hatte diese Tüchtigkeit sie fast umgebracht. Und Teil der Philosophie von »Deine Zeit« war schließlich, daß jeder das tun sollte, was sie oder er gut konnte, und daß man Dienstleistungen kauft oder verkauft.

Als Yvonne fertig war, zog sie ihr Jackett und ihren Mantel wieder an, verabschiedete sich mit einem Blick ins Wohnzimmer und ging. Sie war schon am Gartentor, als sie hörte, wie Bernhard Ekberg sie rief.

»Nora!«

Sie drehte sich um. Er stand auf der Treppe und hielt etwas in die Höhe.

»Sie haben das hier vergessen.«

Den Umschlag mit dem Geld. Yvonne hatte nicht vorgehabt, es anzunehmen, aber jetzt mußte sie. Sie ging zurück und nahm den Umschlag entgegen.

»Ich sehe, daß Sie nichts von Helenas Eingemachtem genommen haben. Nehmen Sie es nächstes Mal. Es gibt so viel. Ich kann es gar nicht allein aufessen. Die Ingwerbirnen kann ich wirklich empfehlen.«

»Danke, ich werde dran denken.«

»Ich bin so froh, daß Sie die Stelle angenommen haben, Nora. Sie sind sehr tüchtig, das habe ich sofort gemerkt.«

Und als ob er ihre Gedanken gelesen hätte, fügte er mit Angst in der Stimme hinzu:

»Sie kommen doch wieder? Nächsten Montag?«

Sie hatte immer noch den Schlüssel zu Bernhard Ekbergs Haus in der Tasche. Und er hatte aus einem unerklärlichen Grund den Schlüssel zu einem Mechanismus, der ihren Kopf überzeugend nicken und ihren Mund sagen ließ:

»Ja, sicher. Natürlich komme ich wieder.«

Wie hatte er den Schlüssel gefunden? Sie hatte geglaubt, ihn vor langer Zeit weggeworfen zu haben.

Yvonne war eine diskrete Beobachterin. Nur einmal hatte sich jemand gestört gefühlt. Und da hatte sie gar nicht die Menschen, sondern ihr Haus angeschaut.

Man konnte es fast nicht bleiben lassen. Niemand konnte an diesem Haus vorbeigehen, ohne zu schauen. Es war natürlich das lila Haus, wo das ordentliche Paar mit dem Zwergspaniel wohnte. Es war nicht irgendein Lila, sondern eine aufdringliche, ekelhafte Farbe, die vielleicht in provozierender Popkunst vorkam oder bestimmten Süßigkeiten, die jedoch unmöglich, ja geradezu unerträglich an einem Haus war.

Es passierte ein paar Tage nachdem Yvonne bei Bernhard Ekberg geputzt hatte. Als sie bei ihrem üblichen Rundgang im Vorort an dem Haus vorbeikam, warf sie einen Blick hinüber und schauderte. Vielleicht schaute sie ein wenig zu lange – wie wenn man an einem Unfall vorbeikommt und der Blick von dem Schrecklichen angezogen wird, das man eigentlich nicht sehen sollte – denn plötzlich streckte die Frau ihren Kopf hinter der Hecke hervor und fauchte:

»Was glotzen Sie denn? Haben Sie noch nie ein lila Haus gesehen? Oder finden Sie, daß alle Häuser grau angestrichen werden sollten? Einheitlich und gut, so hättet ihr das wohl gerne in diesem verfluchten Vorstadtghetto!«

Der Mann näherte sich mit einer Heckenschere in der Hand aus einem anderen Teil des Gartens, der kleine kläffende Hund sprang ihm um die Beine.

»Wolltest du nicht die Zweige aufsammeln, Vivianne? Der Korb steht da drüben«, sagte er und legte ihr beruhigend eine Hand auf den Arm.

Vivianne riß sich los und beugte sich fast der Länge lang

über die Hecke, um nahe genug an Yvonne heranzukommen und vertraulich zu flüstern. Ihr Atem war schwer vom Alkohol.

»Schauen Sie nur! Bis Ihnen die Augen aus dem Kopf fallen! Ich weiß auch, daß ein lila Haus scheußlich aussieht. Aber jetzt ist es nun mal lila.«

»Es ist pensee«, sagte der Mann rasch und schaute Yvonne entschuldigend an.

»Wir wollten etwas Besonderes haben«, fuhr die Frau fort. »Etwas, das nicht alle haben. Wir wollten eine Farbe, die pensee heißt. Eine sehr schöne Farbe. Dunkelblau mit einer Ahnung lila. Einer Ahnung.«

»Ahnung«, wiederholte der Mann mechanisch und streichelte den Arm seiner Frau, wie ein Reiter, der ein verängstigtes Pferd zu beruhigen versucht, aber selbst Angst hat.

»Wie Samt«, flüsterte Vivianne mit überdeutlichen Lippenbewegungen. Sie war Yvonne so nahe gekommen, die Puderkörnchen im Flaum ihres Kinns zittern wie Läuseeier.

»Samt«, murmelte der Mann.

Yvonne nickte verwirrt.

»Auf der Farbkarte sah sie so aus. Sehr schön. Aber als sie dann anfingen zu streichen ...« Sie nahm Anlauf und sprach die Wörter einzeln aus: »Dann War Es Eine Ganz Andere Farbe! Und es war zu spät.«

»Nein, es war nicht zu spät«, sagte der Mann betrübt. »Wir hätten sie stoppen können.«

»Aber wir mußten doch erst eine größere Fläche sehen. Wir mußten doch einen Gesamteindruck bekommen«, lallte Vivianne, die nun nicht mehr deutlich sprechen konnte. »Und dann sagte Hasse, jetzt können wir nichts mehr sagen, sie haben schon soviel gestrichen. Wir hatten das Gerüst nur für eine Woche gemietet. Handwerker sind sauteuer. Es war zu spät.«

»Nicht, wenn wir rechtzeitig was gesagt hätten, Vivianne«, sagte der Mann eintönig, als würde er etwas aufsagen.

»Aber woher weiß man, wann rechtzeitig ist und wann zu spät?« jammerte Vivianne, und die Tränen liefen ihr über die Wangen.

»Man gewöhnt sich daran«, sagte der Mann. Er lächelte Yvonne verkrampft an und zog dann sanft, aber bestimmt seine Frau an sich.

»Wir werden es neu anstreichen, aber im Moment haben wir kein Geld«, schniefte die Frau aus seinen tröstenden Armen hervor, während der Zwergspaniel ihr eifersüchtig ins Schienbein schnappte.

»Man gewöhnt sich daran«, wiederholte der Mann und strich ihr über den Rücken. »Man muß zu seinen Fehlern stehen.«

»So schlimm sieht es nicht aus«, sagte Yvonne vorsichtig. »Ein bißchen lila muntert die Idylle hier draußen auf.«

»Es ist nicht lila«, jammerte Vivianne.

»Es ist pensee«, sagte der Mann schnell und nickte Yvonne überzeugend zu. »Pensee.«

Sie nickte zurück und ging mit schnellen Schritten weiter.

Ja, woher soll man wissen, wann man aufhören soll und wann es zu spät ist? dachte Yvonne. Wie groß muß die Fläche sein, die man sehen muß?

Für Vivianne und Hasse war es offensichtlich zu spät. Sie gingen auf die sechzig zu und würden den Rest ihres Lebens in ihrem giftlila Haus verbringen und sich einreden, es sei penseefarben, und daß Vivianne mit Trinken aufhören würde und alles doch gar nicht so schlimm sei.

War es zu spät für sie und Jörgen? Und wenn ja, seit wann?

Sie hatten geglaubt, es würde besser, wenn sie ein Kind hatten. Daß die Beziehung stärker und tiefer würde. Dann glaubten sie, es würde besser, wenn Simon älter wäre und sie mehr Zeit füreinander hätten. Und dann, daß es besser würde, wenn sie genug Geld hätten und nicht mehr soviel zu arbeiten brauchten. Und jetzt? Worauf warteten sie jetzt?

Yvonne konnte ganz genau sagen, wann sie angefangen hatte, Jörgen zu lieben, aber sie konnte nicht sagen, wann sie aufgehört hatte. Es war kein bestimmtes Ereignis, er hatte nichts gesagt oder getan. Die Liebe war dagewesen. Und dann war sie nicht mehr da. Sie hatte sich ganz unmerklich zurückgezogen, wie eine Jahreszeit. Plötzlich stellt man fest, daß es nicht mehr Sommer ist. Aber wenn man genau überlegt, war es nicht plötzlich. Man stellt fest, daß es so schon lange war, obwohl man es nicht bemerkt hat.

Durch das Treffen mit Vivianne und Hasse hatte Yvonne weitere Informationen über den Vorort bekommen. Eigentlich sollte sie sich freuen. Aber es war ihr ziemlich gleichgültig.

Yvonne spürte, daß der Vorort sie zu langweilen begann. Wie konnte das sein? Der Vorort war genau das gewesen, was sie in allen Situationen gebraucht hatte. Er hatte sie aufgemuntert, wenn sie müde und erschöpft war, und sie beruhigt, wenn sie gestreßt und verärgert war. Wenn sie sich nach ihrem Spaziergang ins Auto setzte und losfuhr, hatte sie sich immer erquickt gefühlt. Das war das Wort. Erquickung. Ein kühles Bad für die Seele.

Aber das war jetzt nicht mehr so. Yvonne fand, alles wiederholte sich mit nur sehr kleinen Variationen. Sogar der Mann im Akeleiweg langweilte sie, seine Nacktheit und Pünktlichkeit faszinierten sie nicht mehr.

Vielleicht war die Grundlagenforschung beendet? Vielleicht war es jetzt an der Zeit, sich zu spezialisieren. Vom Studium des Allgemeinen zum Studium des Besonderen überzugehen? Regelmäßige Besuche im Orchideenweg 9, ein, zwei Stunden pro Woche würden ihr eine neue Perspektive verschaffen. Es wäre kein Problem, montags nicht ins Büro zu gehen. Und sie hat noch nie etwas gegen das Putzen gehabt. Wenn es ihr nichts brachte, konnte sie ihre Studien jederzeit abbrechen. Sie brauchte nur den Schlüssel in den Briefkasten zu werfen und zu gehen.

Eingehende Studien im Vorort! Kleine Blitze von Wollust zuckten bei diesem Gedanken durch ihre Nervenbahnen, was ihr äußerst sensibles Alarmsystem sofort registrierte.

Ist der Vorort meine Art, vor dem Überdruß zu fliehen? dachte Yvonne. Genau wie Vivianne ihrem Überdruß mit Alkohol entflieht und Jörgen seinem mit Untreue und Körpertraining? Eine kleine Frist, ein Freiraum, der vor den langen Klauen des Überdrusses schützte?

Aber der Überdruß ist listig wie ein Virus. Eines Tages verspürt man Überdruß auch gegenüber dem Freiraum. Man bekommt keine Kicks mehr. Man muß die Dosis steigern. Braucht härteren Stoff. Extreme. Perversionen.

Sie wußte, wie sie sich gefühlt hatte, als sie in Ekbergs Küche gestanden und abgewaschen hatte. Sie erinnerte sich an die euphorische Gewißheit, sich in der besten aller Welten zu befinden. Genau das gleiche Gefühl hatte sie gehabt, als sie das erste Mal im Vorort war, die Birken hatten gerade ausgetrieben, und ein Igel hatte ihre Füße beschnüffelt. Dieses Gefühl hatte sie seither gejagt, aber nie wieder hatte sie es richtig erlebt. Bis letzten Montag.

Und wenn schon? Und wenn es Gewöhnung und Dosissteigerung war? Sie würde doch nur ehrbare Haushaltsarbeit machen. Spülen, staubsaugen und Hemden bügeln. Mit offenen und aufnahmebereiten Sinnen. Im Vergleich zu Heroin und Bondage-Sex war es ziemlich harmlos.

Und da faßte sie einen Entschluß: Schluß mit den Wanderungen durch den Phloxweg und die Hortensiengasse. Schluß mit dem Fenstergucken und Raten. Sie war fertig mit dem Äußeren. Jetzt würde sie ihr Instrument schärfen, es auf einen einzigen Punkt im Vorort richten und sich durch die Schale aus Ziegel und Verputz bohren.

II

Ein Mann aus Zucker

12

Die Gärten hatten um diese Zeit etwas sehr Sinnliches. Sie waren zerzaust, aber gleichzeitig prächtig. Verblühtes, Vertrocknetes und Verfallenes vereinigte sich zu schwellenden Formen und intensiven Farben. Die Blätter der leuchtend rosa Rosen im Garten der Glücklichen Familie waren auf den Boden gefallen, und der lockere Badewannenschaum der Hortensie konnte jederzeit vom Wind davongeweht werden.

Aber was interessierte das sie, Nora Brick? Durch dieses Viertel mit den herbstlichen Gärten ging ihr Weg zur Arbeit. Sie marschierte in den bequemen Schuhen – Modell Mokassin – den lose sitzenden Baumwollhosen, dem warmen Pulli und ihrem wunderbaren Mantel vorwärts. Ihre ungeschminkten Augen tränten im Wind, sie hielt den Mantelkragen mit ihrer ringlosen linken Hand zu. Wie kam sie her? Nein, nein, der weiße, fast neue Mazda, der im Weißdornweg parkte, gehörte nicht ihr. Wie sollte sie, eine Putzfrau, sich den leisten können? Sie kam mit dem Bus, war lang unterwegs, mußte dreimal umsteigen, bis sie von ihrer kleinen Einzimmerwohnung in einem entlegenen Vorort hier war.

Man hatte ihr einen Schlüssel anvertraut, aber sie klingelte sicherheitshalber und wartete einen Moment, bevor sie das Haus betrat. Ihr Arbeitgeber arbeitete öfter zu Hause, und sie wollte ihn nicht überraschen.

Aber jetzt war er nicht da, sie war allein im Haus.

Dieses Mal war in der Küche kein Geschirr. Es war ordentlich und aufgeräumt. Auch keine Mitteilung, nur ein Umschlag mit ihrem Vornamen in Druckbuchstaben. Und darin: nicht soviel wie beim letzten Mal, aber doch ziemlich großzügig. Sie steckte den Umschlag gleich in die Manteltasche, damit sie ihn nicht wieder vergaß. Sie dachte nicht daran, ihn dazulassen, wie beim letzten Mal. Sie arbeitete hier und wollte natürlich ihren Lohn haben. Die Schürze hing am Haken der Küchentür. Nora zog sie an, holte den Staubsauger aus dem Putzschrank und suchte die Saugbürste. Sie würde nicht noch einmal mit einem Staubtuch herumwedeln, wenn es raffinierteres Arbeitsgerät gab. Ganz hinten auf einem Regal fand sie es, und außerdem eine Stoffdüse. Sie steckte beides in die Schürzentasche. Jetzt mußte sie nur noch die Staubsaugertüte kontrollieren. Wie sie vermutet hatte, war sie voll, aber da sie keine neue fand, mußte sie es bis zum nächsten Mal aufschieben. Und dann legte Nora los.

Yvonne genoß ihr Spiel. Das Putzen machte ihr viel mehr Spaß, wenn sie allein im Haus war. Während der Arbeit versuchte sie, sich ein Bild von Bernhard Ekberg und seinem Leben zu machen. Ein rascher Blick auf die Papiere auf dem Arbeitstisch (d.h. dem Eßtisch) verriet, daß er für eine große Bank arbeitete. (Nicht ihre eigene Bank, was für ein Glück! Es wäre nicht gut gewesen, als Yvonne in die Bank zu kommen und ihn dort zu treffen.)

Sein Privatleben war nicht so leicht zu entschlüsseln. Es ärgerte sie, daß sie so wenig Informationen bekam, obwohl sie ins Haus gelangt war und sich in aller Ruhe umsehen konnte. Sie hatte es doch zu einer gewissen Perfektion gebracht, die äußeren kleinen Zeichen des Vororts zu deuten, konnte schon frühzeitig Scheidungen, Seitensprünge, Todesfälle oder Schwangerschaften an ihnen ablesen, und jetzt war sie nicht in der Lage, festzustellen, ob hier ein alleinstehender Mann oder ein Paar wohnte.

Sie erlaubte sich nicht, Schubladen herauszuziehen und in Papieren zu schnüffeln, das gehörte nicht zu ihrem Job als Putzfrau. Aber durch das Putzen hatte sie Zugang zu vielen Winkeln und Ecken, und sie studierte alles aufmerksam. Fast überall herrschte die gleiche peinliche Ordnung wie im Vorratskeller.

Als Yvonne mit dem Erdgeschoß fertig war, trug sie den Staubsauger in den ersten Stock. Sie fing mit den kleinen Zimmern an. Das eine war offensichtlich als Bernhards Arbeitszimmer gedacht. Es gab einen Schreibtisch und Regale mit Ordnern. Offenbar zog er es jedoch vor, am Eßtisch im Erdgeschoß zu arbeiten.

Das andere kleine Zimmer war eine Kombination aus Fernseh- und Nähzimmer. Es gab eine moderne Nähmaschine unter einer Haube, ein Sofa, zwei durchgesessene Ledersessel vor einem Fernseher, der mindestens ein Jahrzehnt auf dem Buckel hatte.

Sie ging weiter ins Schlafzimmer, zog den Staubsauger wie einen treuen Hund hinter sich her. Als sie die Kissen im Erker ausschüttelte, bemerkte sie, daß man von diesem Fenster aus den Teil des Gartens sehen konnte, den sie von der Straße aus nicht hatte sehen können.

Der Gemüsegarten war größer, als sie vermutet hatte, und sah erbärmlich aus, so ungepflegt wie er war. Verwelktes Unkraut und irgendeine Kohlart, die zu halbmeterhohen struppigen Pflanzen ausgewachsen war, hatte allen Platz eingenommen, und das Ganze war zudem noch von Ackerwinde überwuchert. Ein Pfad aus ungleichen, rundlichen Steinplatten schlängelte sich wie ein Fluß durch das ungemähte Gras bis zu einem moosbewachsenen Felsen am Waldrand. Daneben wuchs Bambus und hohes Ziergras, dazwischen leuchtete eine helle Fläche. Ein Teich?

Als alles gemacht war, zog Yvonne ihren Mantel an, schloß die Haustür ab und ging in den Garten. Sie ging um das Haus herum und folgte dem sich schlängelnden Weg der Steinplatten.

Erst als sie ganz nah herangekommen war, sah sie, daß

die wellige, reflektierende Wasserfläche, die sie vom Haus aus gesehen hatte, überhaupt keine Wasserfläche war. Die Erde unterhalb des Felsens war mit weißem Kies bestreut und in Wellenmustern geharkt worden, so daß es von weitem die Illusion einer von einer herbstlichen Brise gekräuselten Wasserfläche erzeugte. Drei Steine ragten aus der hellen Oberfläche, zwei schmale, senkrechte und ein kleinerer. Ein versteinerter Teich.

Yvonne hatte das Gefühl, daß sie nur die richtige Zauberformel aussprechen müßte und dann würde alles wieder lebendig. Vielleicht genügte ein Wort, um die grauweißen Erhebungen in kleine Wellen zu verwandeln, die im Wind schaukelten. Sie fühlte, daß sie wußte, welches Wort es war, sie hatte es nur dummerweise vergessen. Es war ein ganz einfaches, alltägliches Wort, davon war sie überzeugt, es würde ihr einfallen, wenn sie einen Knopf drückte oder sich die Zähne putzte.

Ist eine Wasserfläche ein lebendiges Wesen? Ja, wenn man eine versteinerte Wasserfläche gesehen hat, weiß man, daß richtiges Wasser lebendig ist.

Der Felsen am oberen Ende des Steinteichs erhob sich zu einer fast senkrechten, moosbewachsenen Wand und markierte das Ende des Grundstücks. Dahinter fing der Wald an – ein Laubwald aus Birke, Eiche, Esche und Vogelbeere.

Der Wind strich durch die Zweige, und nun sah sie das klingende Windspiel, das in einem Baum am Waldrand aufgehängt war. Von hier aus konnte sie nur den First des Hauses sehen, der über die seidig schimmernden Rispen des mannshohen Ziergrases ragte.

Was war das für ein wunderbarer, friedlicher Ort! Ein Ort, der irgendwie nicht hierher zu gehören schien, in sich ruhend, wie abgekoppelt vom Vorort.

»Fertig für heute, Nora?«

Die Stimme kam plötzlich aus dem Nirgendwo. Yvonne

zuckte zusammen, machte einen Schritt zur Seite und fuchtelte mit den Armen, um wieder ins Gleichgewicht zu kommen. Bernhard Ekberg faßte sie an der Schulter, damit sie nicht hinfiel.

»Fast wären Sie in den Teich gefallen«, sagte er lachend.

Sie merkte, wie dumm sie gewesen war. Sie wäre fast in den Kies getreten, den sie instinktiv für einen richtigen Teich gehalten hatte. Ihr Herz klopfte immer noch vor Schreck.

»Ich habe niemanden kommen hören«, sagte sie. »Ich war in Gedanken. Es ist ein so merkwürdiger und schöner Ort.«

»Solche Steinteiche gibt es in den Zen-Gärten in Japan. Es war Helenas Idee. Sie interessierte sich sehr für Japan. Sauber und einfach und akkurat.«

Bernhard Ekberg seufzte und sank auf die einfache Sitzbank, die am Felsen aufgestellt war. Yvonne setzte sich neben ihn.

»Früher war hier ein richtiger Teich. Ein kleines Wasserloch am Felsen, hier, wo wir jetzt sitzen. Es lief immer wieder über, und dieser Teil des Gartens war sumpfig. Es war jedes Jahr das gleiche Elend. Wir haben Gräben gezogen, das Wasser in den Wald geleitet und das Loch aufgefüllt. Und dann hatte Helena diese Idee, aus einem Buch über japanische Gärten. Der tritt wenigstens nicht übers Ufer. Und noch ist er nicht zugewachsen. Wie der restliche Garten.«

Er schüttelte den Kopf bei dem Gedanken.

»Ich schaffe es nicht, ihn zu pflegen. Ich kann gerade noch den Steingarten harken und etwas Unkraut ausreißen.«

»Das hohe Gras ist so schön«, sagte Yvonne und zeigte auf das Wäldchen aus Ziergras.

»Miscantus. Helena hat mir beigebracht, daß es so heißt. Sie kennt sich aus mit Pflanzen. Sie hatte einen wunderbaren Gemüsegarten. Ich werde Ihnen mal Fotos zeigen. Aber jetzt verkommt alles.«

Und als wolle er die düsteren Gedanken abschütteln, wandte er sich an Yvonne und sagte in fröhlicherem Ton:

»Sind Sie drinnen fertig? Es war dieses Mal nicht so schlimm, nicht wahr? In der Küche, meine ich.«

»Kein Problem. Und Sie? Ist Ihr Arbeitstag schon vorbei?«

Er zuckte mit den Schultern.

»Sie sind vielleicht so effektiv, daß Sie nur eine Stunde am Tag arbeiten müssen?«

Er schaute sie an, als wolle er herausbekommen, ob sie sich über ihn lustig machte.

»Ehrlich gesagt, geht es mir nicht gut«, antwortete er ernsthaft. »Es geht mir manchmal nicht so gut.«

»Sie waren natürlich bei einem Arzt?« sagte Yvonne.

»Ja, ja. Ich habe alle möglichen Untersuchungen machen lassen, alles okay. Es ist psychisch. Ich bin bei einem Psychologen.«

»Und? Finden Sie, daß es hilft?«

»Überhaupt nicht. Ich bin bei einem der besten. Mein Arbeitgeber bezahlt es. Aber es ist rausgeworfene Zeit, meiner Meinung nach. Für manche Dinge gibt es vielleicht keine Heilung.«

Sie saßen schweigend da. Der Wind frischte auf, die Stäbe des Windspiels schlugen aneinander, schnell und metallisch spröde, wie strömendes Wasser zwischen Eis.

»Ihre Frau ... Helena, heißt sie so? Wohnt sie nicht mehr mit Ihnen zusammen?« fragte Yvonne vorsichtig.

Bernhard wandte sich zu ihr, schaute sie konzentriert und mit halbgeschlossenen Augen an.

»Sie könnten auch Psychologin sein, Nora. Sie haben ganz recht. Mein Zustand hat mit meiner Frau zu tun. Nein, sie wohnt nicht hier. Sie ist verreist. Und das ist ... eine schwierige Situation für mich. Sehr schwierig.«

Dann stand er auf, ging um das Bambuswäldchen herum und über die Steinplatten zum Haus. Yvonne folgte ihm. Sie blieben an der Treppe stehen.
»Haben Sie den Umschlag genommen?«
»Ja.«
»Sind Sie einverstanden? Mit dem Lohn, meine ich.«
»Ist ganz okay.«
»Bis nächsten Montag?«
Sie nickte.

»Ich finde es empörend«, sagte Cilla. »Das dürfte nicht erlaubt sein, so etwas zu schreiben.«

Lotta machte eine hilflose Geste.

»Sie wollen genau das. Und dann schreiben sie es auch. Gibt keine Mißverständnisse.«

Sie saßen in Cillas Zimmer, vor sich hatten sie das Mittagessen, ein Fenchelgratin, das Lotta bei einem vegetarischen Restaurant geholt hatte. Sie waren nur zu dritt, der innerste Kreis von »Deine Zeit«: Yvonne und Lotta, denen das Unternehmen gehörte, und Cilla, die selbständig war, aber mit den anderen beiden zusammenarbeitete. Am Rande dieses Kreises gab es Petra, sie nahm die Buchungen entgegen, kümmerte sich um Buchhaltung und Verwaltung, und Malin und Louise, die bei den Kunden die Schreibtische aufräumten. Außerhalb des Kreises waren die Berater, Leute, die Vorträge hielten und Kurse leiteten. Mit manchen pflegten sie längerfristige und wiederholte Zusammenarbeit, andere beschäftigten sie nur einmal. Und dann gab es noch die vielen Kunden, Unternehmen und öffentlichen Institutionen. Auch hier gab es feste Partner und eher lose Verbindungen.

Aber diese drei, Yvonne, Lotta und Cilla, waren der harte Kern von »Deine Zeit«. Sie trafen sich hin und wieder zu solchen Mittagessen, meistens in Cillas Zimmer, sie hatte einen großen Tisch. Sie waren noch nicht beim Wesentlichen angelangt, sie aßen zuerst und tratschten ein bißchen.

Cilla hatte die Zeitung vor sich aufgeschlagen und las laut. Es war die Sonntagszeitung, sie hatte am Wochenende keine Zeit zum Lesen gehabt.

»Ich suche dich, du Frau aus Thailand oder Osteuropa, die das Leben wieder hell macht«, las sie weiter: »Mann, vorzugsweise schwarz, gesucht«. »Ich meine, verliebt man sich in einen Menschen, dann ist es eben so, dann kann es ein Afrikaner sein oder eine Thailänderin oder sonstwer. Man kann sich doch nicht zuerst die Rasse aussuchen. Das ist rassistisch, und es sollte nicht erlaubt sein, so etwas in einer schwedischen Zeitung zu schreiben.«

»Drückst du nicht ein bißchen sehr auf die moralische Tube?« sagte Lotta und brach ihr Karottenbrot in kleine Stücke. »Wenn eine Frau nun mal auf schwarze Kerle steht? Oder wenn so ein armer Mann Angst hat vor selbständigen schwedischen Frauen und eine kleine unterwürfige Thailänderin braucht, um sich wie ein Mann zu fühlen? Was geht uns das an?«

»Das meine ich nicht. Es ist die Art, wie sie es formulieren. Man kann sich heute nicht in ethnischen Begriffen ausdrücken. Das ist unzeitgemäß. Anstößig. Stell dir vor, ein Arbeitgeber gibt eine Anzeige auf: ›Spülkraft, vorzugsweise Türke oder Somalier‹. Oder: ›Kellnerin mit nordeuropäischem Hintergrund‹. Das wäre unmöglich.«

»Hast du nicht selbst eine Putzfrau aus Kroatien?« wandte Lotta ein.

»Bosnien. Aber ich habe keine bestimmte Nationalität bestellt.«

»Ja, ja, mich stört es nicht«, sagte Lotta. »Da ärgert mich schon mehr die hier: ›Mann, 47. Gutes Aussehen. Geordnete Finanzen. Gewinnendes Wesen. Sicheren Geschmack. Humor.‹ Was sagt ihr dazu?«

»Humor kann er definitiv nicht haben. Sonst hätte er sich über seine eigene Anzeige kaputtgelacht«, sagte Yvonne.

»Aber was habt ihr denn?« protestierte Cilla. »Vielleicht sieht er gut aus. Vielleicht hat er geordnete Finanzen,

Humor und einen guten Geschmack. Habt ihr mal darüber nachgedacht?«

»Wenn er eine solche Perle ist, warum ist er dann allein?« fragte Yvonne.

»Gerade weil er so eine Perle ist. Und vor allem, weil er einen sicheren Geschmack hat. Es ist nicht leicht, einen Partner zu finden, wenn man selbst bestimmte Vorzüge aufzuweisen hat, das kann ich euch verraten«, fügte Cilla hinzu.

Yvonne wußte, daß Cilla aus Erfahrung sprach. Sie hatte zwei Hochschulabschlüsse (Psychologin und Personalverwalterin), ein gutes Einkommen, eine phantastische Kinnpartie und einen Körper wie ein Fotomodell, so daß sie trotz ihrer unfaßbaren zweiundfünfzig Jahre kurze Röcke oder schwarze Lederhosen tragen konnte. Sie ging jede Woche zu einem teuren Starfriseur und ließ sich ihr kurzes rotes Haar nachschneiden, es saß wie eine Badmütze auf ihrem wohlgeformten Schädel.

Cilla hatte in Direktionszimmern und Kontaktanzeigen gesucht, auf Golfplätzen und im Internet, aber keinen Ebenbürtigen gefunden. Eine Zeitlang war sie in einem Verein für Singles, die das gleiche Problem hatten wie sie, Club First Class. Einmal im Monat trafen sich die Schönen, Klugen und Reichen in einem Golf-Restaurant, um sich bei einem Glas trockenem Weißwein gegenseitig über Einkommen, Ausbildung und Golfhandicap zu informieren. Für Cilla war nichts dabei herausgekommen.

»Dann solltest du vielleicht antworten«, sagte Lotta.

Cilla stieß ein desillusioniertes Schnauben hervor und faltete die Zeitung zusammen.

»Okay«, sagte Lotta. »An die Arbeit.« Sie blätterte in einem dicken Spiralblock. »Der nächste Fortbildungstag. Ich habe mit dem Kunden gesprochen, sie sind für alles offen. Ich habe mir vorgestellt, daß Yvonne den Anfang macht mit

›Die Zeit gehört dir‹, praktisch und philosophisch, wie es so deine Art ist. Dann du, Cilla, mit Beziehungen am Arbeitsplatz, nicht allzu ernsthaft. Verschiedene Typen und so, du weißt schon. Danach noch etwas Kurzes, ich weiß noch nicht was, vielleicht eine Übung, damit sie auch was Aktives machen. Kannst du das machen, Cilla? Nach dem Mittagessen kommt eine Masseurin und informiert über Massage gegen Streß. Perfekt für die Verdauung. Es ist eine wunderbare Frau, ich habe sie in einem Wellnesshotel getroffen. Dann ein bißchen was Schweres. Was hängenbleibt. Damit sie spüren, daß sie etwas gelernt haben. Darüber müssen wir noch mal nachdenken. Und dann noch einen Komiker, wenn alle müde sind und lachen wollen. Oder sollen wir den Tag ernst beenden? Vielleicht möchtest du den Tag beschließen, Yvonne?«

»Nein, ich möchte anfangen. Ich will dann gehen«, sagte Yvonne.

»Gehen? Wohin?«

»Es ist doch ein Montag, oder? Montag ist bei mir immer ein bißchen eng. Ich möchte danach einfach gehen.«

»Und wie willst du das machen?«

»Wie? Ich gehe einfach zur Tür hinaus«, sagte Yvonne irritiert.

»Ich hoffe, du kannst schwimmen«, sagte Lotta. »Ich habe die Stena-Fähre gebucht, habe ich das nicht gesagt?«

An diesem Abend mußte Yvonne Bernhard Ekberg anrufen und ihm sagen, daß sie erst am Dienstag kommen könne, weil sie am Montag für eine kranke Putzfrau im Büro einspringen müsse. Er hatte nichts dagegen. Als sie von der kranken Putzfrau sprach, klang er ein bißchen beunruhigt, als ob er Angst hätte, sie ganz zu verlieren, und als sie anbot, am nächsten Tag zu kommen, war er ganz erleichtert, fast glücklich.

Der Fortbildungstag auf dem Schiff lief gut. Die Teilnehmer – sie arbeiteten alle im Pflegebereich – waren ein dankbares Publikum und froh, einen harten Arbeitstag gegen einen strahlenden Herbsttag auf See zu tauschen. Sie waren nicht verwöhnt. Mit konzentriert gerunzelter Stirn notierten sie Yvonnes Weisheiten auf ihren Konferenzblöcken, sie lachten und erkannten sich in Cillas ›Typen am Arbeitsplatz‹, zwischen den Programmpunkten saßen sie bei einem Drink an der Bar, gingen in den Läden einkaufen und genossen die Sonne und den Wind an Deck.

Yvonne und ihre Kollegen hatten Glück gehabt und den letzten in einer langen Reihe von sonnigen Herbsttagen gebucht. Schon am nächsten Tag schlug das Wetter um, und als Yvonne den Phloxweg hinaufging, löste sich der Regen aus den schweren, grauen Wolken, die Flaggenleinen peitschten ungeduldig gegen die Masten, und Windböen schüttelten kleine Früchte von den Zweigen der Obstbäume.

Sie stellte fest, daß der Nora-Brick-Mantel eine Kapuze besaß, die hatte sie bisher noch nicht gebraucht, sie hatte geglaubt, es sei einfach ein breiter Kragen. Wenn man die Kapuze aufsetzte, konnte man sie so zuknöpfen, daß man bis zur Nasenspitze geschützt war. Letzten Montag hatte sie außerdem ausgezeichnete Innentaschen gefunden. Der Mantel war voller Möglichkeiten, die man erst entdeckte, wenn man von ihnen Gebrauch machen wollte. In einer richtig schwierigen Situation würde sie vielleicht eine Tüte Trockenfrüchte in einem Geheimfach finden. Wer weiß, dachte Yvonne, vielleicht ist irgendwo im Futter sogar eine kleine Damenpistole eingenäht.

Bei Bernhard Ekberg konnte sie ungefähr eine Stunde ungestört arbeiten. Dann klingelte das Telefon. Yvonne drückte den Putzlappen im Eimer aus und überlegte, was sie tun sollte. Sie hatte keine Instruktionen bekommen, die das Telefon betrafen. Sollte sie drangehen? Es könnte schließlich Bernhard sein, der ihr etwas sagen wollte.

»Bei Ekberg«, sagte sie mit neutraler Dienstbotenstimme.

»Helena, bist du es?« fragte eine Frau erregt.

»Nein, Helena ist nicht zu Hause. Sie ist verreist.«

Die Frau seufzte.

»Wissen Sie, wann sie zurückkommt?«

»Nein, tut mir leid.«

»Also, hören Sie mal«, sagte die Frau und klang jetzt ein wenig empört. »Ich habe vor drei Monaten angerufen und bekam die gleiche Antwort von ihrem Mann. Und ich habe seither mehrmals angerufen, und immer hat es geheißen, sie sei verreist. Haben sie und Bernhard sich getrennt?«

»Darüber weiß ich nichts.«

»Sind Sie seine neue Frau?«

»Nein, nein. Ich bin nur die Haushaltshilfe«, sagte Yvonne mit einem angenehmen Gefühl der Zufriedenheit beim Aussprechen dieser Worte. In ihrem Job mußte sie immer auf so schwierige und komplizierte Fragen antworten. Es gab niemanden, an den sie weiterverweisen konnte. Wie wunderbar war es da zu antworten: Ich bin nur die Haushaltshilfe.

Die Frau lachte unangenehm.

»Haushaltshilfe? Dann weiß ich, daß Helena nicht da wohnt. Sie würde lieber sterben als eine Haushaltshilfe anstellen. Können Sie mir ihre neue Adresse und Telefonnummer geben?«

»Leider nicht.«

»Kommen Sie. Ich bin eine alte Kollegin von Helena.«

»Ich habe wirklich keine Ahnung. Ich werde ihren Mann fragen. Vielleicht kann ich Ihnen dann beim nächsten Anruf eine andere Auskunft geben. Aber im Moment habe ich keine Ahnung. Tut mir leid.«

Sie seufzte wieder.

»Ja, ja. Falls Sie sie treffen, dann sagen Sie bitte schöne Grüße von Marie-Louise.«

Am gleichen Tag rief Yvonne vom Büro aus Bernhard Ekberg an. Sie bat um Entschuldigung für die Störung, aber sie hätte eine Frage. Wie sollte sie es mit dem Telefon machen? Sollte sie drangehen? Und wenn ja, was sollte sie sagen?

»Ich glaube nicht, daß das vorkommen wird. Es ruft selten jemand tagsüber an. Vielleicht jemand, der was verkaufen will.«

»Es ist heute vorgekommen. Ich dachte, Sie sind es vielleicht und wollen mir etwas sagen, ich bin also drangegangen.«

»Aha, und wer war es?«

War das Angst, das Atemlose, Metallische in seiner Stimme?

»Eine Frau. Sie stellte sich als Marie-Louise vor, eine Kollegin Ihrer Frau.«

»Ja, ja, sie hat schon einmal angerufen«, sagte Bernhard. Jetzt klang er ärgerlich. Oder erleichtert?

»Sie haben doch hoffentlich gesagt, daß Helena verreist ist?«

»Ja, aber sie wollte ihre Adresse und Telefonnummer, und ich habe versprochen, Sie zu fragen.«

»Helenas Adresse ist hier: Orchideenweg 9. Das können Sie ihr sagen, wenn sie wieder anruft.«

Die plötzliche Schärfe in seiner Stimme war ihr unangenehm.

»Aber ... sie wohnt doch nicht dort«, wandte sie vorsichtig ein.

»Wenn diese Freundin einen Brief schreibt, werde ich dafür sorgen, daß Helena ihn bekommt.«

»Ja, das werde ich sagen, wenn sie wieder anruft.«

Schon in der Diele merkte sie, daß etwas nicht in Ordnung war.

Bernhards Mantel hing auf seinem Bügel, was an sich nichts Ungewöhnliches war, er arbeitete ja oft zu Hause. Nein, die Geräusche ließen sie aufhorchen. Ein dumpfes, ersticktes Geräusch, fast wie ein Knurren, unterbrochen von falsettartigem, schnellem Keuchen. Wie wenn man jemanden unter Wasser drückt und es ihm gelingt, wieder an die Oberfläche zu kommen und Luft zu holen. Das Geräusch kam aus dem Wohnzimmer.

»Hallo?« rief Yvonne und näherte sich vorsichtig der Tür. »Jemand zu Hause?«

Bernhard Ekberg saß am Eßtisch. Er war zusammengekrümmt, hatte die Beine angezogen und das Kinn auf der Brust, mit den Händen drückte er auf seine Wangen, wie um Luft hineinzupressen. Sein Körper war angespannt, wie in einem Krampf, sein Gesicht war hochrot, und aus seinem Hals kam ein langgezogenes »Äähh«. Dann schien sich etwas zu lösen, er wandte das Gesicht nach oben und holte ein paarmal schnell und gierig Luft.

»Was ist denn los? Haben Sie etwas im Hals?« fragte Yvonne und beugte sich über ihn.

Er schüttelte heftig den Kopf und nahm wieder die krampfartige Stellung wie kurz vor dem Ersticken ein. Mein Gott, was sollte sie nur machen?

»Nora«, keuchte er, als er wieder Luft bekam. »Ich kann nicht atmen. Ich habe Schmerzen in der Brust. Das Herz.«

»Haben Sie das schon einmal gehabt?«

Erst nickte er, dann schüttelte er den Kopf.

»Nicht so schlimm.«

»Soll ich einen Krankenwagen rufen?«

Er schüttelte wieder heftig den Kopf. Der Schweiß lief ihm in Strömen über die Stirn. Yvonne hatte noch nie einen stillsitzenden Menschen so schwitzen gesehen.

»Nehmen Sie irgendwelche Medikamente dagegen ein?«

»In meinem Sakko«, keuchte er.

Sie lief in die Diele und fühlte in den Taschen seines Tweedsakkos. Da waren nur seine Handschuhe. Als ihre Finger das Futter nach Innentaschen absuchten, stießen sie auf eine harte Ecke, die sehr wohl ein Tablettenkärtchen sein konnte. Als sie die Taschenöffnung gefunden hatte, stellte sie fest, daß sie kein Tablettenkärtchen in der Hand hatte, sondern ein Foto, das eingeschweißt war wie ein Führerschein. Sie hielt es ins Lampenlicht und schaute es kurz an.

Das Foto war das Porträt einer Frau. Das Auffälligste waren ihre Haare, dicke, wilde Locken, die bis zur Schulter reichten, eine richtige Löwenmähne. Sie lächelte – nein lachte – breit und offen den Fotografen an, und das Lachen – oder vielleicht war es die Sonne, es schien im Freien aufgenommen zu sein – machte aus ihren Augen schmale Schlitze. Sie hatte eine kleine Nase, hohe Wangenknochen und eine deutliche Lücke zwischen den Vorderzähnen. Man kann nicht sagen, daß sie schön war, aber sie hatte etwas Fröhliches, Gesundes und Starkes.

Yvonne steckte das Foto schnell wieder zurück. Als sie noch einmal die Außentaschen untersuchte, fand sie die Tabletten unter einem Handschuh. Sie holte in der Küche ein Glas Wasser und reichte es Bernhard zusammen mit den Tabletten. Er konnte fast nicht schlucken, weil er so keuchte, aber schließlich schaffte er es.

Die Tablette schien fast sofort zu wirken, seine Atmung verbesserte sich unmittelbar, aber er schüttelte den Kopf und flüsterte heiser:

»Ich glaube nicht, daß das hilft. Es ist ein Infarkt. Staffan in der Bank hatte letztes Jahr einen. Es war genauso. Ich erkenne die Symptome.«

»Dann müssen Sie so schnell wie möglich in ein Krankenhaus«, sagte Yvonne. »Ich rufe einen Krankenwagen.«

»Nein, ich habe das Auto in der Garage. Haben Sie einen Führerschein, Nora?«

Sie nickte.

»Schlüssel sind in der Kommode in der Diele.«

Das Auto war natürlich ein Volvo, wie alle anderen im Vorort, aber es war kein Kombi. Sie fuhr ihn auf die Straße und ging dann hinein, um Bernhard zu holen.

Sie fand ihn auf einem Stuhl in der Diele, er hatte das Tweedsakko an und eine kleine Sporttasche auf dem Schoß. Er schien jetzt in einem anderen Stadium zu sein. Er zitterte und klapperte mit den Zähnen als hätte er Schüttelfrost. Yvonne fragte sich, ob das wirklich ein Herzinfarkt war.

»Das Auto steht draußen. Komm«, sagte sie.

Beim Wort »Komm« stand er auf wie ein Hund auf Kommando und folgte ihr. Sie hielt ihm die Beifahrertür auf, und er zwängte sich hinein, die Tasche hielt er immer noch auf dem Schoß. Sie erbot sich, sie in den Kofferraum zu legen, aber da schüttelte er so heftig den Kopf, daß die Zähne klapperten wie Kastagnetten.

»Wenn ich jetzt sterbe, Nora ...«, flüsterte er, während sie so schnell wie möglich den Phloxweg entlangfuhr und dabei nach Katzen und spielenden Kindern Ausschau hielt.

»Hören Sie auf mit den Dummheiten. Sie werden nicht sterben«, sagte sie barsch.

Als sie merkte, daß der harsche Tonfall beruhigend auf ihn wirkte, fuhr sie im gleichen Stil fort:

»Das ist kein Herzanfall, das ist etwas anderes. Holen Sie ein paarmal tief Luft und lehnen Sie sich zurück. Versuchen Sie, sich zu entspannen. Tief einatmen. Wenn man hyperventiliert, wird man ohnmächtig.«

Er lehnte sich in den Sitz und versuchte, ihren Anweisungen zu folgen. Seine Hände drückten krampfhaft die Sporttasche auf dem Schoß.

Sie hatte natürlich keine Ahnung, ob das ein Herzinfarkt war oder nicht. Sie beschloß, so zu fahren, als ob es einer wäre, und mit Bernhard zu reden, als ob es keiner wäre. Sie fuhr zweimal über Rot und überholte einmal so waghalsig, daß Bernhard sein Keuchen vergaß und einmal richtig Luft holte, vor lauter Schreck und Hochachtung.

»Mein Gott, wie Sie fahren, Nora!«

Dann fing er wieder zu keuchen an, kurz und stockend, in seinem Jammern konnte Yvonne die Worte ausmachen »genau wie Staffan, die gleichen Symptome«, und plötzlich, sehr leise, er drückte das Kinn auf die Brust und rieb die Hände auf der Tasche, kam etwas wie »Verzeih mir, Helena, verzeih mir, Helena!« In der Notaufnahme waren natürlich viele Leute, aber als Bernhard etwas von Herzinfarkt gekeucht hatte, wurde er sofort vorgelassen. Bevor er der Schwester durch den Flur folgte, drehte er sich zu Yvonne um und sagte:

»Sie warten doch, Nora?«

»Na klar.«

Er sah ängstlich aus, und sie konnte den Impuls nicht unterdrücken und strich ihm leicht über die Wange. Er lächelte scheu.

Als er nach etwas mehr als einer halben Stunde wieder am Ende des Flurs auftauchte, war er wortkarg und ruhig und hatte zu keuchen aufgehört. Der Arzt, der neben ihm ging, sagte etwas, was Yvonne nicht hören konnte, und schlug ihm leicht auf die Schulter.

Yvonne stand auf und ging ihm entgegen.

»Was war es denn?« fragte sie.

Er schüttelte den Kopf und ging auf den Ausgang zu. Sie lief hinterher.

»Können Sie wieder nach Hause? Soll ich fahren?«

Ohne zu antworten, ging er durch die Glastür des Eingangs und zum Auto, das Yvonne direkt davor geparkt hatte, auf dem Platz, der für Notfälle reserviert war. Er stellte sich an die Beifahrertür und wartete, bis sie die Zentralverriegelung öffnete.

»Angst«, sagte er, während sie ruhig und ohne irgendwelche Verkehrsregeln zu mißachten zurückfuhr.

Er starrte aus dem Fenster. Sein Körper verströmte einen kellerartigen Geruch von kaltem Schweiß.

»Ganz normale, teuflische Angst. Das hat er jedenfalls gesagt, der Doktor. Aber ich weiß nicht. Angstzustände habe ich schon lang. Aber das, das war so physisch. Das war fast schön. Endlich war ich einmal richtig krank, dachte ich. Ein Herzinfarkt, das ist wenigstens etwas Konkretes. Aber natürlich bekommen nur so Leute wie Staffan einen Herzinfarkt.«

Bei ihm klang es wie eine besonders erstrebenswerte Auszeichnung.

»So Leute wie ich haben nur Angstzustände. Na, ein Glück, daß wir keinen Krankenwagen gerufen und uns blamiert haben, Nora.«

Sie lächelte und schaute ihn von der Seite an. Er hatte jetzt die Hände ordentlich gefaltet und sah aus wie ein enttäuschtes Kind, dem man ein Geschenk weggenommen hat. Die Sporttasche hatte er wieder auf dem Schoß. Er hatte sie ihr auch nicht gegeben, als er beim Arzt war, er hatte sie mitgenommen. Sie fragte sich, was wohl drin war. War er sicher gewesen, stationär aufgenommen zu werden, und hatte er deshalb Toilettensachen dabei?

»Wenn Helena hiergewesen wäre, hätte ich nicht ins Krankenhaus fahren müssen. Meine Frau ist Krankenschwester. Sehr tüchtig.«

Yvonne schluckte. Er merkte es offenbar.

»Aber du bist auch sehr tüchtig, Nora«, fügte er schnell hinzu. »Wie du Auto fährst! Du fährst wie eine Rallyefahrerin. Ich war beeindruckt, das muß ich zugeben.«

Sie lachte.

»Ich hoffe, ich bin an der Ampel nicht geblitzt worden. Die Polizei wäre nicht beeindruckt.«

»Helena fährt nicht so dreist wie du, Nora. Aber sie ist sehr ...«

»... tüchtig?« fügte Yvonne hinzu.

»Ja. Eine sehr tüchtige Autofahrerin, genau wie du, Nora.«

Sie fuhr rückwärts in die Einfahrt seines Hauses und stellte den Motor ab.

»Geht es jetzt besser?«

»Ja. Aber ich komme mir blöd vor. Ich habe wirklich gedacht, daß es das Herz ist.«

»Diese Tabletten, die ich geholt habe, was ist das?«

»Stesolid. Ich nehme sie bei Bedarf. Wenn ich unruhig bin. Mir geht es manchmal sehr schlecht, Nora.«

Sie nickte verständnisvoll.

»Der Arzt in der Notaufnahme hat mich krank geschrieben. Ich werde also die nächsten Wochen zu Hause sein. Ich bin erschöpft. Ich dachte ...«

»Ja?«

»Ich weiß, daß du noch einen anderen Job hast, Nora. Du putzt noch in einem Büro, ja? Könntest du vielleicht noch einen weiteren Tag pro Woche herkommen? Ich wäre dir sehr dankbar.«

Er schaute sie an, als hätte er etwas Schreckliches gesagt und würde jetzt auf sein Urteil warten.

»Sag ruhig nein, wenn es nicht geht«, fügte er rasch hinzu.

»Ein Tag mehr könnte vielleicht gehen«, sagte Yvonne. »Donnerstag? Aber dann am Nachmittag, vormittags kann ich nicht.«

Er strahlte.

»Dann machen wir es so. Donnerstag nachmittag. Und heute brauchst du nicht mehr putzen. Fahr jetzt nach Hause, Nora. Ich glaube, wir brauchen beide etwas Ruhe nach dieser ... Aufregung.«

Er streckte seine linke Hand über den Schalthebel und streichelte ungeschickt den Teil ihres Körpers, den er erreichte, es war ihr Knie. Er zog die Hand schnell wieder zurück, als ob er Angst hätte, sie könnte die Geste falsch auffassen.

»Danke für alles, Nora«, flüsterte er. »Ich werde mich natürlich für deine Hilfe erkenntlich zeigen, das machen wir nächstes Mal.«

»Absolut nicht. Für so eine Hilfe nehme ich kein Geld«, sagte Yvonne.

Zu Hause verbrachte sie ein paar ruhige Stunden allein, bis Simon aus der Schule kam. Sie machte Fleischklößchen aus Rindfleisch, das sie auf dem Heimweg eingekauft hatte, sie rollte perfekte Bällchen, ohne Zwiebeln, weil Simon keine mochte, und sie briet sie in der Pfanne, während daneben das Nudelwasser kochte. Jörgen war verreist. Sie glaubte, nach München, oder war es Frankfurt?

Nach dem Essen schauten sie zusammen fern. Es war eine Science-fiction-Serie, Simon verpaßte keine Folge, aber Yvonne hatte sie noch nie gesehen. Sie hatte Probleme zu folgen und lehnte sich schläfrig im Sofa zurück. Ihre Gedanken kreisten um Bernhard Ekberg und seine merkwürdige Angstattacke. Sie erinnerte sich an sein atemloses, gekeuchtes Gemurmel im Auto – »Verzeih mir, Helena, verzeih mir, Helena« – verzweifelt, klammernd, beinahe rituell. Wie eine Art Gebet. Und seinen beschämten Blick auf dem Heimweg, und daß er sie auf einmal geduzt hatte. Seine großen, braunen Augen. Traurig und bittend wie bei einem Kind.

Als sie halb schlafend Simon neben sich spürte und die Augen öffnete, war sie beinahe erstaunt, daß seine kleine Bubenhand neben ihr auf dem Sofakissen lag und die Fernbedienung umschlossen hielt. Als ob sie einen anderen Körper, eine größere Hand erwartet hätte.

»Warum schaust du dir das an? Du verstehst doch sowieso nichts«, sagte Simon, als sie einen Versuch machte, wieder in die Wirklichkeit zurückzukehren, und Simon etwas zur Serie fragte.

An diesem Abend ging sie früh zu Bett. Als sie auf dem Weg vom Bad durch die Diele kam, nahm sie das schnurlose Telefon mit ins Schlafzimmer. Sie dachte eine Weile darüber nach, was für Telefone sie bei Bernhard Ekberg gesehen hatte. Eines auf der Kommode in der Diele, eines an der Wand in der Küche und ein schnurloses in Bernhards Arbeitszimmer. Keines hatte ein Display, auf dem die Nummer des Anrufers angezeigt wurde, da war sie sicher, sie hatte sie alle schon abgestaubt.

Sie wählte Bernhards Nummer. Vielleicht war er auch schon früh zu Bett gegangen, es klingelte ziemlich oft, ehe er antwortete.

»Ich bin's, Nora. Entschuldige, daß ich so spät noch störe, aber ich wollte hören, wie es dir jetzt geht.«

»Oh.« Er klang erstaunt, aber froh. »Vielen Dank, das ist lieb. Es geht mir wieder gut. Ich sitze hier und schaue einen blöden alten Film. Irgendeinen amerikanischen Mist. Manchmal kann man mit so was richtig gut entspannen.«

»Es freut mich, daß es dir besser geht«, sagte Yvonne und merkte, daß auch sie das respektvolle Siezen aufgegeben hatte, genau wie Bernhard. Sie beschloß, es dabei zu belassen.

»Weißt du, ich habe heute morgen wirklich geglaubt, ich würde sterben«, sagte er in fröhlichem Ton. »Ich dachte, das ist die Strafe Gottes. Glaubst du an die Strafe Gottes, Nora?«

An der Wand über ihr lief im Fernsehen eine amerikanische Komödie mit schwarzen Schauspielern. Sie hatte den Ton abgestellt, konnte die Dialoge jedoch durchs Telefon hören. Sie schauten offenbar das gleiche Programm.

»Ich glaube nicht an Gott. Und noch weniger an seine Strafen. Wie kommst du denn auf so etwas? Wofür sollte er dich strafen?« sagte sie verblüfft.

»Für meine Sünden natürlich«, sagte er fröhlich. »Ich glaube, er wollte mich erschrecken. Mich erschrecken und erniedrigen.«

»Erniedrigen?«

»Ja, vor dir, Nora. Ich habe mich erniedrigt gefühlt. Das mußt du verstehen. Wegen ein bißchen Angst so einen dramatischen Aufstand zu machen. Und du bist bei Rot über die Ampel gefahren und alles!«

Er lachte beim Gedanken daran.

»Wie in einem Film. Das war schon dramatisch, oder, Nora?«

»Es ist schön, dich lachen zu hören«, sagte sie. »Ich hoffe, du kannst heute nacht schlafen.«

»Danke, Nora. Und mit dem Donnerstag gibt es keine Probleme?«

»Überhaupt keine Probleme. Gute Nacht.«

»Gute Nacht, Nora. Vielen Dank für den Anruf.«

Als Yvonne am Donnerstag zu Bernhard Ekberg kam, stellte sie fest, daß sie Abscheu vor ihm empfand. Nicht vor dem, was er selbst »Erniedrigung« genannt hatte – sie fand nicht, daß Angst erniedrigend war –, sondern vor seinem ... ja, seinem Aussehen ganz einfach. Die dicken Lippen, die nie ganz geschlossen zu sein schienen, sondern immer halb offen waren wie bei einem Kind, das ungeduldig auf eine Süßigkeit wartet. Die grobe runde Nase. Die braunen, feuchten Hundeaugen, die ihr folgten, bettelnd, fast fordernd. Und dieser Zug über dem Mund und dem Kinn, was drückte der aus? Etwas Unangenehmes, Ausweichendes. Etwas Feiges.

Bernhard saß im kleinen Zimmer im ersten Stock vor dem Fernseher und schaute TV-Shop. Er hatte dort gesessen, seit Yvonne gekommen war, verschlossen und mürrisch. Er hatte mit keinem Wort erwähnt, was am Montag geschehen war. Yvonne begrüßte ihn und machte sich dann ans Putzen. Als sie mit dem Staubsauger in sein Zimmer kam, sagte er mit lauter Stimme, um den Staubsauger zu übertönen:

»Die Hemden, die du neulich gebügelt hast, mußt du noch einmal bügeln.«

Sie machte den Staubsauger aus.

»Entschuldigung, aber warum?«

»Schau mal die Ärmel an. Sie haben lange Knitterfalten. Du mußt ein wenig sorgfältiger sein.«

Sollte sie ihm zeigen, wie traurig und ärgerlich sie war? Oder sachlich dagegen argumentieren? Oder einfach schweigen und die Zähne zusammenbeißen? Sie entschied sich für die letzte Variante.

Warum, dachte sie, als sie den Staubsauger wieder angemacht hatte, warum gibt es so viele Kurse über die Kunst zu führen, aber keine über die Kunst, sich führen zu lassen?

Sie beobachtete Bernhard, während sie staubsaugte, er hatte den Blick auf den Fernseher gerichtet, wo eine lachende Frau auf ihrer phantastischen Fitneß-Maschine radelte.

Der arme Mann, dachte sie. Wie häßlich er ist, warum habe ich das nur noch nicht gesehen? Seine Frau hat ihn verlassen, und mit dem Aussehen findet er nie wieder eine neue.

Dieser Gedanke hätte ihr eine Warnung sein sollen. Sie hatte das schon einmal erlebt, aber das fiel ihr in diesem Moment nicht ein.

Sie war einmal für ein Projekt in einem Unternehmen angestellt gewesen und hatte mit einem netten, einfachen Mann zusammengearbeitet und sich diesem gegenüber neutral verhalten. Bis sie eines Tages feststellte, daß er eine Warze im Mundwinkel hatte. Zunächst konstatierte sie das nur, dann störte die Warze sie, und am Ende war der Mann so abstoßend für sie, daß sie sich kaum noch in einem Raum mit ihm aufhalten konnte. Für sie war er mißgestaltet, und sie glaubte, alle anderen sähen das genauso. Sie schwankte zwischen Mitleid und Wut.

Während einer Dienstreise nach Polen landeten Yvonne und er nach einer Veranstaltung im gleichen Taxi zum Hotel, und im Taxi wurde sie plötzlich ungeheuer stark von dem Warzenmann angezogen, sie begehrte ihn und ging mit ihm auf sein Zimmer. Sie beendeten die Beziehung – die in jeder Hinsicht unpassend war –, als sie wieder zu Hause waren, aber Yvonne war noch Monate danach schmerzlich in ihn verliebt.

Das Merkwürdigste war, daß er überhaupt keine Warze hatte. Ein harmloses Muttermal, so wie es die meisten Menschen irgendwo am Körper haben, hatte sich in ihrer Phantasie zu einer Mißbildung gesteigert. Das war vermutlich ein Schutz gegen die Anziehung, die sie unbewußt verspürt hatte und die ihr leicht hätte schaden können.

In ein Notizbuch mit dem Titel »Lehren des Lebens« – sie hatte es bei einem Kurs bekommen und war aufgefordert worden, regelmäßig Erfahrungen zu notieren – schrieb Yvonne mit deutlichen Druckbuchstaben: Wenn ein Mann, den man bisher als ganz normal empfunden hat, plötzlich starke Gefühle des Abscheus erweckt, muß man sich in acht nehmen. Sie hatte sich nach dieser Notiz unglaublich klug gefühlt.

Aber die »Lehren des Lebens« lagen in einem der schönen weißen Zeitschriftensammler im Büro von »Deine Zeit«. In Yvonnes Gedächtnis schienen sie keine Spuren hinterlassen zu haben.

Oder war es Noras Gedächtnis? Yvonne hatte manchmal das Gefühl, daß sie als Nora Brick anders war. Nicht nur äußerlich, in Kleidung, Sprache und Verhalten, sondern irgendwie auch tiefer. In Gedanken und Erinnerungen. Als ob Nora keinen Zugang zu den Erfahrungen hätte, die Yvonne gemacht hatte, und umgekehrt.

Den Blick immer noch auf den Fernseher gerichtet, sagte Bernhard:

»Glaubst du, daß es Vergebung gibt, Nora?«

Sie machte den Staubsauger aus. Im TV-Shop wurde nun ein Apparat gezeigt, der Tomaten in dünne Scheiben schnitt.

»Ja«, antwortete sie ein wenig überrascht. »Ja, das glaube ich.«

»Für alles? Auch für das Schlimmste?«

Sie wartete einen Moment mit der Antwort.

»Ja«, sagte sie schließlich. »Wenn man sich eingesteht, was man getan hat, und aufrichtige Reue empfindet und dann um Verzeihung bittet – ja, dann gibt es auch Vergebung, glaube ich.«

Er warf ihr einen rätselhaften Blick zu, den sie nicht deuten konnte. Sie wartete, aber als er nichts mehr sagte, machte sie den Staubsauger wieder an.

November. Schluß mit den klaren, blanken Tagen.

»Jetzt wird der Brunnendeckel draufgelegt«, sagte Bernhard.

Mit langsamen, kreisenden Bewegungen zog er den japanischen Rechen über den Kies des Steinteichs, Yvonne schaute ihm dabei zu.

»Der Brunnendeckel?«

Er zeigte auf die dicke, grauweiße Wolkendecke.

»Der Brunnendeckel. Manchmal denke ich Sargdeckel. Aber ich bezeichne es lieber als Brunnendeckel, ein großer, schwerer Brunnendeckel aus Beton. Jetzt wird er aufgelegt, und wir müssen sehen, wie wir im Dunkeln zurechtkommen, bis er wieder abgenommen wird. Vielleicht soll er uns gegen etwas schützen?«

»Fühlt es sich schwer an?« fragte sie.

Er schwieg und stützte sich auf den Rechen.

»Du erinnerst dich an die Angstattacke neulich. Wie wir in die Notaufnahme gefahren sind und alles. Ich hatte schon öfter solche Attacken. Jetzt weiß ich ja, was es ist. Aber ich kann kaum glauben, daß es nur psychisch ist.«

»Es sind physische Reaktionen, Bernhard«, wandte sie ein. »Das Herz schlägt schneller als normal, und die Atmung ist beeinträchtigt. Aber es ist nicht gefährlich.«

»Es tut auch weh. Im Nacken, in den Schultern und im Kiefer.«

»Das sind Verspannungen.«

Yvonne erinnerte sich an die Massagestunde, die sie während des Fortbildungstages auf der Fähre bekommen hatte. Da sie nicht weggehen konnte, hatte sie die Zeit genutzt und an den Programmpunkten teilgenommen, die sie interessierten.

»Ich habe mal einen Kurs in Entspannungsmassage gemacht«, fuhr sie fort, während Bernhard sich gequält den Nacken rieb.

»Die Putzfirma, für die ich sonst arbeite, hat ihn bezahlt. Für die ich Büros putze. Wir bekommen manchmal solche Fortbildungen. Sie wollen, daß wir Putzfrauen uns gegenseitig massieren. Zehn Minuten vor der Arbeit und zehn Minuten am Ende.«

»Aber das ist ja eine wunderbare Idee«, sagte Bernhard.

»Die Angestellten, bei denen wir putzen, bekommen natürlich richtige Massage. Von einer ausgebildeten Masseurin. Aber wir Putzfrauen massieren uns gegenseitig. Das ist die Billigversion.«

»Ja, ja. Aber besser als nichts.«

»Sie glauben, daß wir dann länger halten. Wir werden stark abgenutzt. Aber, wie gesagt, ich habe es ein klein wenig gelernt. Ich bin natürlich nicht richtig ausgebildet. Aber Soraya fand es okay.«

»Soraya?«

»Meine Kollegin. Wir putzen immer zu zweit.«

»Aha.«

»Wenn du es also versuchen willst. Aber dazu müssen wir ins Haus gehen.«

Bernhard lehnte den Rechen an die Bambusbüsche und machte eine Geste mit den Händen, die sagen sollte, er sei offen für alles.

»Natürlich will ich es versuchen. Wenn ich recht darüber nachdenke, glaube ich, daß wir in der Bank auch so etwas haben. Man kann irgendwo hingehen und sich auf Kosten der Bank massieren lassen. Ich habe es nie geschafft.«

Sie gingen über den Steinpfad zum Haus. Die Äpfel waren unter den Bäumen liegengeblieben. Bernhard hatte sich nicht um das Obst gekümmert, und jetzt war es zu spät. Die Luft war kühl, es war angenehm, ins Haus zu kommen.

»Du mußt den Oberkörper freimachen«, sagte Yvonne.

Bernhard knöpfte gehorsam das Hemd auf und schaute sich mit leuchtenden Augen um, als ob er an einem neuen, exotischen Ort wäre und nicht in seinem eigenen Wohnzimmer.

»Soll ich sitzen oder liegen oder was soll ich machen?« kicherte er.

Yvonne holte einen Stuhl vom Eßtisch.

»Hier. Setz dich da drauf, das Gesicht zur Lehne und den Rücken zu mir.«

Er machte sofort, was sie sagte, und setzte sich rittlings auf den Stuhl.

»Und jetzt?« fragte er erwartungsvoll.

»Einen Moment.«

Yvonne holte ein Kissen vom Sofa und legte es auf die hohe Rückenlehne. Sie hatte keine Ahnung, woher sie das hatte. Sie hatten es jedenfalls nicht an diesem Fortbildungstag gelernt.

»Du kannst den Kopf ans Kissen lehnen. Die Wange oder Stirn, wie du willst.«

»So?«

»Genau«, sagte sie und fragte sich, wo sie den sicheren Tonfall hernahm. »Eigentlich bräuchte ich jetzt ein wenig Massageöl, aber es geht auch so.«

Sie begann, seinen Nacken zu massieren, er war breit und kurz. Er war muskulöser, als sie geglaubt hatte, die Muskeln waren hart und knubbelig, wie Baumwurzeln. Entlang der Wirbelsäule lief eine lange weiße Narbe, über der Hüfte begann eine zweite, die in seinen Hosen verschwand.

»Ein Unfall«, erklärte er, als er spürte, wie ihre Hände über die Unebenheit strichen. »Als ich noch jung war. Die Jugend ist eine gefährliche Zeit.«

»Ja«, sagte Yvonne und wartete, aber er sprach nicht weiter.

Sie legte ihre Handflächen neben seine Wirbelsäule und zog sie langsam nach unten. Er grunzte leise. Es gefiel ihm.

»Das hat Soraya am liebsten«, sagte Yvonne. »Sie findet es besser als Sex mit ihrem Mann.«

Yvonne spürte ein leichtes Schaudern unter den Händen, als ob er fröstelte. Als ihre Hände wieder bei den Schultern waren, drehte er sein Gesicht ihrer einen Hand zu und berührte sie leicht mit den Lippen, es war eine Geste der Zärtlichkeit und Dankbarkeit.

»Das ist Sirpas Favorit. Es hilft gegen Mopp-Arm«, flüsterte sie ihm ins Ohr und ließ die Hände über seine Schultern gleiten und dann in einer streichelnden Bewegung über seinen Brustkorb.

Er atmete schwer, legte rasch seine Hände auf ihre und hielt sie fest.

»Danke, Nora. Das reicht«, sagte er dumpf.

Er schob sie beiseite, stand auf und zog sein Hemd an.

»Habe ich etwas falsch gemacht?«

Er schüttelte den Kopf.

»Ich bin ein verheirateter Mann, Nora. Das solltest weder du noch ich vergessen.«

Er trug den Stuhl zurück und schob ihn unsanft an den Eßtisch.

»Aber du lebst nicht in einer richtigen Ehe«, sagte Yvonne mit Trotz in der Stimme.

Bernhard drehte sich langsam um und betrachtete sie, als hätte sie etwas Unpassendes, beinahe etwas Ketzerisches gesagt.

»Willst du es nicht erzählen? Du leidest doch daran, oder?« fuhr sie mit weicherer Stimme fort.

Schweigend knöpfte er sein Hemd zu, einen Knopf nach dem anderen.

»Hat sie dich verlassen?«

Immer noch schweigend schleuderte er den Schlips um

den Hals und ging hinaus in die Diele. Yvonne folgte ihm und stellte sich hinter ihn, während er vor dem Spiegel den Schlips band.

»Helena ist verreist«, sagte er zum Spiegel. »Aber sie kommt zurück.«

»Bist du da ganz sicher?« fragte Yvonne.

»Natürlich.«

Der Schlips war gebunden, aber er blieb mit dem Rücken zu ihr stehen, und das Gesicht, das sie im Spiegel sah, war feindselig und abweisend.

»Bernhard«, sagte sie ernst. »Wo ist deine Frau?«

Beide schwiegen lange, und ihre Blicke trafen sich im Spiegel, als ob es leichter wäre, sich so anzuschauen. Dann holte er tief Luft und sagte:

»Helena sitzt im Gefängnis.«

Das war die letzte Antwort, die sie erwartet hätte. Es war so absurd, so unglaublich, daß es wahr sein mußte. Sie versuchte, die Stimme ruhig zu halten, obwohl sie ziemlich aufgewühlt war.

»Wie lang ist ihre Strafe?«

»Zehn Jahre.«

»Zehn Jahre!« keuchte Yvonne. »Dann muß sie ein schlimmes Verbrechen begangen haben.«

Er nickte in den Spiegel.

»Das allerschlimmste.«

Die Antwort wirbelte durch ihren Kopf und ließ sich nicht deuten.

»Meinst du ...«, murmelte sie verwirrt.

Er drehte sich zu ihr um und sagte:

»Helena ist wegen Mordes verurteilt worden.«

Yvonne hatte noch nie eine solche Trauer in den Augen eines Menschen gesehen. Überwältigend. Vernichtend. In seinen Augen glänzten Tränen, bis sie überflossen und sein Gesicht sich zu einer schmerzlichen Grimasse verzog. Man konnte es fast nicht mit ansehen.

Er tastete blind nach ihr. Sie nahm ihn in die Arme und spürte seine nasse, salzige Wange an ihrem Mund. Mindestens zehn Minuten standen sie so da, Bernhard wurde vom Weinen geschüttelt. Er steckte seine Hände unter ihren Wollpullover, wie um sich zu wärmen, und sie löste den gerade so sorgfältig gebundenen Schlips.

Als er sich beruhigt hatte, nahm sie ihn bei der Hand wie ein Kind und führte ihn zum Sofa im Wohnzimmer.

»Erzähl«, sagte sie.

Und als wäre dies das Losungswort, begann er zu erzählen, schnell und immer noch schniefend, dann ruhiger, als ob das Erzählen ihn erleichtern würde.

»Das Schrecklichste ist, daß ich schuld daran bin.«

»Wieso das?«

»Ich habe sie draußen in unserem Sommerhaus in Åsa mit einer anderen Frau betrogen. Helena hatte einen Verdacht und fuhr hinaus. Sie hat uns gewissermaßen auf frischer Tat ertappt. Was ich ihr angetan habe, ist unverzeihlich. Helena ist immer eine wunderbare Frau gewesen, sie würde mich nie verraten. Wir haben uns kennengelernt, als es mir sehr schlecht ging, sie hat mir das Leben gerettet, ganz einfach. Und dann erwischt sie mich im ehelichen Bett zusammen mit einer anderen Frau! Da ist es doch verständlich, daß sie rasend wurde vor Eifersucht, oder?«

Yvonne nickte.

»Und ich glaube, das Gericht hätte auch ein gewisses Verständnis gehabt, wenn Helena etwas impulsiver gewesen wäre und sie der Frau sofort das Messer in den Leib gerammt hätte. Aber so ist Helena nicht. Sie ist ... beherrscht. Es dauert sehr lange bei ihr, bis sie explodiert, aber dann um so heftiger.«

Er machte eine Pause und schien sich zu sammeln, ehe er fortfuhr:

»Ich habe sie natürlich um Vergebung gebeten für meine

Untreue, aber davon wollte sie nichts hören. Ohne mein Wissen nahm sie zwei Wochen später Kontakt zu der Frau auf und bat sie höflich, sich mit ihr zu treffen und über die Angelegenheit zu reden. Sie verabredeten sich im Sommerhäuschen. Helena lud sie zum Essen ein – sie kocht ganz wunderbar. Sie unterhielten sich sachlich und vernünftig, über das, was geschehen war und was es bedeutete. Als die Angelegenheit besprochen war und der Gast gehen wollte, nahm Helena das japanische Filetiermesser, das ich ihr zum Geburtstag geschenkt hatte, und stieß es der Frau mehrmals in die Brust. Deswegen war es keine Affekthandlung, sondern ein geplanter Mord. Und deswegen wurde auch die Strafe so hoch.«

Yvonne dachte an das eingeschweißte Foto, das sie in Bernhards Jackentasche gefunden hatte. Das Bild, das er am Herzen trug. Sie stellte sich vor, wie die Frau mit der Löwenmähne ein japanisches Filetiermesser in die Brust der jungen, erstaunten Geliebten stieß.

»Die Frau, die sterben mußte, hat sie dir viel bedeutet?« fragte Yvonne.

»Nichts. Überhaupt nichts. Es war Wahnsinn. Ich weiß nicht mal mehr, wie sie aussah. Das war doch das Schreckliche. Die einzige, die mir wirklich etwas bedeutet, ist meine Frau. Und das ist immer noch so. Wir bedeuten uns alles. Wir haben nie Kinder bekommen können, und das hat uns vielleicht noch stärker aneinander gebunden. Man kann sagen, jeder sieht im anderen sein Kind.«

Er stand auf, ging zum Bücherregal und kam mit einem Fotoalbum zurück. Er suchte eine bestimmte Seite, und mit einem traurigen Lächeln legte er das aufgeschlagene Album auf Yvonnes Schoß.

»Das ist der Gemüsegarten vor drei Jahren. Kannst du verstehen, wie ich eine solche Frau betrügen konnte?«

Yvonne betrachtete das Foto.

»Ist das Helena?« fragte sie erstaunt.

»Ja. Ist sie nicht schön?«

Zwischen akkuraten Reihen von Salatköpfen und Lauchstengeln stand eine Frau in einem frischen, blauweiß gestreiften Hemd und Jeans, die perfekt auf ihren schlanken Hüften saßen. Im Arm hielt sie einen Strauß rote und orangerote Dahlien. Sie hatte ein hübsches Gesicht mit feinen Zügen, dicht stehenden Augen, einen langen grazilen Hals und weiße ebenmäßige Zähne. Ihre blonden Haare waren zu einer kurzen, aber doch weichen und weiblichen Frisur geschnitten, in den Ohrläppchen trug sie kleine weiße Perlen. Die Augen stark und von kräftigem Blau. Das war eine ganz andere Frau als die, die Yvonne auf dem eingeschweißten Foto gesehen hatte.

»Doch«, sagte sie. »Sie ist wirklich sehr schön.«

»Hast du schon das Neueste gehört? Cilla will heiraten.«

Die Neuigkeit wurde von Lotta überbracht, als Yvonne das Büro von »Deine Zeit« betrat. Obwohl sie wirklich nicht mehr viel Zeit im Unternehmen zubrachte, war sie immer noch gut informiert. Seit sie mehr bei Bernhard arbeitete, waren die Zeiten im Büro kürzer und seltener geworden, und beim Morgenschnack mit Cilla und Lotta mußte sie zu ihrer eigenen Verblüffung feststellen, daß sie manchmal nicht wußte, wovon die anderen beiden sprachen.

Nun schien sie eine ganze Menge verpaßt zu haben.

Aber es stellte sich heraus, daß die Nachricht auch für Lotta neu war. Cilla und ihr Zukünftiger hatten sich erst vor kurzem kennengelernt, und als sie ein paar Stunden später zusammen mit ihrem Verlobten auftauchte, erfuhr Yvonne das Wunder von ihr selbst.

Der Mann war ein ehemaliger Lastwagenfahrer, der vom schweren Heben Rückenprobleme bekommen hatte und sich zum Straßenbahnfahrer hatte umschulen lassen. Sie hatten sich getroffen, als Cilla in die falsche Straßenbahn einsteigen wollte. Sie hatte nicht gesehen, daß ›außer Betrieb‹ darauf stand. Mit der ihr eigenen Dickköpfigkeit hatte sie behauptet, es habe eine deutliche Drei darauf gestanden, und sie war so unbelehrbar gewesen, daß sie ein paar Haltestellen hatte mitfahren dürfen, während die Sache aufgeklärt wurde. Dann tranken sie im Personalraum des Depots einen Kaffee und diskutierten weiter.

»Et cetera, et cetera«, schloß Cilla.

Et cetera? Yvonne und Lotta schauten sich fragend an. Sie verstanden nichts.

»Ich bin so glücklich«, sagte Cilla. »Ich habe von Benny

mehr über mich selbst gelernt als in fünf Jahren Psychologiestudium und zwanzig Jahren Therapie. Jeder Mensch sollte einen Benny haben.«

»Aber ich gehöre nur dir«, brummte Benny mit scheuem Stolz. Er saß tief in einem der eleganten Sessel aus schwarzem Leder und Stahlrohr, sein schwerer Körper füllte ihn ganz aus. Er hatte einen Walroßschnauzbart, um seine rötliche Glatze lief ein Heiligenschein aus abstehenden blonden, fast grauen Haaren. Sein großer Bauch hüpfte beim Sprechen wie bei einem gutmütigen Weihnachtsmann.

»An Silvester seid ihr alle zur Hochzeit eingeladen«, sagte Cilla, setzte sich auf Bennys Schoß und schlang die Arme um seinen breiten Hals.

»Hier geht es aber ab«, sagte Lotta.

»Im Gegenteil. Es hat viel zu lange gedauert. Wir haben fünfzig Jahre aufeinander gewartet. Ich begreife nicht, daß es so lange gedauert hat, bis ich dich gefunden habe«, sagte Cilla und schaute ihren Benny verliebt an.

Yvonne und Lotta betrachteten sie erstaunt und ein bißchen neidisch. Dieses Glück, diese selbstverständliche Zärtlichkeit zwischen zwei Menschen.

Wo liegt das Geheimnis? dachte Yvonne später, als sie durch den Vorort ging. Habe ich so schon einmal für jemanden empfunden? Hat jemand schon einmal so für mich empfunden? Vielleicht als Simon noch ganz klein war. Als er nur mir gehörte und ich ihm. Aber sonst gibt es niemanden.

Und was war eigentlich zwischen ihr und Bernhard vorgefallen? Warum hatte sie sich erboten, ihn zu massieren? Sie konnte es nicht mehr verstehen. Er hatte ihr leid getan. Sie hatte ihm helfen wollen. Daran erinnerte sie sich. Sein gequältes Gesicht, als er sich den Nacken rieb. Das Dunkle, Traurige in seinen Augen. ›Jetzt wird der Brunnendeckel draufgelegt‹. Sie hatte ihn von etwas Schwerem befreien wollen.

Sie war zu weit gegangen. Ihm zu nahe gekommen. Aber jetzt kannte sie sein Geheimnis. Und dieses Wissen hatte ihre Gefühle für ihn verändert. Seine quengelige Hilflosigkeit, seine schweren Blicke, sein Ausweichen – all das wurde verständlich im Lichte dessen, was sie nun wußte. Zehn Jahre! Auch wenn seine Frau, wie er später erzählt hatte, nach zwei Dritteln der Strafe auf Bewährung freikam, würde sie doch über sechs Jahre weg sein. Das stellte eine Ehe schon auf die Probe! Und diesen Mann hatte sie mit körperlichen Berührungen in Versuchung geführt, seine schmerzenden Muskeln ausgenützt und ihn mit angeblich unschuldiger Entspannungsmassage, die in Zärtlichkeiten überging, in die Falle gelockt. Ein Mann, der schlimmste Schuldgefühle hatte wegen der Untreue, die zum Verbrechen seiner Frau geführt hatte. Sie schämte sich über sich selbst. Ihr einziger Trost war, daß sie keine Hintergedanken gehabt hatte, nichts anderes beabsichtigt hatte, als ihm die Schmerzen zu lindern.

Und vielleicht hatte sie genau das erreicht. Es war eine große Erleichterung für ihn, endlich von seiner Frau erzählen zu dürfen. Vermutlich war es das erste Mal, daß er mit jemandem darüber sprach. Es war ihm gelungen, es vor den Nachbarn und den Arbeitskollegen zu vertuschen. Der Preis für diese Verstellung waren seine immer wiederkehrenden Angstattacken.

Seit er ihr das Foto der Frau im Gemüsebeet gezeigt hatte, hatte er ihr noch viele Fotos und Alben gezeigt. Ferienbilder, Geburtstage, Weihnachten, Alltagsbilder. Die meisten Bilder zeigten Helena, kühl und schön, ungeschminkt und geschmackvoll angezogen. Manchmal war Bernhard auf den Fotos. Auf Ferienbildern posierten sie zusammen an einem Restauranttisch, vor einem Gebäude oder in der Natur. Yvonne vermutete, daß sie bei diesen Gelegenheiten die Kamera einem Kellner oder einem zufällig

Vorbeikommenden gegeben hatten, damit sie beide auf das Bild kamen. Außer Bernhard und Helena waren auf den Fotos fast nie andere Menschen zu sehen, sie bekam das Gefühl, daß sie sehr aufeinander bezogen gelebt hatten, ohne viel soziale Kontakte.

Die Frau mit der Löwenmähne war nirgends zu sehen. Vielleicht hatte das eingeschweißte Foto zufällig in seiner Jackentasche gesteckt. Sie hatte vielleicht mit seinem Job zu tun. Vielleicht hatte er sie in Wirklichkeit gar nie getroffen.

Yvonne hatte sich beim Bilderanschauen ein wenig gelangweilt, das passiert ja leicht, wenn man Fotos anschauen muß von Begebenheiten, an denen man nicht teilhatte. Sie hatte sich ihrer Rolle als Beobachterin erinnern müssen. War das nicht genau der Sinn ihrer Spezialstudie im Orchideenweg 9: Soviel wie möglich über die Bewohner zu erfahren und – ohne herumzuschnüffeln – soviel Informationen wie möglich aufzunehmen?

Sie betrachtete das feingeschnittene Gesicht und die ungewöhnlich blauen Augen – sie hatte erst geglaubt, daß Helenas intensiv blaue Augen auf dem ersten Bild ein fototechnischer Zufall gewesen waren, aber seit sie noch mehr Fotos gesehen hatte, war sie sicher, daß die Farbe ganz naturgetreu wiedergegeben war.

Sie suchte nach Zeichen für psychische Instabilität. Denn irgend etwas stimmte doch nicht bei dieser Frau? Eifersucht war eine starke Kraft, und zu der Zeit, als sie Jörgen noch liebte, hatte sie sich oft detailliert und erschreckend genau vorgestellt, wie sie ein Messer in seinen Körper und den der Geliebten stach. Aber wie lebendig diese blutrünstigen Phantasien auch waren, es waren doch nur Phantasien. Für die Frau mit dem intensiv blauen Blick unter dem knabenhaften schrägen Pony war es nicht bei Phantasien geblieben. Anstatt ihr Linderung zu verschaffen und zu verebben, hatten sich die Phantasien in einen rationalen Plan verwandelt und der Plan in Handlung. Warum? überlegte Yvonne und lauschte mit halbem Ohr Bernhards Erzählungen vom Leben des Paares, das eine Idylle ohne Makel gewesen zu sein schien.

Nun, nachdem er ihr sein Herz geöffnet hatte, war Bernhard kaum mehr zu bremsen. Nach den Fotoalben hatte er von Helena gestickte Tischdecken hervorgeholt, von ihr genähte Kleider, Aquarelle (vor allem Gemüse- und Blumenmotive aus dem eigenen Garten), Keramikgegenstände (unter anderen die kleine grüne Vase, die Yvonne auf ihren Spaziergängen wegen ihrer Schlichtheit und prominenten Plazierung fasziniert hatte). Mit kindlichem Stolz zeigte er ihr alles, und Yvonne brachte ihre Bewunderung über die Begabung und das handwerkliche Geschick der Ehefrau zum Ausdruck.

Schließlich hatte sie ihn daran erinnern müssen, daß es schon spät war und sie den Bus erreichen mußte. Da hatte er zum letzten Mal in einer Schublade gewühlt und ihr eine Mappe mit abgegriffenen Papieren überreicht.

»Der Polizeibericht. Wenn du wissen willst, was passiert ist. Du kannst ihn mit nach Hause nehmen und ihn lesen, wenn du willst.«

Sie hatte protestiert.

»Aber ich möchte das alles gar nicht wissen. Du hast es mir ja erzählt, Bernhard.«

Aber er insistierte und stopfte die Mappe in ihre Tasche. Sie hatte die Tasche in ihren Schlafzimmerschrank gelegt, zu den zusammengerollten Nora-Brick-Kleidern, und sie hatte sie seither nicht herausgeholt.

Trotz ihres Beschlusses, mit den äußeren Beobachtungen aufzuhören, machte sie wieder ihre gewohnte Runde im Vorort, allerdings ohne den kleinen Abstecher zum Orchideenweg 9. Sie war zu dicht herangekommen, das Bild war verschwommen, sie mußte wieder etwas wegzoomen.

Der Vorort lag in einer grauen Dämmerung, rollte sich ein wie eine schnurrende Katze. Die kleinen Lämpchen leuchteten rot und orange in den Fenstern, die Gärten lagen wie schützende Umschläge um das schwach pulsierende Leben, das sich jetzt nach innen zurückzog, zu gedeckten Tischen, weichen Sofas und flimmernden Fernsehern.

Der Nebel dämpfte gnädig die Farbe des lila Hauses, und der Nachrichtenmann schaute wie immer aus seinem Loch, entblößte seine schlabbrigen Geschlechtsteile, anscheinend unbeeindruckt von der Kälte.

Die Volvo Kombis kehrten von der Arbeit zurück, einer nach dem anderen nahmen sie ihre Plätze in den Einfahrten ein. Die Leute gingen ihren Beschäftigungen nach, in den Küchen und an den Bildschirmen.

Aber alles geschah mechanisch, wie im Schlaf. Die Menschen des Vororts gingen nicht in den Winterschlaf wie der kleine Igel, den sie bei ihrem ersten Besuch getroffen hatte, aber ihr Pulsschlag wurde langsamer, ebenso wie der Rhythmus ihrer Bewegungen, das Reden dämpfte sich zu Murmeln. Während die Hände wie schlafwandlerisch ihre Pflicht taten, wanderten die Gedanken zu Traumlandschaften, weit weg von den tristen Straßen des Vororts und dem Novembernebel.

»Ich bin da«, flüsterte Yvonne ihnen zu. »Ich verlasse euch nicht.«

Als sie wieder bei sich zu Hause war, holte sie den Polizeibericht hervor, den Bernhard ihr gegeben hatte. Simon war bei einem Freund und Jörgen noch bei der Arbeit. Sie machte sich eine Tasse Tee und ein paar belegte Brote, dann setzte sie sich an den Küchentisch und begann zu lesen.

Anzeige

Um 18.20 Uhr ging bei der Notrufzentrale der Anruf einer Frau ein, die angab, daß eine Person ermordet worden sei, im Fischadlerweg 18 in der Sommerhaussiedlung Sandberg in Åsa. Die Frau stellte sich als Helena Ekberg vor, Besitzerin des o.g. Anwesens. Sie sagte, sie sei ganz sicher, daß das Opfer nicht mehr am Leben sei. Sie klang ruhig und gefaßt und gab eine detaillierte Wegbeschreibung.
Um 18.40 Uhr trafen die Polizeibeamten Patrik Andersson und Sofie Wejmark am Tatort ein. Vor dem Anwesen parkten zwei Fahrzeuge: ein Opel Vectra, Zul. Nr. PTR 379, und ein Mitsubishi Carisma, Zul. Nr. GYY 712.
Direkt hinter der Tür des Sommerhauses fanden die Polizeibeamten eine tote Frau mit Stichwunden. Wie sich später herausstellte, handelte es sich um Karina Toresson. Neben der Toten auf dem Boden saß Helena Ekberg in blutverschmierter Kleidung und mit einem japanischen Filetiermesser der Marke Kobe in der Hand. Auch das Messer war blutverschmiert.
Ekberg machte einen geschockten, jedoch gefaßten Eindruck. Sie gestand, Karina Toresson getötet zu haben. Der Mord war die Rache dafür, daß Toresson ein Verhältnis mit ihrem Mann gehabt und ihre Ehe zerstört habe. Sie leistete bei der Festnahme keinen Widerstand.

Zusammenfassung der Verhöre mit Helena Ekberg vom 24.3. – 28.3.

Helena Ekberg berichtete, daß sie schon längere Zeit den Verdacht gehegt habe, daß ihr Mann eine andere Frau traf. Nachdem sie über einen Nebenapparat ein Telefongespräch ihres Mannes mitgehört hatte, wußte sie, daß er Karina Toresson am folgenden Tag im Sommerhaus des Paares Ekberg in Åsa treffen würde. Sie fuhr hin und überraschte die beiden im ehelichen Bett. Sie war schokkiert und floh. Ihr Mann bat sie am gleichen Abend um Verzeihung und versprach, die Beziehung mit Karina Toresson zu beenden. Sie war jedoch der Meinung, sein Verrat sei unverzeihlich und die Frau müsse »weg«. Helena Ekberg nahm Kontakt mit Karina Toresson auf und sagte, sie wolle sie treffen und mit ihr über die Beziehung zu ihrem Mann sprechen. Karina Toresson war einverstanden, Helena Ekberg am 24. März um 13 Uhr im Sommerhaus zu treffen.

Helena Ekberg war schon gegen 10 Uhr dort und heizte die Hütte. Sie bereitete ein Mittagessen, zu dem sie Karina Toresson einlud, als diese eintraf. Die Frauen sprachen ruhig über das Vorgefallene. Helena Ekberg war während des Essens nicht sicher, ob sie Karina töten sollte oder nicht, sie wollte wissen, »was für eine Frau sie war«. Sie erzählte Frau Toresson, wie nahe sie und ihr Mann sich standen und wie nachhaltig die Untreue des Mannes ihrer Ehe geschadet habe. Sie bat Frau Toresson, ihren Mann in Ruhe zu lassen, was diese jedoch nicht mit Sicherheit versprechen konnte.

Nach dieser Antwort stand ihr Entschluß fest. Als sie Karina Toresson zur Tür brachte, verbarg sie das Messer hinter dem Rücken, und in dem Moment, als diese gehen wollte, stach sie das Messer mehrmals in Toressons Brust und Bauch, vier Mal, soweit sie sich erinnerte.

Helena Ekberg hatte nie daran gedacht zu fliehen, sie rief selbst die Polizei an und legte ein Geständnis ab. Beim Anruf muß Karina Toresson zwischen zwei und drei Stunden tot gewesen sein. Die Zeit zwischen dem Mord und dem Anruf hat Helena Ekberg nach eigenen Angaben damit zugebracht, zu spülen und aufzuräumen, was sie selbst als »angelerntes Reflexverhalten« bezeichnete. Sie hatte jedoch weder an sich das Blut abgewaschen noch die Kleidung gewechselt, weil sie »keine Beweismittel beseitigen wollte«.

Auf die Frage, ob sie bereue, was sie getan habe, sagte sie, es tue ihr leid, daß Karina Toressons Kinder die Mutter verloren hätten. Wenn sie gewußt hätte, daß Toresson Kinder hatte, hätte sie vielleicht anders gehandelt. Sie hatte sie während des Gesprächs nach eventuellen Kindern gefragt, aber die Antwort bekommen, daß sie das nichts anginge. Ansonsten bereue sie nichts.

Yvonne las noch einige Verhörprotokolle, die etwas ausführlicher Helenas eigene Worte wiedergaben.

Dann las sie die technischen Untersuchungen, über Blutgruppen, Schmutzflecken, den Inhalt der Autos, Sand- und Kiesreste an den Schuhen beider Frauen.

Sie betrachtete verwischte Fotokopien von Fotos der Toten, der geparkten Autos und des Sommerhauses von innen und von außen.

Mit zunehmendem Unbehagen las sie die Obduktionsberichte und die Protokolle der Untersuchungen am Tatort, in denen festgestellt wurde, daß abgesehen vom Blut in der Diele das Haus sauber gewesen sei, Gläser, Porzellan und Töpfe gespült, und weder im Mülleimer unter der Spüle noch in der Mülltonne draußen sei Abfall gefunden worden. (Was Helena in einem Verhör damit erklärt hatte, daß sie den Müllbeutel in die Tonne eines Nachbarn gelegt habe, weil bei diesem im Winter geleert wurde, was bei Ekbergs nicht der Fall gewesen sei. Sie wollte nicht, daß der Müll bis zum nächsten Jahr liegenblieb und stank.)

Alles in allem ergab die Untersuchung das Bild einer Frau mit einer fast unmenschlichen Selbstbeherrschung. Die eiskalt zwei Wochen wartet, bis sie Rache nimmt. Die dem Opfer ein sorgfältig zubereitetes Mittagessen serviert und sie dann mit dem gleichen Messer ermordet, mit dem sie zuvor den Fisch filetiert hat. Die einen genauen Überblick darüber hat, wo wann die Mülltonnen geleert werden, die jedoch nicht eindringlicher nachfragt, ob die Frau, die sie ermorden wird, Kinder hat oder nicht.

Yvonne schauderte. Dieser Frau würde sie nicht begegnen wollen. Warum hatte Bernhard sie das alles lesen lassen?

Dezember. Der Vorort bereitete sich auf Weihnachten vor. Die Bewohner liebten es, ihre Häuser zu schmücken und zu beleuchten. Yvonne war aufgefallen, daß Jahr für Jahr mehr illuminiert wurde. Hatten die Häuser früher nur ein oder zwei beleuchtete Fenster oder elektrische Kerzenständer oder Adventssterne gehabt, so sah man sie jetzt in jedem Zimmer. Ein unbeleuchtetes Fenster war ungewöhnlich und schien das Muster zu stören wie die Lücke eines ausgeschlagenen Zahns in einem blendenden Lächeln. Die Adventssterne waren größer – manche füllten die ganze Scheibe aus und erschwerten Yvonne den Einblick – es gab mehr Farben und Muster als früher.

Lichtschläuche in Rot, Weiß und Grün eroberten die Gärten. Wie leuchtende Schlangen ringelten sie sich um Büsche und Bäume, krochen an Hecken entlang, Terrassenbalken hoch und auf Balkongeländer hinaus.

Die beiden Einwandererfamilien hatten sich ihrer schwedischen Flaggen zum Trotz nicht in die Beleuchtungswelle hineinziehen lassen. Yvonne konnte bei ihnen keine elektrischen Kerzenständer oder Sterne entdecken. Ihre Wohnungen glitzerten allerdings das ganze Jahr von glänzendem Messing, Kronleuchtern und Goldbrokat, sie hatten vielleicht schon genug Glanz und Glitter.

Jörgen würde von Weihnachten bis Dreikönig Urlaub haben, und Yvonne wollte sich in dieser Zeit auch freinehmen, damit die ganze Familie richtige Weihnachtsferien hatte. Als sie das Thema bei Bernhard anschnitt, sperrte er erstaunt die Augen auf:

»So lange? Aber wird dir da nicht langweilig, Nora? Ich meine, du hast doch keine Familie oder so? Oder etwa doch?«

Es schien ihm noch nie der Gedanke gekommen zu sein, daß Nora auch außerhalb seines Hauses ein Leben haben könnte. Vom Putzen im Büro hatte sie ihm ja berichtet, aber ansonsten hatte sie nie ein Wort über sich erzählt. Und er hatte nie gefragt. Für ihn schien es selbstverständlich zu sein, daß Nora allein und ohne Familie lebte.

»Wohnst du vielleicht mit jemandem zusammen?« fragte er erstaunt und warf einen Blick auf ihren nackten Ringfinger. »Aber Kinder hast du doch wohl keine?«

Yvonne wunderte sich, daß ihm das so unwahrscheinlich vorkam. Die meisten Menschen hatten doch eine Familie, oder?

Sie waren bei diesem Gespräch im Garten. Sie hatte gewußt, daß er zu Hause war, und ihn gesucht, und ihn wie so oft in dem kleinen japanischen Steingarten gefunden, wo er auf die weiße, wasserartige Kiesfläche starrte. Das Miscantusgras hatte die flaumigen Seidenquasten verloren, es standen nur noch die fischgrätgemusterten Stengel, spröde und fadendünn. Wie ein Insektenskelett, wenn sie eines hätten, dachte Yvonne.

»Ich habe meine Eltern und die Familie meiner Schwester in Uddevalla«, hatte sie geantwortet. »Und an Weihnachten fahre ich immer zu ihnen und bleibe eine Weile. Wir sehen uns so selten. Und du, Bernhard? Bekommt deine Frau Hafturlaub über Weihnachen?«

»Helena bekommt erst am 10. April Hafturlaub. Aber ich fahre hin und besuche sie. Ansonsten bin ich allein. Das war schon letzte Weihnachten so.«

Bernhards Selbstmitleid löste widersprüchliche Gefühle in ihr aus: Sie verabscheute dieses unreife, bettelnde Gesicht mit den schlaffen, weichen Babywangen und den halboffenen Lippen, die immer auf etwas zu warten schienen – auf was? Gebratene Tauben? Küsse? Daß Mama kommt und ihm die Zähne putzt? Eine Ohrfeige hätte er verdient!

Und gleichzeitig verspürte sie eine dunkle Sehnsucht, dieses Gesicht anzufassen, es sanft, aber bestimmt zwischen die Hände zu nehmen und es zu küssen. Sie erinnerte sich an das Kribbeln, als er während der Massage sein Gesicht zu ihrer Hand gedreht und seine Lippen sie berührt hatten. Und an seine tränennasse Wange an ihrem Mund, seine tastenden Hände unter ihrem Pullover, Sekunden nachdem er das Geheimnis über seine Frau gelüftet hatte.

In dem Moment war sie geplatzt – die dünne, aber ach so starke Haut, die wir um unser Ich haben und die genauso lebenswichtig ist wie die, die unsere inneren Organe schützt. Das passiert ganz selten einmal. Daß diese Haut, trotz ihrer Festigkeit, Elastizität und Geschmeidigkeit die ungewohnten Bewegungen, die das Leben uns manchmal zu machen zwingt, nicht mitmachen kann und ein kleiner Riß entsteht. So daß wir uns für einen kurzen Augenblick erkennen können, ehe der Riß im nächsten Moment wieder verheilt.

Sie wußte, daß genau das passiert war, als Jörgen ihr am Sekretär der Mutter das alte Schulfoto weggenommen hatte. Eine angstvolle Sekunde der Offenheit, die sie seither zusammenband.

Yvonne hatte Bernhard kühl und mitfühlend umarmt, ehe sie das Haus mit einem Glas Ingwerbirnen in der Tasche verlassen hatte. Sie hatte endlich eingewilligt, etwas von Helenas Eingemachtem anzunehmen. Jetzt stand das Glas an ihrem Küchenfenster, und wenn sie es ansah, kamen ihr die aufgeweichten, ausgehöhlten Früchte vor wie Leichenteile in Formalin. Das Werk einer Mörderin.

Der nächste Montag war ihr letzter Arbeitstag vor den Weihnachtsferien bei Bernhard Ekberg. Sie hatte den Weihnachtsputz beendet, den sie zwei Wochen zuvor begonnen hatte. Bernhard hatte erzählt, daß Helena immer einen gründlichen altmodischen Weihnachtsputz gemacht hatte, dabei wurden alle Schränke und Türen abgewischt, die Fenster geputzt und Vorhänge gewaschen, die Kacheln im Bad geschrubbt und alle Polstermöbel sorgfältig abgesaugt. Er hatte angedeutet, daß er das auch von Nora erwartete.

Es war eine anstrengende Arbeit, und da Yvonne Angst vor Leitern hatte, war das Fensterputzen sehr lästig, es waren insgesamt elf Fenster, darunter das Schlafzimmerfenster mit den kleinen, bleiverglasten Scheiben. Als sie erheblich später als sonst nach Hause gekommen war, hatte sie sich einfach hingelegt und einen Mittagsschlaf gehalten, völlig erschöpft. Jörgen hatte sie so schlafend und mit den Nora-Brick-Kleidern gefunden, sie vorsichtig geweckt und gefragt, ob es ihr nicht gutgehe. Als sie dann den Staubsauger herausgeholt hatte und die Diele, die voller Sand und Kies war, saugen wollte, hatte er ihr den Staubsaugergriff aus der Hand genommen.

»Ich mache das. Du siehst ja total fertig aus. Hast du viel um die Ohren?«

Sie nickte.

»Ich finde, wir sollten eine Putzfrau nehmen. Es ist doch Wahnsinn, daß du dich mit so etwas abschaffst.« Er nickte Richtung Staubsauger. »Und ich bin zu selten zu Hause. Nein, widersprich mir nicht. Warum sollten wir keine Putzfrau haben? Wir arbeiten so viel. Haben wir das nicht verdient? Es ist doch besser, wir verwenden unsere Energie für das, was wir gut können, anstatt fürs Staubsaugen, das kann auch jemand anderes machen. Ich werde mich auf der Arbeit umhören, ob sie da jemanden kennen.«

Yvonne hatte eingewandt, daß sie absolut keinen fremden Menschen in der Wohnung haben wolle, aber sie war in dem Moment so müde gewesen, daß sie ihren Worten nicht den nötigen Nachdruck verleihen konnte.

Weihnachten feierten sie ganz ruhig, nur sie, Jörgen und Simon. Am ersten Feiertag waren sie bei Jörgens Eltern eingeladen, und am zweiten kam Jörgens Schwester mit Familie zu Besuch.

Jörgens Weihnachtsgeschenk für Yvonne war ein unanständiges Korsett mit Strapsen, das er in einer luxuriösen Boutique in London gekauft hatte. Als Simon mit seinem Berg von Geschenken neben dem Bett eingeschlafen war, schenkten sie sich einen Whisky ein, saßen auf dem Sofa und schmusten ein wenig, dann gingen sie ins Schlafzimmer und weihten Yvonnes Weihnachtsgeschenk ein. Es brauchte eine Menge Whisky, bis Yvonne das richtige Gefühl fand, und mitten im schwitzigen Kopulieren dachte sie: Das brauchen wir also, um den Mann und die Frau in uns zu finden – unanständige Kleider und enthemmenden Alkohol. Und welcher Teil von uns begegnet sich hier, ist es nicht der banalste, der primitivste Teil unserer Persönlichkeit, das rein Sexuelle? Er hätte irgendein Mann sein können und ich irgendeine Frau. Es handelt sich doch nur um ein paar männliche und weibliche Geschlechtshormone in einem Reagenzglas, intimer ist es nicht. Hinterher verspürte sie immerhin eine schwere, dumpfe sexuelle Befriedigung, wie nach einer sehr proteinreichen Mahlzeit und fiel sofort in einen traumlosen Schlaf. Als sie am nächsten Vormittag aufwachte, hatte sie einen Kater und betrachtete angeekelt das rote, glänzende Korsett, das ihr am Körper klebte. Sie duschte lange, und machte sich dann für das Weihnachtsessen bei den Schwiegereltern zurecht.

Zwischen den Jahren gingen sie zu dritt ins Kino und redeten danach über einem Hamburger bei McDonalds über den Film. Alle drei hatte ihn irgendwie gut gefunden, es war eine ausgezeichnete Wahl gewesen.

An Silvester war Yvonne zu Cillas und Bennys Hochzeit eingeladen, es war ein fröhliches Fest, sie feierten im Vereinslokal der Kleingartenanlage, in der Benny ein Häuschen hatte. Der innerste Kreis von »Deine Zeit« war eingeladen, außerdem Bennys Lastwagenkumpels, Cillas fünfundzwanzigjährige Jura studierende Tochter und Bennys etwa dreißigjähriger Sohn, über dessen eventuellen Beruf Yvonne nichts erfuhr.

»Das ist doch nicht nur so ein neues Ding?« flüsterte Lotta in Yvonnes Ohr. Sie saßen an einem Tisch mit Papiertischtuch, Papierschlangen ringelten sich von der Decke, ein beschwipster Kollege von Benny hielt eine Rede.

»Was meinst du mit Ding?«

»Ja, halt so ein Einfall. Wie Kristalltherapie oder Kräuterfasten oder Callanetics. Was ein paar Wochen super ist und dann wieder verschwindet.«

»Nein, ich glaube, das ist ernst«, antwortete Yvonne. »Schau sie doch an.«

Cilla strahlte neben ihrem Benny. Sie trug ein erdbeerrotes, weich fallendes Kleid. Sie hatte seit dem Sommer zugenommen, ihre Kinnpartie war weicher geworden. »Erst jetzt, wo wahre Liebe ihn umgibt, kann ihr Körper sich gestatten, älter zu werden«, hatte Yvonne gedacht. Und als er erst einmal damit angefangen hatte, war es schnell gegangen. Als ob er mit einem tiefen, lustvollen Seufzer zusammengesackt wäre, wie ein altes Kissen. Fettpölsterchen traten hervor, Hautfalten hingen herab. Manchmal hatte Yvonne fast Angst, daß Cillas Körper nicht bei den zweiundfünfzig Jahren haltmachen, sondern noch tiefer im Verfall des Alters versinken würde. »Hallo, stop, du bist noch nicht sechzig«, wollte sie beinahe rufen, als Cilla an ihr vorbeischaukelte, auf diese leicht breitbeinige Art, die sich korpulente Matronen aus dem Süden manchmal gestatten, wenn sie älter werden, und die Cilla sich angewöhnt hatte, obwohl sie noch weit entfernt war von deren massiver Erscheinung. Sie trug jetzt weite, ethno-inspirierte Kleider, die sie dicker aussehen ließen, als sie war, und sie hatte die grauen Haare herauswachsen lassen, es sah aus, als trüge sie ein silberfarbenes Käppi auf dem ansonsten roten Haar.

Was hatte Cilla da nur für einen vergrabenen Schatz gehoben und wo konnte man ihn finden? Nicht einmal Cilla hatte es sagen können. »In der Straßenbahn«, antwortete sie, wenn man sie fragte, aber alle, sie eingeschlossen, wußten, daß die Antwort erheblich komplexer war.

Um zwölf traten die Hochzeitsgäste auf die Veranda, um das Feuerwerk anzuschauen, es verwandelte die Schrebergärten mit ihren Miniaturhäuschen in eine bunte Märchenwelt. Es wurde auf das Brautpaar und das neue Jahr angestoßen.

Yvonne war leicht betrunken, sie fühlte sich albern und zu Dummheiten aufgelegt. Sie tanzte wild mit dem Bräutigam und dann lange und eng mit einem seiner Kollegen aus der Transportbranche. Die Stimmung wirkte irgendwie harmonisierend. Heilend. Das anspruchslose Lokal mit den stapelbaren Stühlen und der grellen Deko. Die nicht mehr ganz jungen, leicht verbrauchten Gäste, die sich je nach Fähigkeit und Kasse fein gemacht hatten. Und dieses wunderbare Brautpaar mit dem Strahlenkranz aus Liebe, den man fast mit Händen greifen konnte. So ist das Leben, dachte Yvonne beschwipst und sentimental und lehnte ihre Stirn an die rasierwasserduftende Schulter des Lastwagenfahrers. Einfach so, nicht mehr und nicht weniger. Als sie gegen Morgen in ihr Bett kroch – sie hatte es für sich allein, Jörgen feierte mit Freunden, sie wußte nicht mal, wo –, fühlte sie sich glücklich und lebensklug. Sie glitt in einen erotisch gefärbten Traum mit jemandem, der vielleicht Brummifahrer war oder Bernhard oder eine Mischung aus beiden. Sie drückte sich an ihn und sagte, sie sei einsam und hungrig. Er versprach, ihr etwas zu holen, und hielt das Glas mit den Ingwerbirnen in die Höhe. Die Birnenhälften glitten langsam im Saft umher, rieben sich aneinander, mit ihren rundlichen Formen und dem blassen, weichen Fleisch. »Das will ich nicht haben«, wollte Yvonne sagen, aber sie brachte keinen Ton heraus und wußte, sie konnte nicht ablehnen.

Plötzlich hörte sie ein schwaches, aber deutliches Zischen im Glas, wie von einer Schlange. Ein Strahl aus dikker, roter Flüssigkeit schoß wie ein Unterwassergeysir zwischen den Früchten hervor. Er verteilte sich in immer feiner werdenden Fetzen in der gelblichen Flüssigkeit, löste sich schließlich in Rauch auf und färbte alles rostrot.

Sie wachte auf, ihr Herz klopfte vor Angst, sie war immer noch allein im großen Bett. Sie ging auf die Toilette, wusch sich das Gesicht mit kaltem Wasser, um den unangenehmen Traum wegzuspülen.

Aber es half nicht. Sobald sie den Kopf aufs Kissen gelegt hatte, ging es wieder los, sie sank in einen Schlaf, der dicht und schwer von Träumen war, noch merkwürdiger und unangenehmer als der vorige. Es war, als sei sie in eine riesige Maschine geraten, in der sie gegen ihren Willen zwischen Kammern voller Angst, Sexualität, Gewalt und Wahnsinn hin- und hertransportiert wurde. Sie wachte immer wieder kurz auf, verwirrt und mit einem Gefühl von körperlicher Schwäche, um dann wieder erschöpft in Schlaf zu sinken.

Ganz allmählich änderten sich die Träume, sie wurden ruhiger und harmonischer, und als sie schließlich aufwachte – richtig aufwachte, ausgeruht und ruhig –, war sie von einer tiefen Gewißheit erfüllt.

Die große Traummaschine war endlich stehengeblieben und hatte mit einem letzten Zittern das Ergebnis ihrer gewaltsamen Arbeit ausgespuckt. Wie ein kleiner, von den Wellen glattgeschliffener Stein lag es nun bei ihr im Doppelbett, während der erste Tag des Jahres sein milchweißes, mattes Licht im Zimmer verbreitete.

Sie mußte lächeln. So einfach. So offensichtlich, wenn man es wußte. Ja, natürlich. Natürlich war es so. Sie liebte ihn. Sie liebte Bernhard Ekberg. Seine braunen, bettelnden Augen.

Seine Schuldgefühle, seine Hilflosigkeit. Seine tastenden, kurzen Finger. Sein weiches Gesicht mit den Grübchen in den Wangen, der Oberlippe und dem Kinn. Seine sinnlich runden Lippen, die so leicht ihren Handrücken berührt hatten wie die Schnauze eines vorsichtigen Hundes.

Welche gewaltige Veränderung muß in ihrem Bewußtsein vor sich gegangen sein, daß diese Erkenntnis ans Tageslicht kommen durfte! Wieviel Widerstand muß es gegeben haben.

Aber jetzt war sie da.

Sie hatte noch nicht entschieden, was sie mit ihrer Erkenntnis machen würde. Vielleicht würde sie sie nur in sich tragen, wie einen wunderbaren, verborgenen Schatz und weder Bernhard noch sonst jemanden etwas wissen lassen. Vielleicht.

Als sie aufgestanden war und aus dem Fenster schaute, erwartete sie die nächste Überraschung. Es hatte geschneit. Der Winter war bisher mild und schneefrei gewesen, jetzt lag eine dicke Watteschicht auf der Straße und den Hausdächern. Und es fielen immer noch Flocken.

Yvonne duschte und pusselte dann im Bademantel im Haus herum. Sie warf verblühte Hyazinthen und leere Pralinenschachteln weg, sie saugte Nadeln unter dem Weihnachtsbaum auf. Simon war mit der Familie eines Freundes in Värmland und sollte erst am Abend zurückkommen. Jörgen kam am Nachmittag. Er murmelte etwas von einem Film, den er sehen wollte, und machte den Fernseher im Schlafzimmer an, schlief aber sofort auf dem Bett ein und schnarchte laut.

Um zwanzig nach acht holte Yvonne Simon am Bahnhof ab. Und obwohl er so lange Zug gefahren war und in Värmland schon reichlich Schnee genossen hatte, war er ausgelassen glücklich über den Schnee, der immer noch fiel, und wollte sofort im Park Schlitten fahren.

Yvonne ging mit ihm, sie fuhren zusammen in der rosagrauen Dunkelheit, die von der Nacht, dem Schnee und Lichtern der Stadt gebildet wurde. Die weiße Decke umschloß alles, so weich, so sauber, so vollkommen neu.

Als sie unter den vom Schnee schweren Zweigen eines Baums vom Schlitten stiegen, schaute Simon zu ihr auf und sagte mit einem Staunen in der Stimme:

»Du lachst ja, Mama. Du solltest öfter Schlitten fahren.«

Obwohl Yvonne noch nicht entschieden hatte, wie sie mit ihrer Erkenntnis umgehen wollte, war ihre Sehnsucht während der langen Weihnachtsferien immer stärker geworden, und als sie am ersten Montag nach Dreikönig Bernhard Ekbergs Haus betrat, war sie tief enttäuscht, daß er nicht zu Hause war.

Nachdem er im Herbst krank gewesen war, hatte er seine Arbeit in der Bank wiederaufgenommen, aber er war immer noch halbtags krank geschrieben, und Yvonne konnte sich vorstellen, daß er an seinem Arbeitsplatz nicht sehr viel zustande brachte. Er kam und ging, wie er wollte, und man rechnete eigentlich nicht mehr mit ihm. Yvonne hatte schon öfter solche Menschen erlebt. Sie behielten zwar ihren Arbeitsplatz, sie durften an ihren Schreibtischen sitzen und Papiere hin und her bewegen und konnten so für Familie und Freunde den Schein wahren. Aber sie zählten schon lange nicht mehr.

Es schien wichtig für ihn zu sein, hin und wieder in die Bank zu gehen, und sich, wenn er zu Hause war, an den Papierstapeln mit dem Logo der Bank festzuhalten, wie an einer Rettungsboje, die von einem Schiff ausgeworfen worden war, das dann wieder abdrehte.

Yvonne ging durch die Räume, sie schienen ungewöhnlich dunkel und verlassen. Sie wußte, daß Bernhard an Weihnachten seine Frau im Gefängnis besucht hatte, aber ansonsten war er zu Hause gewesen. Trotzdem sah es so aus, als wäre niemand in den Zimmern gewesen, seit sie sie vor Weihnachten verlassen hatte. Es waren keine Weihnachtsdekorationen zu sehen – vielleicht waren sie auch schon wieder weggeräumt worden. Sie fand keines der kleinen Lebenszeichen, an die sie sich gewöhnt hatte – ungespülte Kaffeetassen und Whiskygläser, herumliegende Zeitungen und zusammengeknüllte Bonbonpapiere. Das Bett in seinem Schlafzimmer schien unberührt, seit sie vor Weihnachten die Tagesdecke gewaschen und alles frisch bezogen hatte.

Dann schaute sie ins Fernsehzimmer im ersten Stock, und nun wußte sie, wo er Weihnachten verbracht hatte. Das Sofa mit einer zerknäulten Wolldecke und einem Kissen war sein Schlafplatz gewesen, der Tisch mit der Nähmaschine sein Eßplatz – er war voller ungespülter Teller und Krümel. Er hatte Weihnachten in einer Zelle feiern wollen, genau wie seine Frau, dachte Yvonne.

Sie putzte das kleine Zimmer sorgfältig, faltete die Decke zusammen und bürstete ein paar Haare vom Kissen. Dann ging sie ins Schlafzimmer und sah in den Garten hinaus.

Der Schnee war wieder geschmolzen und hatte eine Nässe hinterlassen, die den Rasen schwer und sumpfig machte, dunkelgrün wie Algen. Die nackten Bäume und Büsche waren fast schwarz vor Feuchtigkeit. Es war eine dunkle Welt da draußen, nur der weiße Kies des Steinteichs leuchtete und die abstehenden kleinen Kugeln der Schneebeere, sie glichen einem Modell eines ungewöhnlich komplizierten Moleküls.

Yvonne versuchte, durch das Gewirr der trockenen Stengel des Miscantusgrases zu schauen. Sie wußte, daß er manchmal dort saß und über seinen toten Teich schaute. Aber der Ort lag genauso verlassen da wie der restliche Garten und das Haus.

Dann hörte sie, wie die Haustür geöffnet wurde, und kurz darauf: Schritte, eifrige, schnelle Schritte auf der Treppe. Im nächsten Moment stand er in der Schlafzimmertür, kurz und gedrungen, mit breiten Schultern und dem kräftigen Hals und einem Gesicht, das sie im grauen Winterdunkel nicht richtig erkennen konnte. Er stand still da, die Hände hingen herab, dann machte er einen Schritt nach vorne, hielt inne und rief aus:

»Nora. Ich habe mich so unglaublich nach dir gesehnt.«

Sie ging ihm entgegen, nahm seine Hände in ihre und sagte leise, ihre Lippen waren den seinen ganz nahe:

»Ich habe mich auch nach dir gesehnt.«

Und obwohl sie auf das, was nun folgen würde, vorbereitet gewesen war – ja, sie hatte es sich in der Woche, die seit der Erkenntnis vergangen war, immer wieder lustvoll vorgestellt –, so war sie doch überrascht. In ihren Phantasien war er zögernd und ungeschickt und sie die treibende Kraft. Aber jetzt fing er an, sie auszuziehen, mit eifrigen, fast heftigen Händen, er zog sie auf das Bett mit der weißen Baumwolldecke, die Yvonne einige Wochen zuvor gewaschen und im Badezimmer getrocknet hatte.

Zu ihrem Nora-Brick-Outfit gehörte keine spezielle Unterwäsche, und einen Moment lang war sie gespannt, wie Bernhard auf den Luxus reagieren würde, den seine einfache Putzfrau am Körper trug. Aber er schien es nicht zu beachten. Der sündhaft teure Slip wurde so schnell heruntergerissen, daß er keine Zeit hatte, die Qualität des dünnen Seidenstoffs zu bemerken, und der elegante Chantelle-BH in weißer Spitze schien ihn eher zu stören, weil er sich nicht öffnen ließ.

Sie spürte, daß es zu schnell ging, daß sie nicht mitkam. Vielleicht war es Jahre her, daß er mit einer Frau geschlafen hatte.

Aber plötzlich schien er keine Eile mehr zu haben. Yvonne hatte sich einmal sehr über die Frage eines Jungen amüsiert, die er an den Sex-Briefkasten einer Zeitung gerichtet hatte: Ich weiß, daß man ihn reinstecken muß. Aber was macht man dann? Diese Frage ging ihr nun durch den Kopf. Denn als Bernhard Ekberg fast gewaltsam in sie eingedrungen war, blieb er ganz still liegen, als ob auch er über diese Frage nachdenken würde. Vielleicht wollte er sich auch nur ausruhen, nachdem er die erste Etappe eines anstrengenden Laufs geschafft hatte und Kraft für die nächste sammeln mußte. Sie kam ihm entgegen, und langsam bewegte auch er sich wieder.

Es war ein Liebesakt, wie Yvonne ihn noch nie erlebt hatte. Langsam, zögernd, manchmal fast ohne Bewegung. Wahnsinnig erregend, aber nicht befriedigend. Als ob durchs ganze Bett Sirup flösse, eine zähe Süße, die immer stärkere Lust weckte, aber nie satt machte.

Einen Moment lang erinnerte sie sich an Jörgens durchtrainierten harten Körper und an seinen Geruch nach Salz und Jod. Dieser Körper hatte bei ihr nie ein so starkes Begehren geweckt, wie sie es jetzt verspürte, aber er hatte sie immer mit einem gesunden Gefühl der Befriedigung zurückgelassen.

Aber dieser Liebesakt – so merkwürdig, so lustvoll und frustrierend – schien weder Anfang noch Ende zu haben. Das etwas schlaffe Fett am Bauch, die kräftigen Halsmuskeln, die merkwürdig weiche Haut, fast wie bei einer Frau. Ein Mann aus Zucker, dachte Yvonne. Ich hatte einen Mann aus Salz, jetzt habe ich einen Mann aus Zucker. Sie spürte, wie jede Zelle ihrer Haut sich nach dieser Süße sehnte, und versuchte, den Gedanken, der sich aufdrängte, wegzuschieben: Von Zucker wird man nicht satt. Man will nur immer mehr – bis einem übel ist. Wie lange hatten sie in dem Sirupbett gelegen? Eine Viertelstunde? Eine Stunde? Mehrere Stunden? Sie hatte jeglichen Zeitbegriff verloren und wollte schon glauben, daß es in Ewigkeit so weitergehen würde, als sie ein merkwürdiges Gefühl hatte: Etwas im Zimmer hatte sich verändert. Ein Geräusch, ein Geruch, ein Schatten. Sie waren nicht mehr allein.

Und als sie sich im Bett aufsetzte, sah sie sie. Eine große, schlanke Frau in einem gutgeschnittenen Mantel stand unbeweglich in der Tür und betrachtete sie mit ausdruckslosem Gesicht und klaren, sehr blauen Augen.

Der Blick war so intensiv, daß Yvonne das Gefühl hatte, von ihm aufgesaugt zu werden. Einen Moment glaubte sie, in den Augen dieser Frau zu stecken und alles aus ihrer Perspektive zu sehen. Sie betrachtete ihren eigenen nackten Körper und den Bernhards. Der schwere, stickige Liebesdunst, der sie umgab, wurde ihr bewußt. Der weiße Bettüberwurf lag heruntergezerrt auf dem Boden, die Daunendecke knäulte sich um sie herum wie eine Tierhöhle. »Sieh an«, sagten die Augen, »so schamlos tummelt ihr euch in unserem ehelichen Bett! Seht mal, wie ihr es mit euren Ausdünstungen beschmutzt!« Und Yvonne sah es und ekelte sich. Noch nie zuvor hatte sie das so deutlich und mit so schmerzlicher Schärfe erlebt: die Bedeutung des Wortes »Scham«.

Es dauerte nur ein paar Sekunden. Dann waren sie aus dem Bett. Sie prügelten sich fast um die Decke, um ihre Blöße zu bedecken.

Aber sie war schon weg. Sie war genauso still und unmerklich verschwunden, wie sie gekommen war.

»Du lieber Herr Jesus! Wieso ist sie hier? Sie sollte doch erst am 10. April Hafturlaub haben!« flüsterte Bernhard.

Er hatte sie also auch gesehen. Das Erlebnis war ein solcher Alptraum und so unfaßbar, daß Yvonne einen Moment an eine Halluzination geglaubt hatte.

Sie zogen sich schnell an, und Bernhard murmelte die ganze Zeit ›Herr Jesus, Herr Jesus‹. Bevor sie das Zimmer verließen, warf Yvonne einen Blick in den Spiegel. Die Haare, die teilweise aus dem Gummiband gerutscht waren, standen struppig ab. Sie löste das Gummiband und versuchte, so gut es ging, ihre Haare zu richten, außerdem war sie froh, daß Nora kein Make-up verwendete, das hätte verschmiert sein können.

Als sie nach unten kamen, saß Helena Ekberg auf dem Sofa im Wohnzimmer, immer noch im Mantel. Neben ihr saß eine kräftige Frau in einer gelben Tenson-Jacke und einer modifizierten Punk-Frisur, für die sich Frauen mittleren Alters manchmal begeistern können.

Als Bernhard das Zimmer betrat, stand seine Frau auf und ging ihm entgegen. Sie umarmten sich, leicht und förmlich, wie auf einer Cocktailparty.

»Helena! Wie wunderbar! Ich dachte, du hättest erst im April Hafturlaub«, rief er aus.

»Ja, mein erster Hafturlaub ohne Begleitung ist erst am 10. April. Dann habe ich vierundzwanzig Stunden Urlaub, das hatte ich dir erzählt. Aber heute habe ich einen Acht-Stunden-Ausgang mit Begleitung.«

»Aber Liebling, warum hast du denn nicht vorher angerufen? Ich hätte ein Festmahl vorbereiten können.«

»Ich hätte nicht geglaubt, daß ich es hin und zurück in acht Stunden schaffe. Wir wollten eigentlich nur einen kleineren Ausflug machen. Aber dann fand Britt-Inger eine Zugverbindung, die genau paßte, und da haben wir uns anders entschieden. Ich kann nur kurz bleiben. Ja, das ist also Britt-Inger, sie sieht nach mir.«

Sie wandte sich an die Frau auf dem Sofa, die zur Begrüßung nickte.

»Und das ist mein Mann Bernhard.«

Helena legte den Arm um Bernhard, der auch leicht nickte.

»Und?« sagte Helena vorsichtig und wandte sich mit erhobenen Augenbrauen Yvonne zu, die immer noch in der Türöffnung stand und das merkwürdige Schauspiel betrachtete.

»Nora«, sagte Bernhard schnell. »Nora Brick, meine Haushaltshilfe, ich habe dir von ihr erzählt.«

»Ah, ja.«

Helena lächelte wie eine herzliche Gastgeberin.

»Bernhard hat gesagt, Sie seien so tüchtig. Eine richtige Perle, nicht wahr, Bernhard?«

»Nora kümmert sich perfekt um das Haus. Du siehst selbst, wie sauber es ist.«

»Ich bin froh, daß Sie sich um Bernhard kümmern«, sagte Helena und legte ihre Hand auf Yvonnes Arm.

Yvonne schluckte und nickte. Die Kleider klebten an ihrem verschwitzten Körper. Sie nahm den Geruch wahr, der von ihrem Unterleib aufstieg, und sie war sicher, daß auch Helena, die jetzt ganz nah bei ihr stand, ihn roch.

»Aber einen Kaffe können wir doch trinken?« rief Bernhard. »Nora, könntest du ...?«

Yvonne stürzte geradezu in die Küche, dankbar, verschwinden zu können.

Aber Helena ließ sie nicht so leicht gehen. Als sie die Kaffeelöffel für den Filter der Kaffeemaschine abzählte, hatte sie ein unangenehmes Gefühl, und als sie sich umdrehte, merkte sie, daß die blauen Augen sie beobachteten.

»Ich habe bemerkt, daß Sie zwischen den Lamellen der Jalousie abgestaubt haben«, sagte Helena leise, als ob es ein Geheimnis zwischen ihnen wäre. »Das gefällt mir. Das machen heute nicht mehr viele. Sie sollten mal sehen, wie sie im Gefängnis putzen. Da wird einem übel. Aber Sie sind ein Profi, Nora.«

»Ich mache es so gut ich kann«, murmelte Nora und wußte plötzlich nicht mehr, wie viele Maß Kaffee im Filter waren.

»Sehr gut. Bernhard ist sehr zufrieden mit Ihnen, das weiß ich.«

Yvonne drückte auf den Knopf der Kaffeemaschine, holte ein paar Kekse hervor, die sie vor Weihnachten gebacken und eingefroren hatte und legte sie in die Mikrowelle. Dann deckte sie im Wohnzimmer für drei Personen und sagte:

»Ich muß jetzt gehen. Der Kaffee ist gleich fertig. Wiedersehen.«

Und ohne sich um Bernhards Proteste zu kümmern, lief sie in den Flur, nahm ihren Mantel und ging. Sie hörte gerade noch Bernhards Stimme, als er ihr hinterherrief:

»Du kommst doch am Donnerstag wie immer, Nora? Du kommst doch?«

Yvonne drehte den Wasserhahn bis zum Anschlag auf und hob das Gesicht mit geschlossenen Augen in Richtung Duschkopf. Es war wunderbar, alles wegspülen zu können. Die klebrige, zähe Begierde, den Blick der blauen Augen, die elende Scham.

Was für ein Wahnsinn! Helena Ekberg hatte schon einmal ihren Mann im Bett mit einer anderen Frau gefunden, was sie zu der Handlung veranlaßt hatte, für die sie eine langjährige Gefängnisstrafe absaß. Und als sie nun, nach zwei Jahren wieder ihr Haus betritt – was ist das erste, das sie sieht? Ihr Mann wälzt sich mit einer anderen Frau im ehelichen Bett!

Was sie da wohl dachte, die Frau mit den blauen Augen? Yvonne erinnerte sich an das, was Bernhard gesagt hatte: »Es dauert sehr lange bei ihr, bis sie explodiert, aber dann um so heftiger.«

Na, Yvonne würde sich fernhalten. Sie hatte sich vorgenommen, bei ihren Studien im Orchideenweg 9 eine Pause einzulegen. Gab es eigentlich noch mehr zu entdecken? Sie war so weit in den Vorort eingedrungen, wie es nur möglich war. (Genau genommen, dachte Yvonne, war der Vorort sogar in sie eingedrungen.)

Die Liebe zu Bernhard war noch da, unbeschadet und unverdorben, konstatierte sie beinahe erstaunt. Aber sie wußte jetzt, was für eine Art Liebe es war, und worin sie ihren Ursprung hatte. Unmöglich, destruktiv. Liebe, die aus einer muffigen Quelle sickerte. Das ungesunde Bedürfnis nach Bestätigung und Aufmerksamkeit, verwandelt und verschönert zu Verliebtheit.

O Gott, warum hört das nie auf, dachte Yvonne und ließ das Wasser die Tränen aus dem Gesicht spülen.

Immer wieder mache ich Dinge, die nicht gut für mich sind.

Es war, als hätte jemand einen Computer-Virus in ihr Gehirn programmiert, unsichtbar, unerreichbar, und hin und wieder tauchte er auf, aber nach einem Muster, das sie nicht entschlüsseln konnte. Wer? Wer wollte ihr übel mitspielen?

Ich bin krank, dachte sie.

Und da merkte sie, daß sie es wirklich war. Physisch krank. Sie war so unglaublich müde. Die Beine trugen sie fast nicht mehr den kurzen Weg vom Badezimmer ins Bett. Der Hals war trocken und brannte, es stach in der Brust, wenn sie atmete. Und diese unendliche Müdigkeit!

Sie schlief im Bademantel ein und wachte nach ein paar Stunden fieberheiß wieder auf.

»Grippe«, sagte Jörgen, als er nach Hause kam. »Diese asiatische Grippe. Die macht jetzt die Runde.«

Am Mittwoch hatte sie vierzig Grad Fieber. Sie rief Bernhard an und sagte, daß sie am nächsten Tag nicht kommen könne, sie sei krank.

»Nora, du Ärmste. Du klingst wirklich nicht gut, aber es ist wunderbar, deine Stimme zu hören. Ich wollte dich anrufen, aber ich habe keine Telefonnummer von dir. Ich möchte mit dir über das reden, was am Montag vorgefallen ist.«

»Bernhard, ich habe vierzig Grad Fieber und kann jetzt nicht darüber reden.«

»Aber ich wollte nur sagen, daß ich nichts bereue. Es war schrecklich, daß Helena ausgerechnet da kommen mußte, ein richtiger Schock. Aber ich bereue dennoch nichts. Verstehst du?«

»Bitte, Bernhard ...«

»Ich habe mit dem Personal im Gefängnis gesprochen, und sie haben mir versprochen, daß sie mich in Zukunft informieren, wenn sie so einen begleiteten Hafturlaub bekommt. Hast du Angst? Wegen dem, was ich dir erzählt habe und was du im Polizeibericht gelesen hast?«

»Ich werde eine Zeitlang nicht zu dir kommen. Und zwar weil ich krank bin. Allein deswegen. Ich bin so müde. Ich muß jetzt Schluß machen.«

»Kann ich nicht deine Telefonnummer bekommen, Nora? Damit ich dich anrufen kann und fragen, wie es dir geht?«

Sie drückte auf den roten Knopf des Telefons und beendete das Gespräch.

Am nächsten Tag war sie so krank, daß sie nicht mehr an eine normale Grippe glauben wollte. Sie hatte immer noch etwa vierzig Grad Fieber, jeder einzelne Muskel tat ihr weh, und sie hatte solche Nackenschmerzen, daß sie den Kopf nicht vom Kissen heben konnte. Jörgen rief beim Krankendienst an, der seine Vermutung bestätigte, ja, genau so krank konnte man von dieser Grippe werden. Fieber und Muskelschmerzen waren typische Symptome. Wenn Yvonne keine anderen Probleme hätte, am Herzen oder mit den Lungen, bestünde keine Gefahr. Es würde in ein bis zwei Wochen vorübergehen.

Und zwei Wochen später war Yvonne wieder auf den Beinen, müde, abgemagert und deutlich gezeichnet von der Krankheit. Sie feierte ihre wiedererlangte Gesundheit mit einem Einkaufsbummel in den Kleiderboutiquen des großen Kaufhauses NK. Methodisch graste sie ein Stockwerk nach dem anderen ab und durchsuchte mit Kennerblick die exklusiven Marken-Shops. Ihre flinken Finger durchsuchten die Kleiderbügel und strichen über Material und Nähte. Kleider kaufen war eine Kunst, die sie vollendet beherrschte – sie kaufte schnell, qualitätsbewußt und zum richtigen Preis. Sie probierte nur selten etwas an – nach langjähriger Erfahrung konnte sie, wenn sie ein Kleidungsstück nur in der Hand hielt, beurteilen, ob es ihr paßte oder nicht.

Sie verließ das Warenhaus mit Tüten aus gewachstem Papier und Griffen aus dicken, seidigen Kordeln, die ihre Ausbeute enthielten: einen weißen Kaschmirpulli mit sehr weitem Rollkragen, der sich über die Schultern legte und die Trägerin wie ein Baiser aussehen ließ. Ein graphitgraues Kostüm, sündhaft teuer. Eine Bluse in einem matten Rot, irgendwo zwischen Rost und Kirsche. Einen melierten taillierten Wollblazer. Ein Paar marineblaue Hosen, ein bißchen langweilig, aber sehr vielseitig und aus wunderbarem Material. Drei einfarbige, langärmlige Tops aus Baumwolljersey, neutral und auch sehr vielseitig. Sechs Paar Socken in einer ausgewogenen Materialmischung, genug wollige Wärme, aber doch bei 60 Grad zu waschen. Ein Paar olivgrüne Cordjeans mit betonten, sexy Nähten auf den Schenkeln und originellen Taschen. Und einen Ledergürtel zu all den Hosen.

Sie hatte auch ihren Schminkvorrat aufgefüllt, Grundierung, farblosen Lip gloss und Lidschatten in den Farben Erde, Kakao, Asche und Kaktus.

Sie beendete die Runde mit einem Besuch bei dem Friseur, zu dem Cilla ging, als sie noch nicht mit Benny zusammen war. Er verpaßte ihr einen schulterlangen Stufenschnitt mit dünnen, dunkelroten Strähnchen, die ihr braunes Haar glänzen und glühen ließen.

Nicht schlecht, dachte Yvonne am nächsten Morgen, als sie in der Garderobe von »Deine Zeit« einen Blick in den Spiegel warf.

Sie trug die olivgrüne Cordhose und den Wollblazer. Nora Brick war sehr weit weg. Sie war schon um sieben Uhr früh im Büro gewesen und hatte die enorme Menge von E-Mails durchgesehen, die während ihrer Abwesenheit aufgelaufen waren. Als Lotta und Cilla gegen neun auftauchten, hatte sie auch ihre Papierpost geöffnet und sortierte routinemäßig die Informationen, mit denen sie überschüttet worden war: wegwerfen, bearbeiten, archivieren. Es ging nicht ganz so schnell wie sonst, sie spürte, wie es in der sonst so geschmierten Maschinerie knirschte. Na ja, so war das eben, wenn man so lange gefehlt hatte.

Während der Morgenrunde spürte sie es noch deutlicher: das unangenehme und traumartige Gefühl, nicht zu verstehen, wovon die anderen redeten. War ich so lange weg, dachte sie.

Aber sie ließ sich nichts anmerken – auch das eine ihrer vielen Fertigkeiten. Sie hörte aufmerksam zu, nickte hin und wieder nachdenklich, machte sich eine Notiz auf ihrem Block, zog die Stirn zu einer skeptischen Falte zusammen, und manchmal erlaubte sie sich ein Lächeln, belustigt und nachsichtig. Und dabei versuchte sie die ganze Zeit zu begreifen, worum es eigentlich ging. Ein Seminar für Kleinunternehmen, ganz offensichtlich. In einem Hotel in der Stadt. Und sie sollte durchs Programm führen. Na ja, dachte Yvonne wieder. Das wird schon gehen.

Und als sie zwei Wochen später auf der Bühne des Konferenzraumes stand, in ihrem graphitgrauen Kostüm und der roten Bluse, deren Kragenenden auf dem Blazer ruhten wie zwei Herbstblätter auf einem Felsen, lief es tatsächlich ausgezeichnet. Ihre Stimme war entspannt selbstsicher, ihre Überleitungen zwischen den einzelnen Programmpunkten waren ernst und trotzdem humorvoll.

»Ein Seminar im Zeichen der Zeit« war der Titel, und als hätte sie ein unsichtbares, aber starkes Netz über die Referenten geworfen, gelang es ihr, sie alle unter dem Thema zu versammeln und miteinander zu verknüpfen, so daß sie hinterher ganz erstaunt über sich und die anderen waren.

Auch das Publikum war beeindruckt, und jeder glaubte, ein Muster erkennen zu können, eine Erklärung für sein chaotisches Leben bekommen zu haben. Alle verließen das Seminar mit dem euphorischen Gefühl, plötzlich ungeheure intellektuelle Fähigkeiten zu besitzen, und mit einer diffusen, beinahe religiösen Ahnung, etwas Wichtigem auf der Spur zu sein.

Schon draußen auf der Straße würde diese Erkenntnis sich verflüchtigen, das wußte Yvonne, das Muster sich auflösen, und wenn sie am nächsten Tag das Ganze ihren Kollegen erklären wollten, würden sie sich nur noch vage daran erinnern. Aber das Gefühl wäre noch da und »Deine Zeit« bekäme so jede Menge gratis Werbung, weil sie alle sagen würden, daß sie auf einem phantastischen Seminar waren, das sie als Menschen verändert habe.

Sie wußten nicht, daß das alles Yvonnes Verdienst war, aber sie wußte es.

Menschen in einer Gruppe auf diese Weise zu beeinflussen war ein weiteres Talent. Vielleicht das größte, dachte Yvonne, als sie zwischen den intensiv redenden Seminarteilnehmern stand, sie hatten sich in einem Raum des Hotels versammelt, um den Tag bei einem Glas Wein und einem belegten Brötchen ausklingen zu lassen. Lotta glitt vorbei, neben ihr ging ein eifriger Mann mit einem gepflegten Bart. Sie nickte aufmerksam, warf jedoch Yvonne einen Blick aus dem Augenwinkel zu, verzog den Mundwinkel zu einer zufriedenen Grimasse und streckte diskret den Daumen nach oben. Yvonne nickte zum Dank. Doch, sie hatte es gut gemacht. Sie kannte ihren Job.

Zehn Minuten später ging sie von der Damentoilette durch das Restaurant des Hotels, wo eine andere Gruppe ein informelles Treffen hatte. Die Beleuchtung war schwach und intim, und erst als er fast vor ihr stand, erkannte sie ihn.

Eine Hand in der Hosentasche, in der anderen ein Whiskyglas, sprach Bernhard Ekberg mit zwei Frauen. Er sah entspannt und gut gelaunt aus. Er gestikulierte geschickt mit dem Glas, ohne etwas zu verschütten, und die Frauen lachten über etwas, was er gesagt hatte.

Plötzlich drehte er den Kopf in Yvonnes Richtung und hielt inne. Er hatte sie gesehen!

Ja. Aber der Blick, mit dem er sie angesehen hatte, war der bewundernde Blick eines leicht betrunkenen Mannes, der eine schöne Frau sieht. Nicht die Spur eines Wiedererkennens.

Sie beachtete ihn nicht und glitt vorbei, als ob er Luft wäre.

Als sie zu dem Raum kam, wo ihre Gesellschaft sich aufhielt, überlegte sie es sich anders und ging langsam zurück ins Restaurant. Im Schutz der Bar und der Menschen beobachtete sie ihn von weitem.

Sie hatte ihn noch nie in dieser Rolle gesehen. Sie unterschied sich deutlich von der, die sie kannte. Vielleicht nicht ganz so stark, wie Yvonne sich von Nora unterschied, aber fast.

Genau wie sie hat er also einen Ort, wo er selbstsicher, geschätzt und respektiert ist, dachte sie. Im Berufsleben war er offensichtlich kein tragischer Versager. Bei der Gesellschaft handelte sich um Bankleute, das entnahm sie den Gesprächsfetzen, die sie aufschnappte. Es war ein festlicher Anlaß, der Bernhard und seine Kollegen zusammengebracht hatte.

Und gerade als sie das dachte, drehte sich die Frau, mit der er gesprochen hatte, einem anderen Mann zu, der gerade gekommen war. Bernhard wandte sich an die andere Frau, die inzwischen ein Gespräch mit jemand anders begonnen hatte. Und dann stand er allein da, mitten im Satz unterbrochen, der Mund war halb offen auf diese kindliche Art, die Yvonne so gut kannte.

Jetzt müßte er, nachdem er in den letzten zehn Minuten als gewandter Gesellschaftsmensch aufgetreten war, sich jemand anderem zuwenden – er kannte offenbar die meisten Anwesenden – oder sich aus dem Gewimmel zurückziehen und seinen Whisky trinken, an dem er bisher nur genippt hatte. Statt dessen blieb er einfach stehen, mit einem hilflosen Ausdruck in seinen aufgesperrten braunen Augen und sah verwirrt, ja geradezu angstvoll aus. Wie ein Kind, das man in einer Volksmenge allein gelassen hat.

Mit größter Mühe gelang es Yvonne, ihren Impuls zu zügeln und nicht zu ihm zu gehen und ihn in den Arm zu nehmen.

Rasch verließ sie den Raum und ging wieder zu ihrer Gesellschaft.

III

Die Rückseite des Vororts

22

Der Frühling war in den Vorort gekommen. Die Obstbäume und die Forsythien blühten. In den Beeten verabschiedeten sich die Osterglocken, und die Tulpen öffneten ihre rußigen Kelche.

Bernhard Ekberg saß am Eßtisch und versuchte zu arbeiten. Das Fenster zum Garten stand offen, und in der Diele brummte seine Putzfrau Nora Brick mit dem Staubsauger herum.

Sie war zu ihm zurückgekommen!

Nach drei langen Monaten war sie endlich wieder da. Diese wunderbare, gutherzige, geheimnisvolle Frau, die nicht im Telefonbuch stand und deren Namen auch die Auskunft nicht kannte. Was hätte er tun können, als zu warten und zu hoffen? Als die Zeit verging und sie nicht mehr auftauchte, hatte er geglaubt, sie sei tot. Wie ernst war ihre Krankheit gewesen? Vierzig Grad Fieber hatte sie am Telefon gesagt. Er war außer sich gewesen vor Sorgen, wenn er daran dachte, daß sie allein in ihrer kleinen Vorortwohnung lag, schwerkrank – vielleicht sogar tot – und niemand etwas wußte.

Seine ordentliche, pflichtbewußte Nora, die so pünktlich montags und donnerstags gekommen war – sie würde nicht einfach so verschwinden, wenn nicht etwas Ernsthaftes sie hindern würde.

Er spürte, daß sie ihm die Kraft gegeben hatte, zur Arbeit zu gehen, daß er funktionierte, wenn auch nur oberflächlich. Sein Inneres war zerstört, und das seit langem, vielleicht sein ganzes Leben lang. Aber bei Nora hatte er eine heilende, gute Kraft verspürt. Und als diese Kraft von ihm genommen wurde, war er zusammengesunken, es wurde täglich schlimmer, und schließlich ging er nicht mehr zur Arbeit, sondern blieb auf dem Sofa im Fernsehzimmer liegen.

Erst sah er fern und trank. Dann konnte er nicht mehr fernsehen, nicht mehr essen und zum Schluß nicht mal mehr trinken. Er lag nur noch auf seinem Sofa, die Vorhänge hatte er zugezogen, tagein, tagaus, in seine Wolldecke gewickelt, schmutzig und ungepflegt jaulte er wie ein Tier: »Nora! Nora!« Und sie muß ihn gehört haben. Denn plötzlich, eines Tages, stand sie da, mit ihrem schönen, ungeschminkten Gesicht und ihrem zerknitterten Mantel. Sie zog den Vorhang auf, die Sonne schien herein und glänzte in ihrem Haar, das anders war, irgendwie kraftvoller, und ihren Kopf warm glühen ließ. Ja, stand nicht geradezu ein Heiligenschein um ihre braunroten Locken? Oder waren seine Augen nur die Sonne nicht mehr gewohnt nach dieser langen Zeit hinter verschlossenen Vorhängen? Geblendet hielt er die Hand über die Augen und flüsterte:

»Bist du mein Schutzengel?«

Sie hatte gelacht, das Fenster weit aufgemacht und zu ihm gesagt, er solle auf der Stelle duschen gehen.

Als er aus dem Bad kam, hatte sie den Mantel ausgezogen und sich aufs Sofa gesetzt und auf ihn gewartet, sie trug ein Sommerkleid mit kleinen weißen Blumen auf blauem Grund. Er schob die Wolldecke weg, setzte sich neben sie und nahm ihre Hand in seine, voll demütiger Dankbarkeit. Sie zog die Hand weg, aber nur um sie auf seine Wange zu legen. Er roch ihren Duft, eine einfache, aber gute Seife, und im nächsten Moment hatte die Kraft ihrer Güte ihn erreicht, in ihrer stärksten, konzentriertesten Form, er war ihr entgegengeschleudert und auf sie gedrückt worden, als ob ein mächtiges Energiefeld ihn aufgesogen hätte.

Warum war sie eigentlich wiedergekommen? dachte Yvonne, als sie den Stecker des Staubsaugers aus der Steckdose zog und mit einem leichten Druck des Fußes das Kabel zwang, sich schnell und rasselnd in seinem Versteck im hinteren Teil des Staubsaugers aufzurollen.

Das Bild von Bernhard, wie er da mit schreckhaft aufgesperrten Augen im Gewimmel des Restaurants stand, hatte sich ihr eingeprägt.

Als sie vom Seminar nach Hause gekommen war, hatte sie mit Jörgen gestritten. Sie hatte ihn gefragt, wo er in der Neujahrsnacht gewesen sei, und ihn wegen seiner Untreue in all den Jahren zur Rede gestellt. Jetzt erst hatte sie ihm Vorwürfe gemacht, geradeheraus und mit Kraft, nachdem sie jahrelang nur genörgelt oder die Augen verschlossen und geschwiegen hatte über das, was sie so gekränkt hatte.

Als ob sie sich jetzt, wo sie selbst einen Seitensprung auf dem Gewissen hatte, reinwaschen wollte mit der empörten Wut, die sie schon vor langer Zeit hätte verspüren müssen.

Er hatte mit Ausflüchten geantwortet. Keine Erklärungen, keine Verteidigung, keine Gegenvorwürfe. Er hatte sie nur mit Verachtung und Gleichgültigkeit angeschaut und gesagt, er wäre sie leid. Daß er sie nicht mehr sehen und hören könne. Und dann war er gegangen, war zwei Tage weggeblieben, um dann zurückzukommen, als ob nichts passiert wäre. Manche Nächte schlief er in ihrem Doppelbett, manche woanders, sie wußte nicht wo. Bei einer Frau vermutlich. Aber er wollte nicht darüber reden.

Sie arbeitete hart bei »Deine Zeit«. Bemühte sich um neue Kontakte, schob neue Projekte an, beschäftigte sich mit Dingen, die sie früher andere hatte machen lassen, ohne sich einzumischen. Sie hatte viele Ideen, schlug Verbesserungen vor, und war, das fand sie selbst eines Tages, eine wahre Nervensäge für ihre Kolleginnen, die ohne sie vermutlich besser zurechtkamen. Sie ertappte sich manchmal dabei, daß sie sich nach den klaren, handgreiflichen Hausarbeiten im Orchideenweg 9 sehnte.

Wenn sie abends ihr graphitgraues Kostüm auf den Bügel gehängt hatte und in das leere Doppelbett gekrochen war, fror sie und fühlte sich einsam. Dann passierte es, daß sie sich, weil ihr wacher Verstand immer ein paar Sekunden eher einschlief als die von Gefühlen gesteuerten Gedanken, daß sie sich einen kurzen Augenblick lang deutlich an Bernhards Körper auf ihrem erinnerte, seine Hände auf ihrem Hintern und seine gleichsam suchenden zeitlupenhaften Bewegungen in ihrem Schoß. Eine Liebe mit Widerstand. Wie wenn man unter Wasser schwimmt, dachte sie, ehe die letzten Reste von Bewußtsein vom plötzlichen, stummen Schlaf der Gerechten ausgeschaltet wurden.

Ich bin nicht fertig, dachte der rationelle Teil ihres Gehirns, als sie hellwach und bei Tageslicht über die Sache nachdachte. Ich bin einfach noch nicht fertig mit dem Orchideenweg 9.

Sprach da die Abhängigkeit in ihr? War das die betrügerische Vorstellung des Rauchers oder Alkoholikers, daß man »fertig« werden konnte. Daß man rauchen und saufen mußte, bis man auf dem Grund angekommen war, daß es einen solchen Grund gab, schlammig und ekelhaft wie der Grund eines nicht gereinigten Brunnens?

Dabei war doch das eigentliche Wesen der Abhängigkeit Endlosigkeit. Ekel und Genuß Hand in Hand in einem sich endlos drehenden Rad. Es war ein Ort, den man verlassen mußte, nicht eine Strecke, die man hinter sich bringen mußte.

Sie war sich klar darüber, wie gefährlich ihre Überlegungen waren, und doch ließ der Gedanke sie nicht los, er war da wie eine Fliege, die ständig an ihrem perlengeschmückten Ohrläppchen surrte. »Nicht fertig. Nicht fertig.«

Yvonne war immer bestrebt, die Dinge abzuschließen. Auch schlechte Projekte mußten abgeschlossen werden – nicht unbedingt durchgeführt werden, aber auch wenn sie abgebrochen wurden, mußten sie ein klares und deutliches Ende haben, man mußte sie abschließend bewerten und dann aus dem Kopf bekommen, um Platz zu haben für neue, frische Ideen. Ausdrücke, die Passivität oder Ergebenheit ausdrückten wie »ist im Sand verlaufen« oder »da wurde nie was draus« waren bei »Deine Zeit« verboten. Man macht etwas oder man macht es nicht. Man faßte einen Beschluß. Und wer einen Beschluß faßt, muß das den anderen Beteiligten so schnell wie möglich mitteilen.

»Es hat alles einen Anfang und ein Ende« war der Titel eines Vortrags, den sie einmal gehalten hatte und in dem genau diese Fragen angesprochen wurden. Sie hatte von der Arbeit gesprochen, von der Biologie, über Liebesbeziehungen. Gott, was konnte sie klug sein, wenn sie da oben auf dem Podium stand und ihre Gedanken (na ja, die Gedanken von anderen vor allem) auf der Leinwand über sich in Pfeile und Säulen verwandelte.

Als sie einen Schrank aufräumte, um Simons Winterkleider zu verstauen und seine Frühjahrsjacke herauszusuchen, fiel ihr die Plastiktasche mit den Nora-Brick-Kleidern in die Hand. Nora hatte im Lauf der Zeit eine ganze Garderobe bekommen, und diese war nach Yvonnes Grippe in Plastiktaschen verpackt worden, um irgendwann zur Kleidersammlung gebracht zu werden.

Sie hatte sie herausgeholt und sie wie geplant zum Container gefahren, sie eingeworfen, und als die Klappe mit einem harten Knall zuschlug, hatte sie die Worte gesprochen, die sie auch ihren Zuhörern bei solchen Gelegenheiten empfahl: »Alles hat ein Ende.« »Es ist wie eine Zauberformel«, hatte sie gesagt, »wenn man sie ausspricht, ist man überzeugt, daß es wahr ist, und wird frei, etwas Neues zu machen.«

»Donk«, machte die Metallklappe, die so listig konstruiert war, daß man die Sachen wie auf ein Tablett legen konnte, aber wenn die Klappe geschlossen war und die Kleider heruntergefallen waren, wurde sie zum schützenden Deckel, und man konnte nichts mehr herausholen.

Einige Wochen später hatte Yvonne in der Mittagspause ein Kleid im Schaufenster von H&M gesehen. Es war dunkelblau mit kleinen weißen Blümchen, ein bißchen altmodisch geschnitten, irgendwie weiblich und gleichzeitig unschuldig. Sie kaufte sonst nie etwas bei H&M, aber dieses Kleid wollte sie haben.

Als sie an einem wunderbaren Frühlingsabend, nicht unähnlich ihrem allerersten im Vorort, mit dem Auto durch die wohlbekannten Straßen fuhr, hatte sie das Kleid an. Darüber eine dünne Strickjacke, auch sie von H&M, denn es war immer noch recht kühl. Und ihren Nora-Brick-Mantel, zerknittert und mitgenommen. (Der Mantel war nämlich nicht in den Tüten gewesen, die sie in den Container geworfen hatte. Den hatte sie im letzten Moment herausgeholt und in den Kofferraum des Autos gelegt.)

Sie machte ihren Spaziergang, blieb wie in alten Zeiten vor dem Haus Orchideenweg 9 stehen, wo alles still und dunkel war, und beendete ihre übliche Runde.

Am nächsten Tag, einem Montag, bat sie Lotta, ihr aktuelles Projekt zu übernehmen. Nach dem Mittagessen fuhr sie in den Vorort und hielt an der großen Tankstelle an. Sie ging auf die Toilette, wusch sich das Make-up aus dem Gesicht und zog das geblümte Kleid und den Mantel an. Und als wäre nichts passiert, als wäre es ihr ganz normaler Montag, trat Yvonne durch die Tür ihres Arbeitsplatzes im Orchideenweg 9 und fand ihren Arbeitgeber auf dem Sofa im Fernsehzimmer in einem Zustand tiefer Depression und von Elend.

Und jetzt war sie also wieder da, in Bernhard Ekbergs Küche, verstaute den Staubsauger im Putzschrank. Sie bemerkte, daß die Regale im Putzschrank abgewischt waren und die Flaschen mit den verschiedenen Putzmitteln anders standen.

Helena Ekberg hatte ihren ersten richtigen Hafturlaub hier verbracht – vierundzwanzig Stunden ohne Begleitung. Bernhard hatte kein Wort über diesen Besuch gesagt und sie hatte nicht gefragt. Aber einen Großteil dieser vierundzwanzig Stunden hatte sie offenbar mit Putzen und dem Aufräumen von Schränken und Schubladen verbracht.

Im Zuge des Weihnachtsputzes hatte Yvonne gründlich den Vorratsschrank aufgeräumt, alte Lebensmittel weggeworfen und die übrigen neu geordnet, übersichtlich und praktisch. Jetzt fand sie nichts mehr wieder, alles war neu sortiert, aber nach einem ästhetischen Prinzip, nach Größe und Form, nicht nach Inhalt und Verwendung. Es war natürlich Helenas Vorratsschrank, und sie hatte das Recht, die Sachen so hinzustellen, wie sie wollte. Aber Yvonne empfand doch ein gewisses Unbehagen beim Anblick der symmetrisch geordneten Pakete und Gläser. Sie hatte das merkwürdige Gefühl, mehr als einen Vorratsschrank zu sehen: eine Installation mit einem tief symbolischen Sinn. Es war wie eine fremde Sprache, wohlklingend, aber unverständlich.

Helena würde bald wieder Hafturlaub haben – nachdem sie die ersten zwei Jahre der Strafe verbüßt hatte, bekam sie nun einmal im Monat Hafturlaub. Yvonne hatte nicht vor, ihr noch einmal zu begegnen.

Sie und Bernhard hatten ihre intime Beziehung wiederaufgenommen. Das eheliche Bett mit der weißen Tagesdecke ließen sie unberührt – Bernhard schlief nicht einmal nachts dort – statt dessen liebten sie sich auf dem schmalen Fernsehsofa mit der Wolldecke über den nackten Körpern, zugezogenen Vorhängen und sorgfältig geschlossener Tür, wie zwei Teenager, die etwas Verbotenes in einem unaufgeräumten Jungenzimmer machten.

Sie genossen einander, aber sie gaben sich nie hin. Ständig warfen sie wachsame Blicke auf die geschlossene Tür, die Ohren lauschten auf bremsende Autos, Schlüsselgeräusche und Schritte auf der Treppe.

Und obwohl sie nur das Brummen der Waschmaschine und den Gesang der Amsel aus dem Garten hörte und obwohl sie wußte, daß Helena viele Kilometer weit entfernt und hinter Schloß und Riegel war, konnte Yvonne sich doch nicht von dem unangenehmen Gefühl freimachen, daß sie beobachtet wurden. Mein schlechtes Gewissen, dachte sie. Das beobachtet mich.

Aber warum sollte sie ein schlechtes Gewissen haben? Waren sie nicht alle gleich? Sie war untreu. Bernhard war untreu. Jörgen war untreu. Und Helena war eine Mörderin.

Wer will denn hier den ersten Stein werfen? dachte Yvonne.

Yvonne saß bequem zurückgelehnt in einem Liegestuhl in Bernhard Ekbergs Garten, das Kleid hatte sie hochgeschoben, damit die Beine etwas von der milden, angenehm warmen Nachmittagssonne abbekamen.

Sie war mit der Arbeit fertig und hatte es nicht eilig, nach Hause zu kommen. Simon hatte am Tag zuvor den letzten Schultag gehabt, und seine Sommerferien damit begonnen, zusammen mit einem Freund aufs Land zu fahren. Yvonne hatte ihn mit seinem Gepäck am Morgen zum Freund gebracht, er würde vier Tage wegbleiben.

Bernhard war wieder krank geschrieben. Er schien wieder in den depressiven, passiven Zustand geglitten zu sein, in dem sie ihn bei ihrer Rückkehr vorgefunden hatte. Er verbrachte viel Zeit vor dem Fernseher. Manchmal schlurfte er zum japanischen Garten, harkte pflichtschuldig den Kies und saß dann zusammengesunken und unbeweglich auf der Bank, starrte auf die weiße, wellengemusterte Fläche und die senkrecht stehenden Steine. Wenn sie fragte, warum er da saß, antwortete er, Steingärten würde die Kraft zugesprochen, die Seele zu heilen. Das Unterbewußtsein nimmt etwas auf, was das Auge nicht sehen kann.

Als sie ihn einmal auf der Bank gefunden hatte, hatte sie sich neben ihn gesetzt und seine Hand genommen. Aber sie weigerte sich, mit ihm vor dem Fernseher zu sitzen und mit ihm zusammen die idiotischen Sendungen anzuschauen. Da hielt sie sich lieber im Garten auf, der jetzt grün war und blühte. Da Rasenschneiden wohl kaum zu den Aufgaben einer Putzfrau gehörte und Bernhard sich nicht dafür zu interessieren schien, war aus dem Rasen eine hübsche kleine Wiese geworden.

Yvonne sah sich um und staunte, wie schnell das Chaos um sich griff, wenn man nicht schnitt und jätete. Schließlich war es erst der dritte Sommer, in dem der Garten nicht gepflegt wurde.

Aber dieses kleine Stück halb wilde und halb gezähmte Kulturlandschaft hatte auch etwas. Die Tannenhecke zum Nachbarn war so hoch und so dicht, daß man nichts sah, und da die Süd- und die Westseite des Gartens in den Wald übergingen, hatte man nicht das Gefühl, daß Ekbergs Garten im Vorort lag. Er schien vielmehr irgendwo weit weg am Wald zu liegen, fern jeglicher Bebauung und Zivilisation.

Ein plötzlicher Lichtreflex erschreckte sie. Als sie die Augen wieder öffnete, war er wieder da, nicht mehr so intensiv, daß er sie blendete, aber zu stark und zu grell, um eine natürliche Ursache zu haben. Was war das?

Der Lichtreflex schien vom Steingarten zu kommen.

Da war es wieder, zwischen dem Gebüsch aus Miscantusgras und Bambus.

Sie nahm an, daß Bernhard dort war und einen glänzenden Gegenstand aufgehoben hatte, der das Licht reflektierte. Aber sie hatte ihn gerade noch oben im Fernsehzimmer gesehen. War er so leise an ihrem Liegestuhl vorbeigegangen, daß sie ihn nicht gehört hatte?

Yvonne stand auf und ging über die Trittsteine. Sie ging um das Bambusgebüsch herum und fand den Steingarten leer. Sie schaute sich um, sah jedoch keinen glänzenden Gegenstand oder eine Lichtquelle, die das blitzende Lichtglitzern hätte erklären können.

Als sie zurückgehen wollte, bemerkte sie, daß ein Teil des Wellenmusters im Kies verwischt und zerstört war. Bernhard bewegte sich immer sehr vorsichtig, wenn er harkte – er ging immer rückwärts, damit er sein Werk nicht zertrampelte – und wenn er fertig war, betrat er den Kies nicht mehr. Er konnte also nicht über den Kies gegangen sein.

Aber jemand muß es gewesen sein. Ein Hase? Eine Katze? Nein, die waren zu leicht. Ein Dachs?

»Hallo?« rief Yvonne.

Es raschelte im Wald, aber das tat es ja immer.

Sie verließ den Steingarten, setzte sich wieder in den Liegestuhl und schloß die Augen. Aber sie schob das Kleid nicht mehr hoch, und sie öffnete immer wieder die Augen.

Sie dachte über Bernhards Depression nach. Mord. So etwas gab es im Fernsehen und im Kino. Ein kurzes, intensives Geschehen, voller Dramatik, das die Polizei dann aufklärte, und am Ende wurde jemand zur Verantwortung gezogen. Dann war es vorbei, und man machte den Fernseher aus oder ging nach dem Kino einen Kaffee trinken.

Anders in der Wirklichkeit: welche weitgehenden Konsequenzen hatte eine solche Tat! Das Böse verbreitete sich wie Ringe auf dem Wasser. Von der ermordeten Frau auf ihre Kinder, die nun ohne Mutter aufwachsen mußten. Und auf den Vater der Kinder. Und wenn die Kinder dann groß waren und selbst Familien gründeten, dann hatte ihre zerstörte Kindheit vielleicht Auswirkungen auf ihre Beziehungen. Und Bernhard, der Mann der Mörderin, war völlig gebrochen, ließ sich krank schreiben und würde vermutlich seine Arbeit in der Bank verlieren. Und sie selbst, sie liebte Bernhard mit einer merkwürdigen Liebe, aus der sie selbst nicht recht schlau wurde, und sie litt daran, zu sehen, wie dieser zärtlichkeitshungrige, etwas kindische Mann von Grübeleien und Trauer zermürbt wurde.

Auch Menschen, die nichts von der Tat wußten – Bernhards Kollegen, Simon, Jörgen und viele andere –, wurden am Rande von ihr berührt. Denn Bernhards Verhalten stellte die Menschen um ihn herum vor Probleme, oder? Und hatte sie sich nicht auch verändert durch ihren Aufenthalt in Ekbergs Haus? Vielleicht hatte sich Jörgen deshalb von ihr zurückgezogen?

Sie ging in die Küche, machte Kaffee und taute Hefebrötchen auf. Dann trug sie ein Tablett ins Fernsehzimmer hinauf. Der Fernseher zeigte einen Mann und eine Frau in halbnaher Einstellung, sie beschimpften sich wegen irgend etwas. Sie hatten schmale, verächtliche Augen und machten deutliche Mundbewegungen. Immer wenn Yvonne ins Fernsehzimmer schaute und einen Blick auf den Fernseher warf, sah sie dort einen Mann und eine Frau in solch einer Situation. Und sie stritten oder sie küßten sich.

Aber Bernhard beachtete den Fernseher gar nicht. Er hing halb auf dem Sofa und blätterte in einem Fotoalbum. Yvonne stellte das Tablett auf das kleine Tischchen neben ihm, machte mit der Fernbedienung den Ton aus und setzte sich auf den Ledersessel.

»Hast du irgendwelche Pläne für den Sommer?« fragte sie freundlich und schenkte Kaffee ein.

Bernhard legte das Album weg und nahm seine Tasse.

»Nein, was für Pläne?«

»Ich weiß nicht. Was machst du sonst in den Ferien?«

»Helena und ich haben immer Reisen gemacht. Italien mochten wir beide besonders. Und wir waren in vielen Hauptstädten Europas. Paris, Budapest, Prag, Barcelona. Und dann hatten wir ja das Häuschen in Åsa, aber im Sommer waren wir nie viel draußen. Die Häuschen liegen in dieser Siedlung ziemlich nah beieinander, und da konnte es in den Ferien eng werden. Am Strand konnte man sich kaum rühren. Nein, der Strand war im Frühling und im Herbst am besten, wenn wir ihn für uns hatten. Dann waren wir so oft wie möglich draußen.«

Er nahm das Album und blätterte zu Bildern von einem Strand voller Tangbüschel und einem aufgepeitschten, grauen Meer und einer lächelnden Helena in einer Daunenjacke. Das blonde Haar wehte ihr über ein Stirnband aus blauem Fleece in die Stirn.

»Ein Spaziergang am Strand und dann nach Hause zu einem Feuer im Kamin und einem guten Essen«, sagte er nostalgisch und schlug das Album mit einem kleinen Knall zu.

»Das Häuschen ist natürlich verkauft«, fügte er trocken hinzu.

Yvonne legte ihre Hand auf seinen Arm.

»Iß doch ein Brötchen, solange sie noch warm sind. Ich habe sie in der Mikrowelle aufgetaut, sie schmecken wie frisch.«

»Du bist lieb, Nora«, sagte er, ohne das Brötchen anzurühren. »Du bist eine phantastische Frau. Halt mich ein wenig. Bitte, Nora, halt mich fest.«

Sie stand auf und setzte sich auf den Rand des Sofas neben ihn. Sie legte ihre Arme um ihn und drückte ihre Lippen leicht an seine unrasierte Wange.

»Nora, Nora«, winselte er und streichelte ihren Körper, über die Brust und dann hinunter bis zu den Schenkeln. Das Kleid war aus einem so dünnen und geschmeidigen Material, daß es sich anfühlte, als streiche er ihre nackte Haut, sogar noch intensiver, als ob der Stoff sich durch seine Berührungen aufladen und sie verstärken würde.

Mit einem Gefühl, daß es falsch war – total falsch, aber sehr lustvoll und angenehm und vielleicht unausweichlich –, sank sie dicht neben ihm aufs Sofa und ließ ihn das Kleid hochschieben, ihren Slip herunterziehen und sie lieben, langsam und wimmernd, schniefend wie ein Kind.

Dabei behielt er die ganze Zeit die geschlossene Tür und das Fenster mit den zugezogenen Vorhängen im Blick, er drehte immer wieder schnell den Kopf, reflexartig wie ein Vogel. Und Yvonne bemerkte, daß sie das gleiche machte.

Als sie geduscht hatte und in Bernhards weinrotem Bademantel in der Küche stand und die Kaffeetassen spülte, durchlief ein Schaudern des Unbehagens ihren Körper.

»Das muß ein Ende haben«, redete sie sich selbst ein. »Schluß mit dieser Erniedrigung.«

Sie öffnete das Küchenfenster, wie um einen muffigen Geruch hinauszulassen. Fliederduft erreichte sie, ein warmer Wind trug ihn von einem entfernten Garten zu ihr, und sie machte einen tiefen, befreiten Atemzug.

»Alles hat ein Ende«, sagte sie laut, so wie sie es ihrem Publikum immer beibrachte.

Im gleichen Augenblick sah sie, wie sich drüben am Steingarten etwas bewegte. Der Sonnenschein, der jetzt abendlich rot und golden war, zeichnete Schattenmuster aus dem Blattwerk des Bambus, und in diesem Muster sah sie, daß sich dort ein größerer Schatten hin und her bewegte und dann stillstand.

Vorsichtig zog sie sich vom Fenster zurück und versuchte, klar zu denken. Sie würde den Fehler nicht noch einmal machen und den Besucher verscheuchen.

Sie spülte fertig, wischte die Spüle ab und ging noch einmal am Fenster vorbei. Der Schatten war noch da.

In aller Ruhe suchte sie in den Schubladen nach etwas, womit sie sich verteidigen konnte. Die effektivste Waffe nahm sie nicht – sie war nicht aufs Töten aus –, blieb jedoch an einem kleinen Obst- und Gemüsemesser hängen, wenn man es überraschend und schnell einsetzte, konnte man sich damit verteidigen, ohne allzusehr zu verletzen.

Immer noch im Bademantel und mit dem kleinen Obstmesser in der geräumigen Tasche schlich sie durch die Tür zur Straße. Auf bloßen Füßen bewegte sie sich am Rand des Gartens entlang und dann in den Wald hinein. Sie machte einen Bogen um den verwilderten Gemüsegarten und ging dann hinüber zu dem bemoosten Felsen, von wo aus sie ungesehen den Steingarten beobachten konnte.

Der Anblick erstaunte sie mehr, als daß er sie ängstigte.

Hinter den Bambusbüschen hockte ein Mann in einem

schlabbrigen T-Shirt und militärgrünen Hosen. Er richtete sein Fernglas auf das Fenster, aus dem sie sich gerade noch herausgelehnt und die Düfte des Sommers eingeatmet hatte. Neben ihm stand ein offener Rucksack, der Inhalt lag daneben: eine Thermosflasche, ein Becher, ein Buch und ein Schlafsack. Das Ganze sah aus wie ein gemütliches Picknick. Und der Mann selbst, schmal und gelenkig, mit wuscheligen rötlichen Haaren und völlig konzentriert auf sein Beobachten, glich einem Biologen bei der Feldforschung.

»Heute schon seltene Arten gesehen«, fragte Yvonne mit ruhiger und fester Stimme.

Das Fernglas fiel ihm aus der Hand und baumelte ihm nun um den Hals. Sekundenschnell war der Mann auf den Füßen und drehte sich zu Yvonne um. Er starrte sie an, und ihr wurde bewußt, daß sie merkwürdig aussah, wie sie barfuß und im Bademantel am Waldrand stand. Wenn er gewußt hätte, daß ihre Finger in der Tasche den Griff eines Obstmessers drückten, hätte er sie vielleicht noch merkwürdiger gefunden. Dann ging sein Erstaunen in Erkennen über.

»Die Frau des Hauses«, konstatierte er zufrieden, als wäre sie ein besonders seltenes Exemplar, das er endlich bestimmt hatte. »Schöner Bademantel.«

»Ich wollte wissen, was hier draußen vorgeht. Deswegen bin ich im Bademantel rausgelaufen«, sagte Yvonne entschuldigend.

»Aber er steht Ihnen.«

Das stimmte. Das Weinrot paßte gut zu ihren braunen Haaren mit den roten Strähnchen, und da Bernhard und sie gleich groß waren, paßte er ihr wie angegossen.

»Er hat genau so einen, ja? Oder ist es seiner?«

Sie konnte sich denken, wen er meinte, aber bevor sie eine passende Antwort gefunden hatte, fuhr er fort:

»Es gibt hier in der Nähe einen Mann, der hat immer

einen Bademantel an, Tag und Nacht. Das geniert ihn überhaupt nicht. Er knotet ihn nicht mal zu.«

»Der Typ im Akeleiweg?«

»Ich weiß nicht wie die Straße heißt. Ich kenne keine Straßen, ich halte mich in den Gärten auf.«

»Mit einem Fernglas?«

»Ja.«

»Das ist geschummelt.«

Er hob die Arme zu einer entschuldigenden Geste.

»Es ist effektiv. Wenn man schon mal dem Laster des Beobachtens verfallen ist, warum sich nicht der technischen Mittel bedienen?«

»Warum beobachten Sie?« fragte sie.

»Es ist ein Hobby. Manche beobachten Vögel, ich beobachte Menschen. Ich verstehe nicht, warum nicht mehr Leute das tun. Menschen sind erheblich interessanter als Vögel.«

Yvonne schluckte und betrachtete ihre nackten Füße, die zur Hälfte im Teppich aus verwelkten Blättern versunken waren.

»Wann haben Sie mit dem Hobby angefangen?«

»Letzten Herbst. Ich war bei einem Freund, der hier im Vorort wohnt, und habe ihm mit seinem Computer geholfen. Ich arbeite als Computertechniker, und Sie können sich denken, wie man von Freunden und Bekannten ausgenützt wird. Man wird zum Essen eingeladen, und wie zufällig erzählen sie, daß ihr Computer in der letzten Zeit Zicken macht und ob ich nicht mal schauen könnte, wenn ich schon da bin. Als ich fertig war mit dem Computer, war es ziemlich spät und auf dem Weg zum Bus sah ich in einem Garten einen Pflaumenbaum mit großen blauen Pflaumen. Ich erinnerte mich an die Zeit, als ich so zehn, elf Jahre alt war und wie wir Obst gemopst haben. Und dann sprang ich über die Hecke und schlich in den Garten und aß Pflaumen.«

»Einfach so, völlig ungeniert?«

»Ja. ich kann mich nicht erinnern, daß ich mich geschämt hätte. Es hat einfach Spaß gemacht. Und dann dachte ich, ich könnte durch die Gärten den Weg zur Bushaltestelle abkürzen. Ich war gespannt, ob man so vorankam oder ob Mauern und Zäune im Weg waren.«

»Und?«

Sie war aus dem Wald getreten und hatte sich auf die Bank am Steinteich gesetzt. Der Mann hatte sie neugierig gemacht.

»Es ging ausgezeichnet. Es gab vor allem lichte Hecken und niedrige Zäune. Ich mußte natürlich schleichen, damit niemand mich sah. Aber es war dunkel, und deshalb ging es gut. Und es war so ... ja, so spannend. Ich hatte keinen solchen Spaß mehr gehabt, seit ich ein kleiner Junge gewesen war. Und ich dachte: Kommt selten vor heutzutage, daß man solchen Spaß hat. Was macht eigentlich Spaß? Die Arbeit? Nicht mehr, obwohl ich sie früher sehr mochte. Familie? Habe ich mir nicht zugelegt. Freizeitaktivitäten? Ich habe alle möglichen Sportarten ausprobiert: Handball, Basketball, Klettern, Surfen, alles mögliche. Ich habe dauernd die Sportart gewechselt, weil mir so schnell langweilig wurde. Ich fand auf einmal alles öde. Es war irgendwie alles das gleiche.«

»Und dann haben Sie angefangen, durch Gärten zu schleichen?«

»Ja, es hat mir einen Kick gegeben. Ich habe letzten Herbst angefangen. Dann habe ich aufgehört, als es zu kalt wurde. Aber jetzt ist wieder Saison.«

Sie betrachtete den Mann, der sich inzwischen gesetzt hatte, nicht neben sie auf die Bank, sondern zu ihren Füßen auf die flachen Steine, die den Teich wie eine Art Strand umgaben. Er hatte seine langen Beine im Schneidersitz gefaltet, seine Bewegungen hatten etwas Eifriges, fast Ungeduldiges.

Sie hatte zuerst gedacht – vielleicht wegen seiner Kleidung –, er sei ein junger Mann, Anfang zwanzig vielleicht. Jetzt sah sie, daß er mindestens dreißig war. Vielleicht schon fünfunddreißig.

»Ich wollte wissen, wie weit man kommt, ohne die Straße zu betreten. In den kleineren Quadraten kommt man schnell an eine Grenze, aber hier oben am Wald gibt es viele zusammenhängende Gärten mit kleinen Sackgassen, die zu den hinteren Häusern führen. Wenn man den richtigen Weg durch die Gärten am Wald findet, kann man fast einen Kilometer gehen, ohne seinen Fuß auf Asphalt zu setzen.«

Er hatte das mit großen, leuchtenden Augen gesagt und schien zu erwarten, daß Yvonne beeindruckt war.

»Unglaublich«, murmelte sie.

»Aber es gibt natürlich auch schwierige Durchgänge. An einer Stelle ist der Höhenunterschied vier Meter, da ist eine Mauer zwischen zwei Gärten.«

»Und was machen Sie da?«

»Es gibt Spalten. Ich bin doch früher geklettert.«

»Ah ja, Und das Beobachten? Wann haben Sie damit angefangen?«

»Am Anfang ging es hauptsächlich darum, nicht gesehen zu werden. Sich unsichtbar zu machen. Und dann stellte ich fest, daß man gut in die Häuser schauen kann, wenn es draußen dunkel ist und die Leute Licht anhaben. Das war irgendwie der nächste Schritt. Man muß schließlich die Latte höher legen. Mit der Zeit kannte ich die Leute. Sah, was sie so machten, was für ein Leben sie führten. Ich habe sie immer mehr beobachtet. Und wenn man einmal angefangen hat, ist es schwer, wieder aufzuhören. Ich habe jetzt ein Jahr Auszeit genommen. Ich habe in den letzten Jahren so viel gearbeitet, daß ich es mir verdient habe. Und ich kann es mir leisten, ich habe unverschämt gut verdient. Ich mache das jetzt ganztags, gewissermaßen. Finden Sie das verrückt?«

»Nein«, sagte Yvonne mit einem merkwürdigen Gefühl von Verwirrung und Scham.

»Aber bei diesem Haus habe ich Probleme.«

Er zeigte auf das Haus und legte die Stirn in Falten.

»Ich verstehe nicht richtig, was hier los ist. Sie sind zwei Mal die Woche hier, und da hat man den Eindruck, daß Sie nur putzen. Ich habe also angenommen, daß Sie eine Art ... ja, Haushaltshilfe sind. Aber ich habe gemerkt, daß da noch etwas anderes ist. Daß Sie was mit dem Typ haben, der da wohnt. Oder irre ich mich?«

Yvonne lächelte ihn rätselhaft an.

»Darauf werde ich nicht antworten. Ferngläser sind vielleicht noch zugelassen, aber die Beobachteten zu befragen ist absolut geschummelt.«

Er sah sie nachdenklich an.

»Ja, da haben Sie recht. Aber ich kann doch fragen, wie Sie heißen?«

»Yvonne«, sagte sie.

»Magnus«, sagte der Mann. »Wir können doch du sagen, nicht?« Er erhob sich aus seinem Schneidersitz und streckte ihr die Hand hin.

Sie nahm sie, und als sie seinen festen, ernsthaften und freundlichen Blick erwiderte, wurde ihr klar, daß sie Yvonne gesagt hatte und nicht Nora.

»Und du könnest mir erklären, was das hier ist.«

Er zeigte auf die Kiesfläche und die Steine.

»Das ist ein japanischer Steingarten. Wenn man ihn betrachtet, findet das Unterbewußte ein Muster in dem, was das Auge als leer und sinnlos auffaßt«, zitierte sie Bernhard (der vermutlich Helena zitiert hatte).

»Aha?« sagte Magnus mit gerunzelter Stirn. »Ja, ich habe mich gefragt, was das ist. Ein merkwürdiger Ort. Aber auch nicht merkwürdiger als vieles andere. Man sieht wirklich viel, wenn man in die Gärten von Leuten kommt. Die Rückseite der Häuser ist das allerbeste.«

Natürlich, dachte Yvonne. Bestimmt war es so. Sie hatte ja immer nur die Vorderseite der Häuser gesehen.

»Das scheint ein spannendes Hobby zu sein«, sagte sie.

»Willst du eine Runde mitgehen?«

Der Vorschlag war überraschend und verlockend.

»Falls der da drin dich nicht vermißt.«

»Das glaube ich nicht.«

Wie immer nach ihren Sofastündchen mit angstableitendem Sex war Bernhard unmittelbar danach in einen schweren Schlaf gefallen, und sie wußte, daß er einige Stunden schlafen und den fehlenden Nachtschlaf nachholen würde.

»Ich zieh mich nur schnell an. Ich komme gleich wieder«, sagte sie.

Als sie zurückkam, hockte Magnus auf dem Boden und packte seine Sachen in den Rucksack. Über dem T-Shirt trug er jetzt eines weites, kariertes Flanellhemd.

»Kann ich meine Sachen hier lassen, was meinst du?« fragte er. »Es ist ein bißchen lästig, wenn man alles mit sich rumschleppen muß.«

»Ja, aber versteck sie gut. Bernhard schlief gerade noch, aber wenn er aufwacht und rausgeht, dann kommt er hierher in den Steingarten.«

Magnus stellte den Rucksack und den Schlafsack hinter den Felsen am Waldrand.

»Übernachtest du auch in den Gärten?« fragte Yvonne und zeigte auf den Schlafsack.

»Ja, vor ein paar Wochen habe ich damit angefangen. Ich suche mir eine gute und geschützte Stelle, und wenn es Nacht wird, rolle ich meinen Schlafsack aus und krieche hinein. Es ist ein tolles Gefühl, in einem fremden Garten zu schlafen. Man hat wunderbare Träume. Aber man muß beizeiten aufwachen, bevor jemand herauskommt und einen findet. Ein Hund zum Beispiel. Du hast keine Ahnung, wie viele Leute morgens nicht ordentlich mit dem Hund rausgehen. Sie machen nur die Terrassentür auf, lassen den Hund raus und rufen ihn, sobald er sein Geschäft gemacht hat. Die haben natürlich den Garten voller Hundescheiße, aber das ist ihnen egal. Die Hunde finden mich immer sofort und bellen und kommen her. Der Besitzer denkt, daß der Hund wegen einem Igel oder so bellt. Aber meistens sind sie zu bequem, selber rauszukommen und nachzuschauen. Ich muß ganz still liegenbleiben und die schnüffelnde Schnauze im Gesicht aushalten, bis der Hund aufgibt und wieder reingeht.«

»Du lebst ein spannendes Leben, Magnus.«

»Man hat so viel Spaß, wie man sich selber macht. Gehen wir. Bist du bereit?«

Magnus flitzte plötzlich in der Hocke zur Tannenhecke hinüber, das offene Hemd flatterte ihm um die Hüften, und der Riemen des Fernglases hing wie eine Schultasche schräg über seiner Brust. Er hielt am hinteren Ende der Hecke und machte eine einladende Geste. Sie war ein wenig erstaunt über die Eile und ging zu ihm. Er schüttelte den Kopf.

»Man geht nicht in normalem Spaziergängertempo durch die Gärten. Man bewegt sich entweder sehr schnell oder sehr langsam, das kommt ganz darauf an«, flüsterte er ermahnend.

Dann ging er noch tiefer in die Hocke und war im nächsten Moment in der Tannenhecke verschwunden. Yvonne guckte erstaunt, die Hecke war nämlich dicht wie eine Wand.

»Komm schon«, hörte sie seine Stimme auf der anderen Seite.

Seine Hand kam aus der Hecke und drückte einen Zweig zur Seite. Da bemerkte sie, daß es hier ein Loch in der Hecke gab. Der herunterhängende Tannenzweig hatte es wie ein Vorhang versteckt. Auf allen vieren kroch sie durch das Loch und wunderte sich, daß es diese Öffnung in der wohlbekannten Hecke gegeben hatte, ohne daß sie etwas davon wußte.

Und dann ging es los durch die sommerliche Abenddämmerung. Manchmal sehr schnell, manchmal sehr langsam, es kam ganz darauf an, genau wie Magnus gesagt hatte.

Für Yvonne öffnete sich eine neue Welt. Sie konnte kaum glauben, daß es der gleiche Vorort war, den sie so gut zu kennen glaubte, ja beinahe zu gut.

Sie hatte immer nur ein unregelmäßiges Karomuster aus Straßen gesehen, das von Hausfassaden begrenzt wurde. Die Gärten hatte sie natürlich auch studiert, aber mehr als eine Verlängerung der Häuser. Die Straßen hatten das System zusammengehalten. Jetzt sah sie die Straßen mit Magnus' Augen: als Grenzen, die das zusammenhängende Ganze der Gartenlandschaft zerschnitten.

Die Grenzen zwischen den Gärten waren jedoch, laut Magnus, dazu da, überwunden zu werden. Das war ein Grundelement des Sports.

Yvonne lernte, die beste Stelle in einer Hecke zu finden und wie man über einen Drahtzaun klettert. Am schwierigsten war die Kombination aus Zaun und Hecke. Da mußte sie oft auf die Straße hinausgehen, während Magnus sich seiner Hochsprungtechnik bediente, um über das Hindernis zu kommen.

Wenn sie zu einer niedrigen, aber breiten Hecke kamen, zog Magnus sein Flanellhemd aus und breitete es oben auf der Hecke aus, dann rollten sie sich drüber. Trotz des Hemdes stachen die abgeschnittenen Zweige wie Nägel in Yvonnes Haut. An manchen Stellen hatte Magnus das Durchschlüpfen erleichtert, indem er wie in Ekbergs Tannenhecke an einer unsichtbaren Stelle eine Öffnung geschnitten und sie dann mit Zweigen bedeckt hatte.

Yvonne wunderte sich über die Höhenunterschiede zwischen den terrassierten Gärten in der Hortensiengasse und im Minzpfad. Die Steigungen wurden für den Fußgänger durch Treppen und gleichmäßig ansteigende Straßen ausgeglichen, aber für den Gartenwanderer waren sie abrupt und dramatisch mit ihren plötzlichen Abgründen und senkrechten Mauern. Die Viermetermauer, von der Magnus erzählt hatte, war natürlich nichts für Yvonne. Da mußte sie die Gartenwelt verlassen und auf die Straße hinausgehen. Aber sie hatte sich schon so an die Regeln angepaßt, die in seiner Welt galten, daß sie sich wie ein Schummler vorkam, wenn sie am nächsten Haus in die Garageneinfahrt huschte, während er wie Spiderman die Wand herunterkletterte.

Sie wanderten durch die Sommernacht, unter dem Blütenschnee der süßlich duftenden Spiersträucher hindurch, vorbei an zarten Lauchpflanzen und riesigen Rhabarberblättern, über frisch gemähte Rasen und Streifen von liegengebliebenem trockenem Gras, das beim Kriechen auf allen vieren an den Knien hängenblieb.

Sie liefen über Plattenwege mit versenkten blauen Lampen, die von weitem aussahen wie die Landungslichter eines Flugplatzes und aus der Nähe Seeungeheuern glichen, deren gewölbte, meerblaue Augäpfel aus dem Wasser schauten.

Manchmal wurden sie vom plötzlich aufleuchtenden Licht einer Lampe mit Bewegungsmelder überrascht, die automatisch auf ihre Anwesenheit reagiert hatte, und sie mußten sich beeilen, aus dem Lichtkreis zu verschwinden.

Sie kamen durch höchst unterschiedliche Gärten:

Modische viktorianische Gärten, in denen jedes unkonventionelle Detail geplant war, vom Spalier aus gedrehten Weidenruten über die handgeflochtenen Körbe in den Obstbäumen bis zur Zinkgießkanne auf der Treppe.

Langweilige, pflegeleichte Gärten mit einem Rasen und immergrünen Sträuchern.

Richtige Müllgärten mit ausgedienten Kühlschränken, rostigen Fahrrädern und Betonröhren.

Hinter einem der tristen Kalksandsteinhäuser im Eibenweg verbarg sich sogar ein japanischer Garten mit einem Minitempel und einem richtigen Teich, in dem große Karpfen schwammen.

»Hattest du vor ein paar Wochen eine Aushilfe?« fragte Magnus, als sie eine Pause machten und sich im Garten der Glücklichen Familie unter der Hängematte auf den Bauch legten. »Ich habe eine andere Frau putzen sehen.«

Der Garten war voller Spielsachen, die Kaninchen in ihren Ställen knabberten geräuschvoll und zufrieden ihre Mohrrüben.

Er muß Helena während ihres Hafturlaubs gesehen haben, dachte Yvonne und stellte das Fernglas ein, damit sie sehen konnte, was der bärtige Familienvater so spät noch in der Küche machte. Er backte offenbar Brot.

»Paß bloß auf, daß sie dir nicht den Job streitig macht. Sie machte einen sehr ehrgeizigen Eindruck.«

»Ich werde den Job nicht mehr lange machen«, antwortete Yvonne.

»Warum nicht?« fragte Magnus und nahm das Fernglas, das Yvonne ihm reichte. Es war ein hübsches, kleines Fernglas mit verblüffender Schärfe.

»Alles hat einen Anfang und ein Ende«, sagte Yvonne.

Auf der Veranda des lila Hauses saßen Vivianne und Hasse in einer altmodischen Gartenschaukel und hielten sich im Arm wie ein junges Liebespaar. Der Zwergspaniel versuchte, ihnen auf den Schoß zu springen, er kläffte wütend vor Eifersucht, aber es gelang ihm nicht, seine Sprünge so zu koordinieren, daß sie zur Schaukelbewegung paßten, und er landete immer wieder als Wollhaufen neben Hasses Füßen.

Der Mann im Akeleiweg hatte zum Garten hin ein richtiges Panoramafenster, und auch ohne Fernglas konnten Yvonne und Magnus sehen, wie er im offenen Bademantel durch sein Wohnzimmer ging und sich mit den Büchern in den Regalen und den Zeitungsstapeln beschäftigte und dabei offenbar mit sich selbst sprach.

Hinter der Hecke zu einer der großen alten Holzvillen im Weißdornweg hörten sie Musik und Stimmengewirr, sie sahen den Schein von Fackeln.

»Ein Fest«, flüsterte Magnus. »Meinst du, wir könnten mitfeiern?«

Yvonne schaute ihre grasfleckigen Kleider an.

»Ich weiß nicht ...«, sagte sie.

Sie überwanden die Hecke, und im Schutz eines Geräteschuppens machten sie sich einen Eindruck vom Fest.

Es war ein großes Fest mit vielen Menschen, die sich im erleuchteten Garten und auf der Terrasse tummelten. In der Mitte stand ein weißes Partyzelt mit aufgerollten Seitenwänden, so daß man das üppige Büffet und die Bar sehen konnte. Die Gäste unterhielten sich fröhlich und lachten.

»Freie Fahrt«, sagte Magnus. »Los, wir mischen uns unter die feine Gesellschaft.«

Und dann glitten sie hinter dem Geräteschuppen hervor und mischten sich unter die Gäste. Ein junger Mann streckte ihnen ein Tablett mit Weißweingläsern entgegen. Sie nahmen sich ein Glas, und mit einem diskreten Winken verschwand Magnus zu einer Gruppe von Männern, die über Computer zu reden schienen.

Yvonne war schon kurze Zeit später in einer Diskussion mit einem Arzt, der über die Kürzungen im Gesundheitswesen sprach und der dann übergangslos und ohne eine Pause, zumindest schien es Yvonne so, zu den Jungschen Archetypen überging, die Wirkung der Hormonspirale auf die Wechseljahre, den schlechten Einfluß von Doku-Soaps und über die Vor- und Nachteile des Müllsortierens.

Niemand schien sich über ihre Anwesenheit zu wundern, die schummrige Beleuchtung und der Alkoholpegel der Gäste taten das ihre, daß niemand die Flecke auf ihrem hübschen, gutsitzenden Kleid sah.

»Willst du nichts essen?« hörte sie hinter sich jemanden flüstern.

Sie drehte sich um und sah Magnus mit einem reichlich gefüllten Teller, der mit der Gabel zum Partyzelt zeigte.

»Beim Gartenwandern muß man darauf achten, sich gut zu ernähren.«

Bei ihrer Runde um das Büffet leistete ihr ein Anwalt Gesellschaft.

Sie setzten sich auf die Treppe, balancierten die Teller auf dem Schoß und plauderten, bis der Anwalt zu gähnen anfing und sagte, er müsse jetzt nach Hause gehen, weil er am nächsten Tag bei Gericht sein müsse.

»Aber es ist kein komplizierter Fall. Er hat gestanden, der Idiot. Schade, es gab keine überzeugenden Beweise gegen ihn, ich hätte einen Freispruch geschafft. Aber er hat, wie gesagt, gestanden, und ich kann jetzt nur noch versuchen, das Strafmaß zu drücken. Tragische Kindheit, schlechte Gesellschaft, das Übliche. Reine Routine«, sagte der Anwalt und beschloß, noch einen Whisky zu trinken.

»Laß uns gehen«, flüsterte Magnus neben ihr, und ohne auf eine Antwort zu warten, zog er sie zur Hecke und schubste sie durch die Öffnung.

»Warum so eilig?« fragte Yvonne, als sie wieder auf den Füßen war, sie hatte immer noch ihr Weinglas in der Hand.

»Einer von den Typen wollte, daß ich mit ihm komme und mir seinen Computer anschaue, der Zicken macht. Er wohnt nur ein paar Häuser weiter und fand, es wäre doch ganz einfach, das Fest für ein Weilchen zu verlassen.«

Sie waren nur ein paar hundert Meter von Yvonnes Mazda entfernt.

»Ich habe zwar ein Glas Wein getrunken, aber ich glaube, ich kann noch fahren. Soll ich dich nach Hause bringen?

Wir können zum Orchideenweg fahren und deine Sachen holen.«

Aber Magnus wollte nicht nach Hause.

»Ich übernachte in deinem Garten. Also da, wo du arbeitest. Ich habe schon mal in dem Gebüsch mit dem hohen Gras geschlafen. Ein guter Platz.«

»Okay, hoffentlich schläfst du gut. Und danke für einen wunderbaren Abend«, sagte Yvonne.

Sie selbst schlief nicht gut. Sie lag wach im großen Bett und starrte ins Dunkel. Als es dämmerte, stand sie auf, duschte, machte sich einen Kaffee und schlenderte mit der Tasse in der Hand durch die leere Wohnung. Sie holte die Mappe mit dem Polizeibericht über den Mord an Bernhards Geliebter. (Voller Widerwillen hatte sie ihn ganz nach hinten in ihre Schreibtischschublade gesteckt und dann vergessen, ihn zurückzugeben.) Sie setzte sich an ihren Schreibtisch, und während ein neuer, milder Sommertag vor dem Fenster dämmerte und die Stadt wieder zum Leben erwachte, arbeitete sie sich durch das Material, langsam, Seite für Seite.

»Möchtest du irgendwann Urlaub machen, Nora? Dann wäre es gut, wenn ich das jetzt wüßte.«

Bernhard saß rittlings auf einem Stuhl und lehnte sich mit dem Kopf an ein Kissen auf der Rücklehne. Sein breiter, kurzer Rücken war nackt, Yvonne massierte ihm die Schultern mit Öl, und er schloß die Augen vor Schmerz und Genuß.

»Du willst vielleicht deine Schwester in Strömstad besuchen? Oder war es Uddevalla?«

»Vielleicht«, sagte Yvonne, sie wußte nicht mehr, welche Stadt sie genannt hatte.

Sein nackter Körper überraschte sie immer wieder. Angezogen wirkte er schlaff und kraftlos, aber wenn sie jetzt seine kräftigen Nackenmuskeln sah, die in die breiten Schultern übergingen, dachte sie, er sieht aus wie ein Ringer, klein, aber zäh und ausdauernd.

»Ich habe angenommen, daß du ... au!« Er wimmerte.

»Nein, mach weiter, es tut gut. Ich nehme an, daß du im Juli Urlaub machst. Vier Wochen. Ist das okay?«

»Ausgezeichnet.«

»Und davor hat Helena noch einmal Hafturlaub. Dieses Mal sind es achtundvierzig Stunden. Es wäre schön, wenn es richtig sauber wäre, wenn sie kommt.«

»Warum denn? Sie putzt doch sowieso alles noch einmal.«

»Aber trotzdem. Als Geste. Daß sie willkommen ist.«

»Es wundert mich, daß Helena dir so wichtig ist. Nach allem, was sie getan hat. Hast du nie Angst vor ihr?«

»Angst?«

Er hob den Kopf von der Rücklehne, und das Kissen fiel

auf den Boden. Yvonne hob es auf und legte es wieder unter seinen Kopf.

»Warum sollte ich vor ihr Angst haben?«

»Nach dem, was ich im Polizeibericht gelesen habe, scheint sie eiskalt zu sein. Die meisten Frauen hätten doch geschrieen und geschimpft und vielleicht Sachen an die Wand geworfen. Aber einfach zwei Wochen lang gute Miene zu machen und dann die Rivalin mit einem Messer zu erstechen – das ist schon beängstigend. Hast du nie daran gedacht, daß es noch einmal passieren könnte?«

»Das wird nicht noch einmal passieren«, sagte er scharf.

Er setzte sich auf, das Kissen fiel wieder auf den Boden, und er drehte sich zu Yvonne um.

»Und du irrst dich. Helena ist kein Monster. Ganz im Gegenteil. Sie ist der gutherzigste, selbstloseste Mensch, den ich kenne!«

Er stand auf und schaute Yvonne grimmig an.

»Und warum bist du ihr dann untreu?«

»Untreu?«

»Wenn ich mich recht erinnere, warst du ihr letzten Donnerstag auf deinem Sofa untreu.«

»Sex!«

Er spuckte das Wort mit einer verächtlichen Grimasse aus, als handele es sich um etwas, was ihm zwischen den Zähnen hängengeblieben war.

»Das bedeutet gar nichts. Es gibt etwas, das viel mehr bedeutet, Nora. Etwas viel Stärkeres, Schöneres und Größeres. Du tust mir leid, wenn du nicht weißt, was ich meine. Aber du hast es vielleicht nie erlebt.«

Sie zuckte mit den Schultern.

»Okay, ich kann Großputz machen, wenn es dir wichtig ist«, sagte sie unberührt. »Aber wäre es denn nicht netter, wenn ihr den Hafturlaub woanders verbringen würdet? Achtundvierzig Stunden sind zwei Tage. Ihr könntet wegfahren. Irgendwo ein Häuschen mieten. Ihr seid doch gern alleine, nicht wahr?«

Er nickte und setzte sich wieder rittlings auf den Stuhl.

»Wir haben tatsächlich darüber nachgedacht, ein neues Häuschen zu mieten. Etwas Eigenes, wo wir Helenas Hafturlaub verbringen können. Aber es darf nicht in der Nähe des alten sein. Nichts darf an das Geschehene erinnern. Nicht mal am Meer darf es sein. Am Wald. Da kann es doch auch schön sein, was meinst du, Nora? Im Herbst Pilze suchen. Im Winter langlaufen. Das würde Helena gefallen. Sie wurde immer ein anderer Mensch, wenn sie in der Natur war. Viel froher und freier. Unser Häuschen in Åsa war wie eine Freistatt für sie. Sie konnte stundenlang am Meer entlanggehen.«

Seine harten Gesichtszüge waren wieder weich geworden. Er hob das Kissen vom Boden auf, plazierte es auf der Rücklehne und legte seine Wange darauf.

»Weißt du, Bernhard, ich habe über etwas nachgedacht«, sagte Yvonne nachdenklich, goß sich Öl in die Hand und verteilte es mit langen, gleichmäßigen Bewegungen auf seinem Rücken. »Wenn ihr doch im Winter so oft in eurem Häuschen wart, warum habt ihr den Müll nicht abholen lassen?«

Er war so überrascht, daß seine Schulterblätter zuckten.

»Tja, ich weiß nicht. Helena hat sich um solche Sachen gekümmert.«

»Aber sie sagte im Verhör bei der Polizei ausdrücklich, daß sie den Müll in die Mülltonne der Nachbarn werfen mußte, weil der Müll bei euch im Winter nicht abgeholt wurde. Das klang merkwürdig, fand ich. Eine so reinliche und ordentliche Person wie Helena würde doch dafür sorgen, daß der Müll abgeholt wird, oder? Denn ihr habt doch nicht jedesmal den Müll mit nach Hause genommen?«

»Nein, natürlich nicht. Warum fragst du das alles? Ahh, das war schön, Nora. Es kribbelt im ganzen Körper.«

»Das fiel mir nur so auf. Daß sie der Polizei gesagt hat, ihr hättet keine Winterabholung gehabt.«

»Wenn sie das gesagt hat, dann war es auch so. Ich weiß nichts darüber.«

»Aber ich. Ich habe nämlich bei der Firma angerufen, die in Åsa dem Müll abholt.«

Er drehte den Kopf und schaute sie erstaunt an, aber sie drückte seinen Nacken mit harten, knetenden Händen nach unten.

»Da habe ich die Auskunft bekommen, daß ihr seit 1997 Winterabholung hattet.«

»Aha?«

»Helena hätte also mit ihrer Mülltüte nicht zum Nachbarn gehen müssen. Eigentlich ziemlich frech. Hat sie das öfter gemacht? Das paßt nicht zu dem Bild, das ich von Helena habe. Und doch hat sie es gemacht, anstatt den Müll in die eigene Tonne zu werfen. Warum?«

Bernhard antwortete nicht. Seine Nackenmuskeln verspannten sich unter ihren kreisenden Daumen.

»War in dieser Mülltüte vielleicht etwas, das die Polizei nicht finden sollte? Oder fehlte etwas, was hätte drin sein sollen? Essensreste zum Beispiel?«

»Worauf willst du eigentlich hinaus?«

»Ich stelle mir nur so Fragen«, sagte sie sanft. »Und das hätte die Polizei auch tun sollen. Die Fragen, die ich mir stelle, hätten sie auch stellen müssen. Und zwar Helena. Aber nirgendwo im Verhör gibt es solche Fragen. Die Verhöre scheinen reine Routine gewesen zu sein. Als ob Helenas Geständnis ihre scharfen Polizistenaugen getrübt und ihr empfindliches Gehör betäubt hätte. Widersprüche, die ihnen hätten auffallen müssen, haben sie geschluckt, ohne mit der Wimper zu zucken.«

»Was meinst du, Nora? Was für Widersprüche?«

Sie wartete ein wenig mit der Antwort, ihre Fingerspitzen bewegten sich in kleinen kreisenden Bewegungen von Bernhards Schläfen zu seinen Kiefern hinunter.

»Die Massage hast du wirklich gebraucht. Du bist schrecklich verspannt. Bekommst du keine Kopfschmerzen, wenn du die Kiefermuskeln so anspannst?«

»Was für Widersprüche?«

»Tja, warum hat Helena zwei bis drei Stunden gespült und geputzt, nachdem sie deine Geliebte ermordet hat. Wenn sie, wie sie der Polizei sagte, ›keine Beweismittel beseitigen‹ wollte, warum hat sie dann überhaupt geputzt und nicht so schnell wie möglich die Polizei angerufen?«

»Helenas Putzfimmel hat etwas Zwanghaftes. Sie verhält sich, was das betrifft, nicht immer rational. Ihr Verhalten ist in deinen Augen vielleicht merkwürdig, mir kommt es ganz vernünftig vor. Putzen dämpft ihre Angst. Wenn Helena ruhelos ist, dann putzt sie, genau wie andere an den Nägeln kauen oder rauchen.«

»Oder Sex haben. Ja, das ist vielleicht eine psychologisch akzeptable Erklärung. Aber da bleibt immer noch die rein praktische Frage: wie konnte sie, mit blutigen Händen und Kleidern das ganze Haus blitzblank putzen, ohne irgendwo einen Blutfleck zu hinterlassen?«

»Sie hat vielleicht zuerst geputzt und sie dann getötet«, sagte Bernhard dumpf, den Mund im Kissen.

»Sie und die Geliebte haben gespült und geputzt und sind zusammen zur Mülltonne des Nachbarn gegangen, und dann hat sie sie getötet. Das könnte sein. Aber was hat sie dann in den zwei bis drei Stunden gemacht, bis sie die Polizei angerufen hat?«

»Helena hat selbst gesagt, daß sie in der Zeit geputzt hat und ...«

»Genau. Helena hat selbst gesagt. Alles beruht auf dem, was Helena gesagt hat. Ich habe die ganzen Papiere, die du mir gegeben hast, durchgesehen und nirgends eine einzige

Zeugenaussage gefunden, die das bekräftigen würde, was Helena gesagt hat. Niemand hat sie oder Karina Toresson zum Feriendorf kommen sehen. Es gibt nur deine Aussage, daß Helena um neun von zu Hause wegfuhr, um einkaufen zu gehen.«

Bernhard schob ihre Hände weg und stand auf.

»Was stellst du dir eigentlich für Fragen, Nora? Eine polizeiliche Ermittlung hat stattgefunden, ein Urteil ist gefällt worden. Helena hat gestanden und verbüßt ihre Strafe. Das ist eine Tragödie für alle Beteiligten, mehr gibt es darüber nicht zu sagen. Bezweifelst du Helenas Schuld? Glaubst du, daß ein Fehler gemacht wurde?«

Yvonne schraubte den Deckel auf die Flasche mit dem Massageöl und stellte sie auf den Tisch. Sie hatte immer noch Öl an den Händen.

Mit nachdenklichen Bewegungen rieb sie es auf ihre Hände und Unterarme.

»Ich glaube, die Polizisten waren an diesem Samstag im März ein bißchen müde«, sagte sie langsam. »Ein bißchen erschöpft nach einem langen Winter, vielleicht auch erkältet und schlapp. Unterbesetzt. Viele Überstunden. Sie wollten schnell nach Hause zu ihren Familien und einen gemütlichen Samstag mit ihnen verbringen. Es paßte ihnen ausgezeichnet, daß die Verdächtige die Arbeit machte und alles gestand. Natürlich haben sie nach allen Regeln der Kunst ermittelt. Aber als sie Helena und das Blut des Opfers an ihrer Kleidung sahen und ihr Geständnis hörten, verschlossen sich alle Türen zu anderen möglichen Wegen, auf denen sie sonst gesucht hätten. Ja, Bernhard, ich glaube, daß ein Fehler gemacht wurde. Und ich finde, es ist an der Zeit, das zu korrigieren.«

Er betrachtete sie mißtrauisch.

»Du glaubst also, es wäre möglich, daß Helena unschuldig ist? Warum hat sie dann gestanden?«

»Um jemanden zu schützen. Weil sie Märtyrerin sein wollte. Die Welt liebt Märtyrer. Für manche ist es die einzige Möglichkeit, geliebt zu werden.«

»Ich glaube, daß du dich leider irrst. Aber wenn du recht hast und ein Fehler gemacht wurde, dann bin ich bereit, alles in meiner Macht Stehende zu tun, damit er korrigiert wird.«

»Wirklich, Bernhard? Dann solltest du damit anfangen, mir alles zu erzählen, und danach können wir beschließen, wie es weitergeht.«

Er schaute sie nachdenklich an und war lange still.

»Alles?« sagte er dann.

»Ja, Bernhard. Alles.«

»Du bist eine merkwürdige Frau, Nora. Manchmal glaube ich, du bist gar nicht real. Wenn du nicht da bist, glaube ich, daß ich dich nur geträumt habe. Ich bin mir nie ganz sicher, ob du wiederkommst. Du weißt so viel über mich. Als ob du durch mich durchsehen könntest. Wer bist du eigentlich?«

Sie lächelte still.

»Weißt du es nicht? Du hast es doch selbst gesagt. Ich bin dein Schutzengel. Erzähl jetzt.«

»Wo soll ich anfangen? Mit Donna? Ja, ich fange mit Donna an.«

Bernhard sank aufs Sofa. Das Massageöl glänzte auf seinem nackten Oberkörper. Yvonne setzte sich auf einen Sessel ihm gegenüber. Sie nickte ihm aufmunternd zu.

»Donna war unser Hund«, erklärte er. »Ich hatte sie als Welpen bekommen, als ich klein war. Ein heller Labrador. Als wir mit ihr in die Tierklinik kamen, wurde mein Vater vom Tierarzt beschimpft. Warum wir nicht seinem Rat gefolgt seien, den er uns beim letzten Mal gegeben hatte, und sie hätten einschläfern lassen. Der Hund hatte Krebs, und es war nichts mehr zu machen. Aber ich wollte nicht, daß sie eingeschläfert wird, und wir hatten sie wieder mit nach Hause genommen. Donna wurde immer kränker, ihr Bauch blähte sich auf, sie fraß fast nichts mehr, am Ende lag sie nur noch da und hechelte. Man durfte sie nicht mal mehr anfassen. Es war offensichtlich, daß sie starke Schmerzen hatte.

Meine Eltern wollten sie in die Tierklinik fahren, um ihr Leiden zu beenden, aber ich wurde wie verrückt, wenn sie davon sprachen. Ich bekam richtige Wutanfälle, versteckte die Autoschlüssel, schwänzte die Schule und wachte neben Donna. Ich wußte, daß es besser für sie wäre, zu sterben. Aber...«

Er machte eine Pause, in seinem Blick war Schmerz und Scham.

»Ich konnte mich einfach nicht von ihr trennen. Ich wußte, daß es egoistisch und kindisch war, ich schämte mich, denn ich war schon fünfzehn und viel zu alt für ein solches Benehmen. Ich konnte es nicht ändern. Ich war schon immer so. Ich weiß nicht, warum.«

Er schaute Yvonne an, fragend und bittend, als ob sie ihm eine Antwort geben könnte. Aber sie sah ihn ganz ruhig an und wartete, daß er weiterredete.

»Es gibt kein traumatisches Ereignis in meiner Kindheit, ich erinnere mich jedenfalls an keines«, sagte er. »Aber ich konnte es nicht ertragen, wenn meine Mutter mich verließ. Wenn sie etwas erledigen mußte und ich gut versorgt bei jemandem war, dann schrie ich wie ein Verrückter, bis sie wiederkam.«

Er schüttelte über sich selbst den Kopf.

»Ich sah doch, wie Donna litt. Und meine Eltern litten auch bei ihrem Anblick. Meine Mutter wurde fast hysterisch. Aber ich blieb eisern. Mit der unlogischen Dickköpfigkeit eines Kindes und der Kraft eines Mannes wachte ich neben dem aufgeblähten Hundekörper. Er hatte inzwischen offene Wunden, als ob der Bauch platzen würde, aus den Wunden kam eine stinkende, blutige Flüssigkeit. Sie war mehr ein Kadaver als ein lebendiges Tier.

Als ich endlich einwilligte, sie wegzubringen, war sie nicht mehr bei Bewußtsein. Sie mußte nicht mehr eingeschläfert werden. Die Autofahrt war zuviel für sie, als wir bei der Tierklinik ankamen, war sie tot. Der Tierarzt, der sie auf der Ladefläche des Autos liegen sah, sagte, etwas so Schlimmes hätte er noch nie gesehen, und es sei Tierquälerei, einen Hund so unversorgt sterben zu lassen. Mein Vater nahm die Zurechtweisung mit zusammengekniffenen Lippen entgegen. Ich saß auf dem Rücksitz, hörte zu, schwieg und schämte mich.

Die Tierklinik kümmerte sich um den toten Körper, und als wir ohne Donna nach Hause fuhren, drehten meine Eltern sich besorgt zu mir um und fragten, wie es mir ging. Sie waren auf einen schrecklichen Trauer- und Wutausbruch vorbereitet. Aber jetzt war passiert, wovor ich solche Angst gehabt hatte. Donna war weg und würde nie mehr wiederkommen.

Der Ordnung halber hatte ich einen kleinen Ausbruch, als wir nach Hause kamen, aber verglichen mit meinen sonstigen Vorstellungen war das eher bescheiden. Insgeheim war ich sehr erleichtert. Das Schlimmste, was hätte passieren können, was mich verderben und vernichten würde, das war geschehen. Und ich hatte es überlebt. Ja, ich war fast glücklich. Klingt das merkwürdig?«

»Nein, das klingt ziemlich vernünftig«, sagte Yvonne. »Du hattest ja lange Zeit unter großem Druck gelebt, und es muß befreiend gewesen sein.«

»Aber das Gefühl hielt nicht lange an«, fuhr Bernhard fort. »Denn jetzt wollten meine Eltern das Versprechen einlösen, das sie mir gegeben hatten, als wir von Donnas Krankheit erfuhren: einen neuen Hund zu kaufen. Einen Labradorwelpen. Hell. Ich war unruhig. Ein neuer Hund würde ja einen neuen Abschied bedeuten. Das würde zwar noch lange hin sein, aber irgendwann würde er kommen.

Widerwillig bin ich mit zur Hundefarm gefahren. Ich habe mich überhaupt nicht für die Welpen interessiert. Meine Mutter sagte, einer sähe genau aus wie Donna, als wir sie kauften, aber ich wußte gar nicht mehr, wie sie aussah. Es gab noch einen Welpen, hieß es, aber der war im Haus. Nach einer Weile kam ein Mädchen mit ihm heraus.

Ich weiß noch, wie sie mit dem Welpen im Arm auf die Treppe kam. Wie sie ihn hinhielt, nicht meiner Mutter oder meinem Vater, sondern mir und wie sie mir mit festem Blick in die Augen sah. Sie trug eine Latzhose aus Jeansstoff, und als sie lächelte, sah ich, daß sie eine breite Lücke zwischen den Vorderzähnen hatte.«

Bernhard machte eine Pause, als versänke er in der Erinnerung.

»Da habe ich Karina das erste Mal gesehen. Obwohl ich fünfzehn war, hatte ich noch keinen Gedanken an Mädchen verschwendet. Das Gerede meiner Freunde, welche Mädchen gut aussahen und was sie mit ihnen machen wollten, verstand ich nicht. Ich wußte, wie ein gutaussehendes Mädchen aussah und was man fühlen mußte, wenn man eines sah, aber das war angelerntes Wissen. Ich hatte noch nie etwas für ein Mädchen empfunden. Bis zu diesem Augenblick.

Und alles an diesem Mädchen war eigentlich falsch, denn Karina hatte keines der Merkmale, die ein gutaussehendes Mädchen haben mußte. Sie war mager und flachbrüstig wie ein Junge. Lockige Haare konnten okay sein, aber nicht solche: Sie schienen mit unbezähmbarer Kraft in alle Richtungen zu wachsen, nach oben, zu Seite, nach unten.«

Bernhard zeigte es mit den Händen an seinem Kopf und lachte.

»Sie hatte Sommersprossen und helle, ungeschminkte Wimpern. Und diese Zahnlücke. Nein, das Mädchen, das da vor mir stand, gehörte nicht zu den ›Gutaussehenden‹. Aber ich fühlte alles, was ich fühlen sollte, zum ersten Mal. Alles und noch mehr.«

Er wurde plötzlich ernst, schwieg und schien sich sammeln zu müssen, ehe er fortfuhr.

»Sie redete mit mir über den Hund, und ich nickte. Der war mir doch egal! Meine Eltern kauften den Hund, aber es wurde ihr Hund, nicht meiner. Ich hatte nie eine Beziehung zu ihm, ich weiß nicht mal mehr, wie er hieß.«

»Aber Karina hast du wiedergesehen?« fragte Yvonne.

»Ja, ich bin wieder zur Hundefarm gefahren. Ohne meine Eltern. Ich trieb mich davor herum, bis Karina herauskam und mit mir redete. Sie war zwei Jahre älter, was in diesem Alter sehr viel ist, besonders wenn das Mädchen älter ist. Sie gehörte zu einer Gruppe von Jugendlichen, die schon Autos hatten, und durch sie kam ich auch dazu. Wir wurden ein Paar, und ich war sehr glücklich.

Aber du weißt, wie das ist, wenn man jung ist«, sagte er mit einem Seufzer. »Mangelndes Selbstvertrauen, Eifersucht, Alkohol, mit alldem kann man noch nicht umgehen. Es war eine stürmische Beziehung, wir stritten uns oft, und wenn ich das Gefühl hatte, daß Karina mich verlassen wollte, kam ich ihr zuvor und machte selbst Schluß. Das erschien mir weniger schmerzlich, als verlassen zu werden. Es wiederholte sich einige Male, und wir versöhnten uns immer wieder. In der Gruppe waren wir das ewige Paar, das Schluß machte, kurz mit jemand anderem zusammen war und sich dann wieder versöhnte. Sie redeten mit uns über Häuser und Grundstücke, wie man das eben macht auf dem Land, wo die jungen Leute früh heiraten, und ich dachte selbst auch in die Richtung, obwohl ich natürlich warten wollte, bis ich meine Ausbildung beendet und eine gute Arbeit gefunden hatte.

Und dann eines Tages, während einer Periode, wo zwischen uns ›Schluß‹ war, hörte ich, daß Karina einen Typ aus der Stadt heiraten wollte. Ich blieb ganz ruhig. Sie wollte sich mal wieder rächen, weil ich Schluß gemacht hatte und was mit einem anderen Mädchen angefangen hatte. Das gehörte zu unserem Spiel. Aber sie meinte es ernst. Sie haben wirklich geheiratet und kurz nacheinander zwei Kinder bekommen.«

Ein Prasseln ließ Bernhard aufschauen. Die Wochen mit angenehmem Sommerwetter waren vorbei, der Himmel war bewölkt und ein kräftiger Regenschauer kam herab.

Yvonne ging in die Küche und schloß das offene Fenster. Als sie zurückkam, hatte sie die Glaskanne der Kaffeemaschine und zwei Tassen dabei. Die Unwetterwolken vor dem Fenster waren so schwarz, daß es im Zimmer dunkel geworden war, sie machte jedoch keine Lampe an.

»Es ist noch Kaffee da. Möchtest du?«

Er nickte, und sie schenkte ein.

»Karina war also keine zufällige Bekanntschaft. Sie hat dir wirklich etwas bedeutet«, sagte Yvonne, als sie sich wieder in den Sessel gesetzt hatte. »Wann habt ihre eure Beziehung wiederaufgenommen?«

»Ach, das hat nicht lange gedauert. In einem kleinen Ort leben die Menschen eng beieinander, man sieht sich dauernd. Die Luft zwischen uns war geladen, und wir trafen uns wieder. Natürlich heimlich. Karina dachte nicht daran, sich scheiden zu lassen, das machte sie gleich klar. Ihr Mann hatte eine Baufirma und verdiente gut, und sie wollte den Kindern nicht schaden. Unsere Beziehung war, wie solche Beziehungen nun mal sind: Geheimniskrämerei, Lügen, schlechtes Gewissen, Eifersucht, Streit und Tränen. Oft war es mehr Schmerz als Freude, und wir machten viele Versuche, uns zu trennen. Aber es dauerte nie lange, und wir waren wieder zusammen.

Karina wußte, daß ihr Mann bei einer Scheidung das Sorgerecht für die Kinder verlangen würde. Und sie fand das auch richtig. Obwohl er soviel arbeitete, machte er auch noch den Großteil der Hausarbeit, und die Kinder fühlten sich bei ihm geborgen. Karina war schlampig, faul und gedankenlos. Sie war für die Kinder mehr große Schwester als Mutter. Aber sie liebte sie und wollte sie nicht verlassen.«

»So eine Beziehung kann man doch nicht ewig geheimhalten, oder?« sagte Yvonne.

»Natürlich nicht. Ihr Mann bekam es heraus, und Karina machte ernstlich Schluß. Sie wollte mich nicht mehr treffen und antwortete nicht auf Briefe oder Anrufe. Als mir klar war, daß es dieses Mal wirklich ernst war, wollte ich mir das Leben nehmen.«

»Wie denn?«

»Ich habe mich betrunken und bin von einem Viadukt auf eine große Straße gesprungen. Ich war überzeugt, daß ich sterben würde, wenn schon nicht vom Sturz, dann wenigstens durch ein Auto, das mich mit höchster Wahrscheinlichkeit überfahren würde. Es war Winter und dunkel und glatt.

Aber merkwürdigerweise überlebte ich den Sturz aus großer Höhe, und der Autofahrer, der kam, sah mich und konnte bremsen. Mit verletztem Rückgrat, Gehirnerschütterung und diversen Knochenbrüchen wurde ich ins Krankenhaus gefahren, wo ich fünf Monate bleiben mußte.«

»Das war also der ›Unfall‹, von dem du das hast«, sagte Yvonne.

Sie beugte sich vor und strich mit der Hand über die Narbe auf seinem nackten Rücken.

»Ja, ich bin mehrmals operiert worden, und es war nicht selbstverständlich, daß ich wieder würde laufen können. Im Krankenhaus hatte ich Kontakt mit jeder Menge Spezialisten, die alle versuchten, mich aufzumuntern und meine Kampfkraft zu stärken: Ärzte, Krankengymnastinnen und Psychologen. Ich habe ihr Spiel mitgespielt. Aber insgeheim war ich fest entschlossen, meinen Versuch zu wiederholen. Denn wenn es mir auch nicht gelungen war, mir das Leben zu nehmen, so war ich doch seelisch tot. Erst eine der Krankenschwestern hat mich auf andere Gedanken gebracht.«

Yvonne ahnte, wen er meinte.

»Ihre geschickten, sanften Hände, ihre freundliche, aber bestimmte Stimme und ihr fester blauer Blick bedeuteten tausendmal mehr für mich als die Klischees der Psychologen und die Wunderbehandlungen der Ärzte. Helena hat mich gesund gemacht. Ich war in einer wüsten Landschaft, ganz allein, und dann stand sie da. So habe ich es in Erinnerung. Daß plötzlich ein anderer Mensch bei mir war.«

Bernhard lehnte sich zurück und schaute befreit zur Decke.

»Ich habe mich in sie verliebt. Nicht so, wie ich in Karina

verliebt war. Reiner. Gesünder. Ja, gesund war immer das Wort, an das ich dachte, wenn ich sie sah. Und das betraf sowohl sie, die Gesundheit, die sie ausstrahlte, als auch mich selbst, meine Sehnsucht nach Gesundheit und einem normalen Leben.

Während des Krankenhausaufenthalts haben wir nur über sehr wenige Dinge gesprochen, die mit meiner physischen Gesundheit zusammenhingen. Und doch kamen wir uns sehr nah. Es war in dieser Situation auch unvermeidlich. Ich konnte ja nicht einmal allein auf die Toilette gehen. Sie teilte alles mit mir, und als ich entlassen wurde, war es selbstverständlich, daß wir uns weiter trafen. Ich erfuhr ein bißchen mehr über sie. Sie war aus guter Familie. Sie hatte immer Krankenschwester werden wollen. Schon als kleines Mädchen hat sie mit ihren Puppen Krankenhaus gespielt.«

Bernhard beugte sich vor, sprach schnell, als ob er Angst hätte, unterbrochen zu werden. Aber Yvonne sagte nichts und ließ ihn reden. Sie hatte ihn noch nie so sprechen gehört.

»Helena erzählte mir, ihre Puppen hätten schwach und krank ausgesehen, aber wenn sie sie versorgt und ihnen die Arme verbunden hatte, dann sahen sie gleich viel glücklicher und gesünder aus, fand sie. Sie hatte nicht nur ihre Puppen zum Üben, ihre Mutter war schwer zuckerkrank, sie konnte sich nicht selber versorgen, und so lernte Helena früh alles über Ernährung und Blutzuckerspiegel, sie mußte der Mutter sogar die Insulinspritzen geben. Mit ihren Noten hätte sie ohne weiteres Ärztin werden können, aber das interessierte sie nicht. Sie wollte Krankenschwester werden.

Wir heirateten ziemlich schnell. Wir mieteten eine Wohnung in der Stadt. Ich machte meine Ausbildung, bekam eine Stelle in der Bank, und nach ein paar Jahren haben wir das Haus hier gekauft und das Sommerhäuschen in Åsa.

Es war ein ganz anderes Leben als vor meinem Selbstmordversuch. Ruhig. Durchgeplant. Keine heftigen Wechsel zwischen Haß und Liebe. Keine Lügen und keine Geheimniskrämerei. Gesund, Helena achtete auf ihren Körper. Sie bewegte sich, achtete darauf, was sie aß, und rauchte nicht. Sie trank auch fast keinen Alkohol. Ihr Vater war Alkoholiker gewesen, Schnaps widerte sie an. Sie hatte jedoch nichts dagegen, daß ich mal ein Glas Wein zum Essen trank oder einen Whisky, aber sie wurde immer besorgt, wenn sie den Eindruck hatte, daß ich betrunken war. Ich trank also sehr maßvoll, weil ich sie nicht beunruhigen wollte.

Wir waren wirklich glücklich zusammen. Wir bekamen keine Kinder, aber ich glaube, wir haben beide nichts vermißt. Wir hatten so viel aneinander.«

Er schaute Yvonne mit einem verlegenen Lächeln an und fügte hinzu.

»Wir haben nur uns gebraucht.«

Sie nickte verständnisvoll.

Bernhard schwieg eine Weile und trank einen Schluck Kaffee.

»Und dann kam eines Tages das neue Telefonbuch.«

Er schüttelte den Kopf und seufzte.

»So unglaublich normal und alltäglich. Es lag auf dem Boden unter dem Briefkasten, zwei dicke Bände, die zusammen eingeschweißt waren. Ich nahm sie hinein, machte sie auf und schaute nach, ob unsere Nummer richtig drinstand. Zufällig blieb ich bei einem alten Klassenkameraden hängen, den ich vor nicht allzu langer Zeit getroffen hatte. Ich erinnerte mich, daß er gesagt hatte, Karina sei in die Stadt gezogen. Und dann hatte ich die Idee, zu schauen, ob sie im Telefonbuch stand. Einfach so aus Spaß. Um zu sehen, wo sie wohnte.

Ich fand sie. Ihr Name stand neben dem ihres Mannes, die Ehe hatte offenbar alle Stürme überstanden.

Dann rief ich sie an. Nur um ein bißchen zu reden. Zu hören, wie es ihr so ging. Unsere Geschichte war ja so lange her. Eine Jugendliebe, über die man lachen konnte. Ich war seit Jahren glücklich verheiratet.

Sie klang freudig überrascht, daß ich mich meldete. Sie wußte von meinem Sprung von der Brücke – jeder in der Gegend wußte es –, und es freute sie aufrichtig, daß ich bei einer neuen Frau die Liebe gefunden hatte. Aber sie hatte es ein bißchen eilig und konnte nicht lange reden. Ob wir uns nicht auf einen Kaffee in der Stadt treffen könnten und das Gespräch fortsetzen? Sie hatte im Gegensatz zu mir noch Kontakt zu unseren alten Freunden, und sie konnte jede Menge Tratsch erzählen.«

»Und du bist hingegangen?« sagte Yvonne mit einem ironischen Unterton.

Er nickte.

»Ja, ich bin hingegangen und war überzeugt, etwas ganz Ungefährliches zu tun. Ich fand es so unwichtig, daß ich es Helena gar nicht erzählt habe. Wir waren ansonsten sehr offen zueinander. Ich war wie ein Ex-Raucher, der meint, er könnte mal nach einem guten Essen eine rauchen. Wie ein Alkoholiker, der nach vielen Jahren der Abstinenz ein kleines Glas Bier trinkt. Aber in der Welt der Abhängigen zählen keine Jahre und keine Mengen. Versuchst du es, dann bist du da, wo du aufgehört hast.«

Er lächelte traurig.

»Es dauerte vielleicht zehn Minuten. Wir schauten uns an, bemerkten Veränderungen und Zeichen des Alterns. Redeten höflich, wie zwei Fremde. Sie hatte noch ein Kind bekommen und arbeitete an der Rezeption eines großen Unternehmens. Und plötzlich sagte sie: ›Ich muß dich anfassen.‹ Und so direkt – ohne eine Einleitung, die uns vielleicht die Möglichkeit gegeben hätte, es zu bereuen und uns zurückzuziehen – von einer Sekunde zur nächsten war es wieder das alte Lied.«

Bernhard machte eine hilflose Geste und seufzte, ehe er fortfuhr:

»Wir trafen uns in Cafés und Restaurants in der Stadt und im Sommerhäuschen in Åsa. Wir ließen uns krank schreiben, um zusammensein zu können. Einmal sind wir sogar verreist, über ein Wochenende nach Amsterdam.

Ich war von Karina besessen, ich kann es nicht anders beschreiben. Ich liebte Helena, ich wußte, daß das, was ich ihr antat, unverzeihlich war und daß ich unsere Ehe aufs Spiel setzte.«

»Sie müssen sehr verschieden gewesen sein, Helena und Karina«, schob Yvonne ein.

»Wie Tag und Nacht.«

»Karina war die Nacht und Helena der Tag?«

»Ja, kann man so sagen. Helena war schön, liebevoll und kümmerte sich perfekt um unser gemeinsames Zuhause. Karina sah alltäglich aus und war schlampig mit ihrer Kleidung. Ihr BH war grau und noppig vom zu heißen Waschen, ihr Rocksaum hing schon mal runter, und sie lernte nie mit den hochhackigen Schuhen zu gehen, die sie in ihrem Job tragen mußte. Sie stakste herum wie ein Storch und zog sie aus, sobald es möglich war. Sie hielt sich selten an Zeiten, die wir verabredet hatten, war unverschämt zu Kellnern und so, ließ immer Sachen herumliegen und hat sich mehrmals bei mir Geld geliehen, das sie nie zurückgezahlt hat. Aber ich konnte mich nicht von ihr fernhalten.«

»Und dann hat Helena euch erwischt?«

Er schüttelte heftig den Kopf.

»Nein, nein. Überhaupt nicht. Ich habe es Helena sehr früh erzählt. Und sie gebeten, mir zu helfen.«

»Sie gebeten, dir zu helfen?« rief Yvonne erstaunt aus.

»Ja, es war eine so schwierige Situation für mich, und ich ging immer zu ihr, wenn ich Hilfe brauchte. Das war ganz natürlich für mich.«

»Wie hat sie reagiert?«

»Genau wie ich es erwartet habe. Sie wußte, was los war – daß es eine Abhängigkeit war, eine Krankheit –, und sie war bereit, mir bei meinem Kampf, die Beziehung zu beenden, zu helfen.«

»Wie edel. Hat es geklappt?«

»Ich konnte mich immer wieder über lange Zeiten von Karina fernhalten. Da waren Helena und ich glücklich zusammen, und ich glaubte, ich hätte es geschafft. Dann kam ein Rückfall, aber mit Helenas Hilfe kam ich immer wieder heraus. Es ging rauf und runter, könnte man sagen.«

»Hatte Karinas Mann auch soviel Verständnis?«

»Nein, aber er wußte es. Karina machte keinerlei Anstrengungen, unser Verhältnis zu verstecken. Sie benützte ganz offen die Parfums und den Schmuck, den ich ihr geschenkt hatte. Und sie konnte nicht lügen. Das war eine merkwürdige Eigenschaft von ihr. Sie konnte schweigen und manipulieren, wichtige Informationen zurückhalten und durch und durch falsch sein. Aber wenn man ihr eine direkte Frage stellte, antwortete sie immer wahrheitsgemäß. Ich glaube, sie hatte einfach nicht genug Phantasie für eine Lüge.«

»Und wie reagierte ihr Mann?«

»Er war natürlich verzweifelt. Aber es ist ja nicht so leicht, einen Menschen einfach hinauszuwerfen. Da waren ja auch die Kinder. Und dann hat er sie wohl geliebt. Vielleicht anders als ich. Er biß die Zähne zusammen und ertrug sie, und jedesmal, wenn wir Schluß machten, schöpfte er wieder Hoffnung.«

»Und dann überraschte Helena euch im Bett in Åsa. War das während einer Periode, wo sie meinte, es sei Schluß zwischen euch? Oder warum war sie überrascht?«

»Sie hat uns nicht überrascht. Sie war sehr diskret. Es gab Wochenenden, an denen Karina und ich im Häuschen waren, und dann gab es Wochenenden, an denen ich mit Helena dort war. Und Helena hätte niemals ihren Fuß dorthin gesetzt, wenn sie nur den geringsten Verdacht gehabt hätte, daß ich mit Karina dort bin.«

»Aber was ist denn passiert?«

»Karinas Mann hat ein Ultimatum gestellt«, sagte er leise. »Ein deutliches Ultimatum. Er hatte eine Stelle in Sydney in Australien angeboten bekommen, und er war fest entschlossen, dorthin zu ziehen. Und die Kinder würde er auch mitnehmen. Er hatte schon alles organisiert, mit Schulen und allem. Karina hatte die Wahl, mitzukommen oder hierzubleiben und so den Kontakt zu ihren Kindern zu verlieren. Die Kinder waren seine stärkste Karte. Karina wußte so gut wie er, daß die Kinder sich für ihren Vater entscheiden würden, wenn sie wählen müßten. Und sie wollte ihm die Kinder nicht in einem Sorgerechtsstreit wegnehmen. Außerdem wollte sie selbst unsere Beziehung beenden.«

»Sie beschloß also mitzugehen. Und dann?« fragte Yvonne.

Bernhard hatte sich nach vorne gebeugt und die Arme um sich gelegt. Er öffnete den Mund, seine Lippen zitterten. Dieser Mund mit den dicken, aufgeworfenen Lippen, der Yvonne geärgert und den sie geliebt hatte. Der ihr erst gleichgültig, dann unangenehm und schließlich begehrenswert war. Und der jetzt ... ein Mund war, der redete. Dessen Form und rundliche Weichheit interessierten sie nicht mehr, sie wollte nur die Worte. Und als er jetzt zögerte, wurde sie unruhig. Sie stand auf, holte sein Hemd und setzte sich neben ihn.

»Frierst du?« fragte sie freundlich, und ohne eine Antwort zu bekommen, legte sie das Hemd über seine Schultern und fuhr ruhig fort:

»Karina ist nicht mit ihrem Mann nach Sydney gezogen. Was ist passiert?«

Er studierte den Perserteppich, als ob die Antwort auf ihre Frage in dem komplizierten Muster zu finden wäre. Yvonne wartete, bis er nach einer langen Pause fortfuhr:

»Wir haben uns zu einem letzten Treffen verabredet. Im Häuschen in Åsa. Und was da passierte, ist schwer zu erklären. Ich mußte die ganze Zeit daran denken, daß wir alles, was wir taten, zum letzten Mal taten. Als sie gehen wollte, bat ich sie, noch nicht richtig zu gehen. Dann blieb sie noch ein wenig. Wir verabschiedeten uns, und ich überredete sie noch einmal, zu bleiben. Und dann sagte sie, jetzt müsse sie wirklich gehen. Und ich weinte und bat sie, noch ein bißchen zu bleiben. Bis ich mich beruhigt hätte. Sie hielt mich lange im Arm. Und dann ließ sie mich plötzlich los und ging. Ohne eine Wort. Sie ging einfach. Sie konnte es einfach nicht anders machen.

Und obwohl unser Abschied so lange gedauert hatte, kam er für mich sehr plötzlich. Viel zu früh. Ganz falsch. Ich schrie: ›Noch nicht!‹ Aber sie drehte sich nicht um. Sie ging ganz ruhig zur Tür, als hätte sie mich nicht gehört.«

Er schwieg und schaute erstaunt auf seine zitternden Hände. Er hob eine Hand und drehte sie langsam um, damit er sie von allen Seiten betrachten konnte, als ob sie ein unbekannter Gegenstand wäre. Yvonne nahm die zitternde Hand und hielt sie weich zwischen ihren.

»Was passierte dann?« fragte sie vorsichtig.

»Ja, ich versuche, mich daran zu erinnern. Ich habe es noch nie jemandem erzählt. Ich habe es gewissermaßen nicht einmal mir selbst erzählt, so in einem Fluß. Es sind nur einzelne Bilder, unsortierte Bilder.«

»Was wolltest du tun, als sie zur Tür ging?«

Er zog seine Hand zu sich und saß zusammengekauert unter seinem Hemd wie eine Schildkröte unter ihrem Panzer.

»Ich wußte nur, daß sie nicht über die Schwelle treten

durfte. Egal was, ganz egal was, aber das nicht. Ich muß in der Küche das Messer geholt haben, aber daran erinnere ich mich nicht. Vielleicht habe ich etwas gesagt, das sie warten ließ, während ich das Messer holte. Und dann das Gefühl, völlig außer sich zu sein, buchstäblich außer sich. Mir war nicht richtig bewußt, daß ich ein Messer in der Hand hatte. Aber vielleicht ist das auch eine nachträgliche Rechtfertigung. Aber es war so ein Gefühl, als wäre das Messer nur eine Verlängerung meines Gefühls. Als ginge eine gerade Linie vom Schmerz in meinem Herzen durch den Arm in das Messer. Es vermittelte, was ich anders nicht vermitteln konnte. Ein schreckliches, tödliches Ausdrucksmittel für ein schreckliches, tödliches Gefühl.

Ich glaube, ich habe gedacht, ich würde das gleiche mit mir machen. Daß wir beide sterben würden. Aber das ist vielleicht auch eine nachträgliche Rechtfertigung. Das einzige, woran ich mich wirklich erinnere, ist meine absolute Überzeugung, daß sie nicht über diese Schwelle gehen durfte. Was auch passieren würde, keine Katastrophe konnte so groß sein wie das. Als ich begriff, was ich getan hatte, rief ich Helena an.«

»Wäre es nicht besser gewesen, einen Notarzt oder die Polizei zu rufen?« wandte Yvonne ein. »Warst du sicher, daß sie tot war?«

»Nein, nicht ganz sicher. Aber Helena würde das sehen. Sie ist Krankenschwester.«

»Aber ein Notarztwagen wäre doch viel schneller dagewesen! Und hätte andere Möglichkeiten gehabt.«

»Aber ich war ziemlich sicher, daß sie tot war. Und ... ja, ich habe eigentlich nicht sehr viel gedacht. Es ging irgendwie von alleine, Helena war die erste, die in meinem leeren Kopf auftauchte. Ich rief sie an und erzählte, was ich getan hatte. Sie verstand es sofort, sie hat eine rasche Auffassungsgabe. Sie gab mir kurze Instruktionen: ›Bleib, wo du bist. Mach überhaupt nichts. Setz dich auf einen Stuhl und warte, bis ich komme.‹

Ich tat, was sie gesagt hatte. Sie muß wie eine Wahnsinnige gefahren sein, oder mein Zeitbegriff funktionierte nicht mehr, denn ich hatte das Gefühl, daß sie da war, kurz nachdem ich aufgelegt hatte. Sie schaute sich erst Karina an und konstatierte, daß sie tot war. ›Mach dir keine Sorgen, ich kümmere mich um alles‹, sagte sie.

Und so war es. Sie half mir, die blutigen Kleider auszuziehen und mich zu waschen. Es war wieder wie im Krankenhaus, nach dem Selbstmordversuch, als sie mich waschen mußte. Sie wusch mich sorgfältig mit einem Waschlappen. Mein Gott, wie habe ich sie da geliebt. Es war die größte Liebeshandlung, die ich je erfahren habe.«

Bernhard richtete sich auf, das Hemd glitt herab, aber er schien es nicht zu merken. Seine Stimme war weich und rätselhaft, als ob er aus einer verborgenen, geheimen Welt sprechen würde.

»Ich hielt ihr meine Hände und Arme hin, ich drehte und wendete mich, und sie wusch mich. Gründlich, überall. Das Blut war an den merkwürdigsten Stellen, in den Ohren, den Achselhöhlen, als ob ich in Blut geduscht hätte. Und dabei redete sie die ganze Zeit beruhigend auf mich ein und sagte, sie würde sich um alles kümmern. Ich vertraute ihr voll und ganz.

Sie hatte eine Tüte mit sauberen Kleidern für mich dabei. Ein frisch gebügeltes Hemd, ein Paar ordentliche Hosen, Unterhosen und Strümpfe, ja, sogar neue Schuhe. Ich war so paralysiert, daß sie mir auch beim Anziehen helfen mußte.

Dann sagte sie, ich solle nach Hause fahren, ein langes, heißes Bad nehmen und mich dann schlafen legen. Wenn die Polizei käme, sollte ich sagen, daß Helena gegen neun zum Einkaufen gefahren sei.

Ich war wie ein folgsames Kind. Ich tat genau, was sie sagte. Ich fuhr nach Hause, nahm ein Bad und legte mich ins Bett, und merkwürdigerweise schlief ich sogar ein. Obwohl ich so Schreckliches hinter mir hatte und obwohl es hellichter Tag war. Mein Gehirn war wie leer. Ich war nur schrecklich müde und schlief ein.

Ich wachte auf, weil zwei Polizisten an der Tür klingelten. Ich war darauf vorbereitet, daß sie mich in Handschellen abführen würden. Aber statt dessen sagten sie, im Sommerhaus sei etwas passiert und meine Frau sei verhaftet worden. Mehr könnten sie jetzt nicht sagen, ich würde später weitere Informationen bekommen.«

»Und was hast du gesagt? Hast du ihnen nicht erzählt, daß sie die falsche Person verhaftet haben?« fragte Yvonne.

Er sank wieder zusammen, rieb sich das Kinn und schien ernsthaft über die Frage nachzudenken.

»Ich war geschockt«, sagte er schließlich. »Ja, so muß es gewesen sein. Ich habe fast nichts gesagt. Sie haben noch weitere Fragen gestellt. Ob Helena am Morgen gesagt hätte, wohin sie fahren wollte. Ich sagte, was Helena mir eingeschärft hatte, daß sie einkaufen gefahren sei. Das war meine einzige Lüge.

Sie fragten mich, ob ich ein Verhältnis mit Karina gehabt hätte, und ich antwortete ›ja‹. Sie fragten mich, wann ich zuletzt im Häuschen war, und ich antwortete ›gestern‹, was wahr war. Ich sagte, ich hätte ein paar Werkzeuge geholt, was auch wahr war, obwohl ich hauptsächlich rausgefahren war, um die Heizung anzumachen, es sollte warm sein, wenn Karina und ich kamen.«

Er schüttelte den Kopf, seufzte und fuhr fort:

»Es klingt vielleicht merkwürdig, aber während der ganzen Zeit, von der U-Haft bis zum Prozeß und zum Urteil, hatte ich geglaubt, Helena würde irgendwie durchkommen. Daß ihr etwas einfallen würde, was uns beide entlasten könnte. Ich dachte keinen Augenblick, daß sie eine so hohe Strafe bekommen würde.

Wir durften uns ja nicht treffen, solange sie in U-Haft war, und erst im Gefängnis habe ich erfahren, was sie gemacht hat. Sie hat alle Spuren aus dem Weg geräumt, die mich hätten belasten können. Sie war zu einer Mülltonne weit weg gegangen und hatte die Tüte mit meinen Schuhen und Hosen und ihrer Bluse in eine fremde Mülltonne geworfen. Mein blutiges Hemd hatte sie angezogen. Sie trug oft meine abgelegten Hemden, wenn wir auf dem Land waren. Dann hatte sie die Polizei angerufen und sich mit dem Messer in der Hand hingesetzt und gewartet.«

»Und alle haben ihr geglaubt?« sagte Yvonne erstaunt.

»Ja. Sie trat sehr glaubwürdig auf.«

»Gab es denn keine Zeugen, die dich am Häuschen gesehen hatten?«

»Nein, es war März, da ist niemand da draußen.«

»Im Polizeibericht stand, daß man die frischen Spuren eines Volvo gefunden habe.«

»Ja und? Ich war ja am Abend zuvor im Häuschen und habe meine Werkzeugkiste geholt, das ist doch nicht merkwürdig. Niemand hat mich danach gefragt.«

»Und dann. Als sie zu zehn Jahren verurteilt wurde. Hast du da nicht gefunden, es sei an der Zeit, das Mißverständnis aufzuklären?«

Bernhard schwieg und schien nachzudenken. Dann sagte er:

»Wir haben eine sehr spezielle Ehe. Ich glaube, ein Außenstehender kann das nicht verstehen. Ich hätte eine lange Gefängnisstrafe nicht überlebt, und das weiß Helena. Sie kennt mich. Und dann hat sie sich zu dieser unglaublichen Liebeshandlung entschlossen. Sie hat mir das Leben gerettet. Nicht nur einmal, sondern ein zweites Mal. Erst im Krankenhaus, als ich den Lebensmut verloren hatte und nur an den nächsten Selbstmordversuch dachte. Und dann hier. Ich hätte mir das Leben genommen, wenn ich zu Gefängnis verurteilt worden wäre. Und das wußte sie.«

»Ich glaube nicht, daß du dir das Leben genommen hättest«, sagte Yvonne ruhig. »Ich glaube, du wärst zu feige.«

»Nicht in diesem Fall. Ich bin von der Brücke gesprungen, ohne Angst. Ich würde es wieder machen.«

»Es ist viele Jahre her, daß du von der Brücke gesprungen bist, Bernhard. Du warst jung und unreif. Ich glaube nicht, daß du es getan hättest, wenn du gewußt hättest, welche Schmerzen du erleiden müßtest und welche Behinderungen du riskieren würdest. Außerdem warst du betrunken. Du würdest es jetzt nicht noch einmal machen.«

Er zuckte mit den Schultern.

»Du hast vielleicht recht. Ich denke jeden Tag daran, Schluß zu machen. Aber ich tue es doch nicht. Ich bin wohl zu feig. Weißt du, Nora, bis zum Geschehen im Sommerhäuschen habe ich immer geglaubt, das schlimmste Gefühl, das man erfahren kann, ist Trauer. Die Trauer, jemanden verloren zu haben. Verlassen worden zu sein. Ich habe weiß Gott getrauert. Aber Trauern ist nichts gegen Schuld. Schuld!« Er schleuderte das Wort wie einen Peitschenhieb über seine nackte Brust. »Das ist das Allerschlimmste.«

Yvonne beobachtete sein zusammengekniffenes, gequältes Gesicht und sagte leise:

»Du hast unrecht, Bernhard. Es gibt etwas, das ist noch schlimmer als Schuld empfinden: keine Schuld zu empfinden. Wer keine Schuld empfinden kann, ist kein Mensch mehr. Er ist ein Monster. Du hast mich einmal gefragt, ob es Vergebung gibt. Weißt du noch? Und ich habe gesagt, ich glaube, ja. Wenn es Schuld gibt, dann muß es auch Vergebung geben. Ich denke, das ist der Witz an den Schuldgefühlen. Daß man gestehen und bereuen kann und einem vergeben wird.«

Sie machte eine Pause und schaute ihm tief in die Augen, ehe sie fortfuhr:

»Du weißt, was du jetzt machen mußt, oder?«

Er schaute sie fragend an.

»Du mußt natürlich zur Polizei gehen und die Wahrheit sagen.«

Er schnappte vor Schreck nach Luft und sagte in scharfem Ton:

»Wie ich und Helena die Angelegenheit behandeln, geht niemanden etwas an. Ich habe dir das im Vertrauen erzählt, Nora, und ich verlasse mich darauf, daß es zwischen uns bleibt.«

»Ich habe nicht vor, dich bei der Polizei anzuzeigen. Ich glaube auch nicht, daß mir überhaupt jemand zuhören würde. Es ist gar nicht so einfach, ein Urteil aufzuheben. Vor allem, wenn der Verurteilte es nicht will. Aber wenn du selbst hingehen würdest, wäre das etwas anderes. Ich bitte dich deshalb ganz einfach, Bernhard: sag die Wahrheit.«

Er betrachtete sie mit einer Art enttäuschter Verwunderung.

»Du hast gesagt, du bist mein Schutzengel, Nora. Ich dachte, du würdest mich schützen.«

»Das tue ich auch. Ich schütze dich vor dir selbst.«

»Du kannst mich nicht zwingen, zur Polizei zu gehen«, sagte er heftig.

»Und wenn Helena dich bitten würde? Würdest du es dann machen?«

»Helena wird mich niemals darum bitten.«

»Aber wenn sie es tun würde?«

Yvonne schaute ihm starr in die Augen.

Er dachte eine Weile nach und antwortete dann:

»Wenn Helena mich um etwas bitten würde, dann würde ich es tun. Ohne zu zögern.«

»Gut«, sagte Yvonne kurz. Sie stand auf. »Das ist ja das Wichtigste. Daß ihr euch einig seid.«

»Genau.«

»Ich gehe jetzt. Deine Hemden hängen im Badezimmer. Der Trockner ist noch nicht geleert, das kannst du vielleicht selbst machen.«

»Ja. Und du kommst dann am Donnerstag? Und nimmst im Juli Urlaub?«

»Nein, Bernhard. Ich komme nicht mehr.«

»Nimmst du jetzt gleich Urlaub?«

»Ich kündige.«

Er starrte sie an.

»Kündigst? So plötzlich? Das kann nicht dein Ernst sein.«

»Doch, das ist mein Ernst. Ich werde keinen Fuß mehr in dieses Haus setzen. Mir ist übel von dem, was du mir erzählt hast. Ich kann nicht mehr unter einem Dach mit dir sein, Bernhard.«

Sie stand auf und ging schnell zur Diele.

»Nein. Warte doch. Das kannst du nicht machen. Komm zurück!«

Er lief ihr hinterher und packte sie am Arm. Es war ein harter, schmerzhafter Griff, und sie blieb stehen.

»Hab keine Angst, Nora. Ich will dir nichts tun. Aber du kannst mich jetzt nicht so verlassen. Du bist doch mehr als eine Putzfrau, Nora. Wir haben doch mehr gemeinsam, hast du das vergessen?«

»Sex. Das bedeutet nichts. Das hast du doch gesagt, oder?« zischte sie.

»Aber du bedeutest mir wirklich etwas. Ich warte immer auf die Montage und die Donnerstage, wenn du herkommst. Weißt du das nicht?«

Er hielt sie an beiden Armen fest, und ihr wurde klar, daß sie aus eigener Kraft nicht loskommen würde. Sie sah, wie die kräftigen Muskeln in seinen Schultern und Oberarmen sich anspannten.

»Laß mich los, bitte laß mich los«, bat sie und war selbst erstaunt, wie jämmerlich ihre Stimme klang.

»Nicht, wenn du mich verlassen willst.«

»Ich bleibe noch ein bißchen. Ist das okay?« seufzte sie. Sie versuchte, ruhig und überzeugend zu klingen, obwohl ihre Lippen zitterten.

»Versprichst du es?«

Sie nickte, und sein Griff um ihre Arme lockerte sich. Sie rieb sich die Arme und verzog das Gesicht. Er lächelte sie an. Im nächsten Moment lief sie zur Haustüre. Aber er reagierte blitzschnell, und ehe sie dort war, stand er mit dem Rücken zur Tür vor ihr.

»Du hast es versprochen!« schrie er empört. »Du hast versprochen zu bleiben. Und kaum lasse ich dich los, da willst du schon abhauen.«

Die nackte, haarige Brust hob und senkte sich in zurückgehaltener Wut, die Schultern waren krampfhaft hochgezogen. Er erinnert an einen verletzten Wildschweineber, dachte Yvonne, kompakt, muskulös und rasend vor Schmerz. Die Pupillen waren geweitet und schwarz und gaben seinem Blick etwas Unmenschliches.

Plötzlich fing sie vor Angst zu weinen an. Sie hatte das noch nie in ihrem Leben gemacht. Sie hatte aus Trauer, Freude, Wut oder Müdigkeit geweint. Aber noch nie aus Angst, und sie war überrascht, daß es so war. Es war ein verhaltenes, bebendes Weinen, wie von einem gejagten Tier, das tief unten in einer Höhle saß, und als sie sprechen wollte, kamen ihre Worte stoßweise und stotternd:

»Du wirst doch verstehen ... daß ich Angst vor dir habe ... wenn du dich ... so benimmst?«

»Angst? Warum hast du Angst?« Er schaute sie aufrichtig erstaunt an. »Du hast doch keinen Grund, Angst zu haben!«

Yvonne verstand plötzlich, was er meinte: daß ihre Angst nichts war im Vergleich mit seiner.

Sie ließ das Schluchzen verebben und sagte dann mit neuer Stimme:

»Geh zur Seite.«

Sie hatte die gleiche bestimmte, aber dennoch positive und aufmunternde Stimme wie damals, als sie ihn bei seinem Angstanfall ins Krankenhaus gefahren hatte. Sie vermutete, daß auch Helena so mit ihm sprach.

»Geh von der Tür weg, Bernhard. Und zwar sofort.«

Er trat zur Seite. Sein Mund öffnete und schloß sich wie bei einem Fisch.

»Aber Nora ...«

Sie drückte die Klinke herunter und war draußen. Sie lief die Treppe hinunter und auf die Straße. Der Regen traf sie ins Gesicht.

»Nora! Warte!« hörte sie ihn rufen.

Sie warf einen Blick über die Schultern zurück. Er stand immer noch auf der Treppe. Er folgte ihr nicht.

Naß und zitternd lief sie in ihrer kurzärmeligen Bluse den Phloxweg entlang. Der Mantel hing bei Bernhard, und da hing er gut. Es war Nora Bricks Mantel, und sie würde ihn nicht holen, denn Nora Brick gab es nicht mehr.

Sie startete das Auto und fuhr aus dem Vorort heraus. Jetzt war sie endlich fertig.

Sie hatte nur noch eine Sache zu erledigen. Aber nicht hier, sondern an einem ganz anderen Ort.

Yvonne hatte versucht, sich ein Bild zu machen von dem Raum, in dem sie sich treffen würden: kahle Wände, Leuchtröhren, Möbel mit Flecken und Brandlöchern von Zigaretten, Gitter vor den Fenstern. So stellte sie sich das Besuchszimmer eines Gefängnisses vor.

Aber die Wärterin, die sie begleitete, schloß die Tür zu einer Art Konferenzzimmer auf: hell und frisch, ein großer Birkenholztisch mit gepolsterten Stühlen und einem hübschen, violetten Teppich.

»Besuchszimmer sind so trist. Hier ist es angenehmer. Setzen Sie sich, Helena wird jeden Moment kommen.«

Yvonne setzte sich mit dem Gesicht zur Tür an den großen Tisch und wartete.

Es hätte nicht viel gefehlt, und sie wäre überhaupt nicht hereingelassen worden. Sie hatte sich als Nora Brick vorgestellt, als sie angerufen und ihren Besuch angemeldet hatte, und am Eingang wollte man natürlich ihren Ausweis sehen. Ruhig und beherrscht hatte sie ihre Brieftasche herausgeholt, mit steigender Nervosität alle Fächer durchsucht und schließlich hervorgestoßen, daß sie ihren Ausweis in einem Geschäft liegengelassen haben mußte, wo sie mit ihrer VISA-Karte bezahlt hatte. Mit Tränen der Enttäuschung in den Augen hatte sie erzählt, daß sie für diesen Besuch den ganzen weiten Weg von Göteborg hergefahren sei und nun unverrichteter Dinge wieder zurückfahren müsse.

Der Wärter betrachtete ihr unglückliches Gesicht, ihr sandfarbenes Business-Kostüm und den blendend weißen, leicht hochgeschlagenen Blusenkragen. Er nickte diskret in Richtung der verschlossenen Tür, als ob dieser Regelverstoß ein Geheimnis zwischen ihnen beiden sei, sie hörte ein

Knacken und konnte eintreten. Ihre Tasche hatte sie abgeben müssen, und sie hoffte, daß niemand sie durchsuchen und ihren Führerschein finden würde.

Die Tür zum Konferenzraum wurde geöffnet, und Helena trat in Begleitung einer Wärterin ein. Sie trug einen hellgrauen Jogginganzug und Laufschuhe. Mit ihrer sportlichen Frisur und dem rhythmischen Gang schien sie eher von einer Joggingrunde im Wald als aus einer Gefängniszelle zu kommen.

»Ich lasse euch jetzt allein. Da drüben in der Thermoskanne ist Kaffee. Und in der Dose daneben müßten Kekse sein.«

Die Wärterin ging hinaus und schloß die Tür hinter sich.

»Möchten Sie Kaffee?« fragte Helena.

»Ja, gern.«

Helena schenkte ihnen aus der Thermoskanne Kaffee ein – auf die Kekse verzichteten sie beide – und setzte sich ans Kopfende des Tischs. Auf den Platz des Versammlungsleiters, konstatierte Yvonne.

»Das Konferenzzimmer. Nicht schlecht«, sagte sie und schaute sich um. »Ich nehme an, nicht alle Gefangenen können ihre Besucher hier empfangen. Sie müssen eine richtige Mustergefangene sein, daß Sie solche Privilegien genießen.«

Helena antwortete nicht.

»Sie benehmen sich bestimmt perfekt. Sie bügeln vielleicht sogar die Hemden des Anstaltleiters?«

»Haben Sie ein Anliegen?« fragte Helena in neutralem Ton.

»Ja. Aber ich möchte mich zunächst entschuldigen für das letzte Mal, als wir uns trafen. Was Sie in Ihrem Schlafzimmer gesehen haben, wird nicht wieder vorkommen.«

Die blauen Augen schauten sie verblüfft an. Dann mußte Helena lachen.

»Oh«, sagte sie. »Ich hoffe, meine Anwesenheit war Ihnen nicht peinlich. Sie sind so schnell verschwunden.«

»Ich habe mich zutiefst geschämt. Ich verstehe, daß wir Sie verletzt haben, und ich möchte deshalb aufrichtig um Verzeihung bitten.«

Helena lächelte wie über ein Kind, das etwas Lustiges gesagt hatte, ohne es selbst zu verstehen, und sagte ruhig:

»Ich bin zu einer zehnjährigen Gefängnisstrafe verurteilt worden. Ich kann nicht erwarten, daß mein Mann mir während dieser Zeit körperlich treu ist. Wie er das macht, geht mich nichts an. Aber ich finde, es ist eine praktische Lösung des Problems, die Putzfrau dafür zu verwenden.«

»Sie sind eine sehr rationelle Person, Helena.«

Sie zuckte leicht mit den Schultern, nahm den Kaffeebecher und trank. Yvonne bemerkte, daß die Nägel kurz, aber sorgfältig maniküre und farblos lackiert waren.

»Man sollte die Dinge nicht unnötig kompliziert machen.«

»Der Grund für mein schnelles Verschwinden damals war nicht nur, daß ich mich geschämt habe«, fuhr Yvonne fort. »Ich hatte auch Angst. Ich dachte, Sie würden die Geliebten umbringen, die Sie erwischen.«

»Aha.«

Helenas Gesicht war ausdruckslos.

»Aber wir wissen ja beide, daß das nicht so ist.«

Sie verzog immer noch keine Miene.

»Bernhard hat mir alles erzählt. Wie die Tat abgelaufen ist und wer der eigentliche Mörder ist.«

Falls Yvonne eine Reaktion erwartet hatte, wurde sie enttäuscht. Helena zeigte keinerlei Bestürzung oder wenigstens Erstaunen. Sie schaute Yvonne weiter mit einem höflichen, aufmerksamen Gesichtsausdruck an, als ob sie über ihre Menstruationsschmerzen oder Ärger am Arbeitsplatz berichtet hätte.

»Warum haben Sie das Verbrechen eines anderen Menschen auf sich genommen?«

»Bernhard hätte eine Gefängnisstrafe nicht ertragen«, antwortete sie einfach. »Er wäre eingegangen. Ich habe sein Verbrechen auf mich genommen, weil ich ihn liebe und ihm dieses Schicksal ersparen wollte.«

»Also eine Märtyrerin«, stellte Yvonne sachlich fest. »Das habe ich mir gedacht. Aber wenn Sie auf Kanonisierung hoffen, stehen die Chancen schlecht. Kandidaten, die die Sünden anderer auf sich nehmen und für deren Erlösung leiden, sind im Vatikan nicht sonderlich beliebt. Dort wird die Ansicht vertreten, daß nur einem dieses Kunststück gelungen ist. Und mit ihm darf man sich nicht vergleichen. Das findet man ... ja, etwas anmaßend.«

Helena lächelte belustigt.

»Sie sehen das viel zu tiefsinnig. Bernhards Schuld kann ich natürlich nicht auf mich nehmen. Damit muß er selbst zurechtkommen. Es ist eine ganz praktische Frage. Einer mußte die Strafe auf sich nehmen. Und ich war dafür besser geeignet. Nach einem festgelegten Schema zu leben kommt mir sehr entgegen, ich habe keine Probleme mit Disziplin. Ich leide nicht unter Zellenangst. Wenn ich freikomme, werde ich meine Arbeit als Krankenschwester wiederaufnehmen können. In der Pflege werden immer Leute gebraucht. Bernhards Karriere wäre beendet. In seinem Job kann man nicht nach fünf, sechs Jahren wiederkommen und da weitermachen, wo man aufgehört hat.«

»Sie fühlen sich hier also ganz wohl?«

»Das habe ich nicht gesagt. Aber ich halte es aus.«

»Werden Sie von den anderen Insassen gut behandelt?«

»O ja. Ich bin wegen Mordes verurteilt. Da wird man respektiert.«

»Haben Sie zu jemandem näheren Kontakt?«

»Nein, ich habe nie viel Umgang mit Menschen, weder im Gefängnis noch draußen.«

»Aber es muß doch hart für Sie sein, von Bernhard getrennt zu sein. Soweit ich es verstanden habe, stehen Sie sich sehr nah.«

Helena nickte, und zum ersten Mal sah Yvonne etwas Weiches, Gefühlvolles über ihr Gesicht huschen. Sie zog den Reißverschluß der Joggingjacke herunter und holte ein Medaillon heraus, das sie an einer Kette um den Hals trug.

»Ich trage immer sein Foto bei mir«, sagte sie.

Sie umschloß das Medaillon mit der Hand und hielt es ein paar Sekunden fest. Ohne es zu öffnen, steckte sie es dann schnell wieder unter die Joggingjacke. Die Geste hatte etwas Gewohnheitsmäßiges, Rituelles, Yvonne mußte an Rosenkränze und Kruzifixe denken. Sie sagte:

»Die Strafe erschöpft sich ja nicht in einer praktischen Frage. Sie ist ja auch eine Möglichkeit ... für seine Tat zu sühnen, wie es so heißt. Und das kann Bernhard nicht tun. Sie haben ihm diese Möglichkeit genommen. Sie haben ihn gar nicht entscheiden lassen. Haben Sie darüber schon einmal nachgedacht?«

Helena schwieg eine Weile und sagte dann: »Sie kennen Bernhard ja ein wenig. Können Sie sich ihn in einer geschlossenen Anstalt vorstellen, mit Drogendealern, Vergewaltigern und gedungenen Mördern? Mit Männern, die von Kindheit an in einer rohen und brutalen Welt gelebt haben und deren einzige Lebensregel das Recht des Stärkeren auf Kosten des Schwächeren ist? Was glauben Sie, wie würde Bernhard in einer solchen Umgebung zurechtkommen?«

»Das weiß ich nicht. Und das wissen Sie nicht, und er auch nicht, bevor er es nicht erlebt hat.«

Helena beugte sich über den Tisch und sagte leise und scharf:

»Es würde ihn zerstören.«

»Wieso sind Sie sich da so sicher? Sie haben doch auch

einen Weg gefunden, hier drinnen zurechtzukommen. Warum sollte Bernhard das nicht schaffen? Er ist vielleicht gar nicht so schwach, wie Sie denken.«

Helena betrachtete sie mit einem müden, nachsichtigen Blick, als ob sie nun sicher wäre, daß Yvonne ein hoffnungsloser Fall ist.

»Sie haben in Ihrer Beziehung wohl sehr festgelegte Rollen«, fuhr Yvonne fort. »Das hat sicher gut gepaßt, als Sie sich kennenlernten, als Krankenschwester und Patient. Aber meinen Sie nicht, daß es an der Zeit wäre, das zu ändern? Bernhard hat mir erzählt, daß Ihre Mutter kränklich und Ihr Vater Alkoholiker war. Ich hatte eine psychisch kranke Mutter. Man wird sehr stark, wenn man solche Eltern hat. Man muß, oder? Aber ich glaube, manchmal ist man stärker, als einem guttut. Man sollte versuchen, ein bißchen schwächer zu sein. Das ist nicht leicht nach so vielen Jahren. Das erfordert Übung. Man muß sein Schwachsein üben. Und Bernhard muß sein Starksein üben. Vielleicht ist er jetzt an der Reihe mit dem Starksein.«

»Es gibt Menschen, die werden durch Schwierigkeiten stark. Sie und ich, wir sind solche Menschen, Nora. Und es gibt Menschen, die zerbrechen und gehen unter. Mein Bruder war so. Und Bernhard ist so. Ich weiß es, ich kenne ihn sehr gut.«

»Sie haben seit dem Mord nicht in Bernhards Nähe gelebt. Ich war in seiner Nähe. Und ich weiß, daß seine Schuldgefühle ihn quälen. Er hat schreckliche Angstzustände. Einmal mußte ich ihn in die Notaufnahme fahren, weil er nicht mehr atmen konnte. Sie haben ihm eine schwere Last auf die Schultern gelegt, Helena. Die vielleicht schwerer wiegt als eine Gefängnisstrafe. Er hat ja nicht nur die Schuldgefühle für das begangene Verbrechen. Er fühlt sich auch Ihnen gegenüber schuldig, weil Sie seine Strafe absitzen. Aber das mögen Märtyrer ja, nicht wahr? Wie sehr sie auch leiden, es gibt immer einen, der noch mehr leidet: der, der das Leiden verursacht hat.«

»Noch Kaffee?«

Yvonne schüttelte den Kopf, Helena schenkte sich ein und sagte dann ruhig und sachlich:

»Sie verstehen das nicht. Sie werden es auch nie verstehen. Bernhard und ich führen eine sehr spezielle Ehe.«

»Das kann man wohl sagen. Sie durften ihn jahrelang mit einer anderen Frau teilen«, sagte Yvonne spitz.

»Sie hat ihm nichts bedeutet.«

»So? Den Eindruck hatte ich nicht. Er schien geradezu besessen von ihr zu sein.«

»Man muß zwischen Sex und Liebe trennen.«

»Ja, das sagt Bernhard auch. Ich vermute, sie trennen sehr zwischen diesen beiden Dingen. Haben Sie überhaupt jemals miteinander geschlafen? Haben Sie deswegen keine Kinder?«

Zum ersten Mal schien Helena wirklich getroffen zu sein. Sie war kreideweiß, und Yvonne sah, wie ihre Kiefermuskeln sich anspannten.

»Entschuldigung. Das geht mich nichts an«, sagte sie rasch. »Ich war unverschämt. Entschuldigung. Aber Sie irren sich, wenn Sie glauben, daß Karina nur ›eine praktische Lösung des Problems‹ war oder wie Sie sich vorhin ausgedrückt haben. Sie hat ihm viel mehr bedeutet. Er hat sie geliebt. Nein, falsch: Er liebt sie.

Helena schaute sie überlegen und verächtlich an und sagte dann selbstsicher:

»Wie in aller Welt kommen Sie denn darauf? Bernhard liebt mich.«

»Sie tragen ein Medaillon mit einem Foto von ihm.«

Yvonne zeigte auf Helenas Brust. »Bernhard hat auch ein Foto, das er immer bei sich trägt. Aber nicht von Ihnen, Helena. Er hat ein Foto von Karina in seiner Jackentasche.«

Helenas blaue Augen wurden dunkel wie das Meer, wenn eine Wolke vorbeizieht.

»Das kann nicht sein«, sagte sie hart. »Er hat alle Fotos von Karina verbrannt. Wir haben es zusammen gemacht. Im Spülbecken. Auch die Negative.«

»Aber ein Foto hat er aufgehoben. Und damit es keinen Schaden nimmt, hat er es eingeschweißt. Kein Wunder, wenn es sein letztes ist.«

»Sie lügen«, sagte Helena gepreßt.

»Wirklich? Dann stecken Sie beim nächsten Hafturlaub mal Ihre Hand in die Tasche seines Sakkos. Linke Innentasche. Am Herzen.«

Helena schwieg. Unwillkürlich hatte sie die Hand auf die Brust gelegt und durch den Stoff der Joggingjacke nach dem Medaillon getastet. Schließlich sagte sie mit schwacher, fast unterwürfiger Stimme:

»Warum sind Sie eigentlich gekommen? Was wollen Sie?«

»Ich will, daß Sie bei Ihrem nächsten Hafturlaub mit Bernhard sprechen und ihm sagen, daß er ein Geständnis ablegen und seine Strafe antreten soll. Wenn Sie ihn bitten, dann tut er es. Das hat er selbst gesagt. Er braucht seine Strafe. Und er wird es schaffen. Aber er macht nichts, wenn Sie es ihm nicht sagen. Er funktioniert offenbar nur so.«

»Und wenn er sich weigert?«

»Dann ist er ein Schwein, und Sie sollten ihn verlassen. Sich scheiden lassen und den Hafturlaub woanders verbringen.«

Ohne zu antworten, stellte Helena die Thermoskanne auf ihren Platz über dem langen Bücherregal an der Wand. Sie warf die Pappbecher in den Papierkorb und legte die Plastikhalter in einen Korb neben der Thermoskanne. Sie schaute auf die Uhr, drehte sich zu Yvonne um und sagte beinahe freundlich:

»Ich fürchte, Ihre Besuchszeit ist gleich um.«

»Ich würde gerne noch eines wissen, bevor ich gehe. Warum haben Sie der Polizei gesagt, daß der Mord geplant war? Wäre es nicht besser gewesen, sie hätten gesagt, Sie haben die beiden im Sommerhäuschen überrascht und die Frau im Affekt getötet? Daß Sie so geschockt waren, daß Sie Ihre Gefühle nicht unter Kontrolle hatten? Dann wäre es Totschlag gewesen und Sie hätten eine geringere Strafe bekommen.«

»Ich weiß es nicht«, sagte Helena nachdenklich. »Ich hatte ja nicht lange Zeit, mir etwas auszudenken. Aber ich wollte nicht, daß Bernhard etwas damit zu tun hat, er sollte nicht unter Verdacht stehen. Ich wollte die einzige Verdächtige sein. Lügen ist schwierig. Man hat die besten Chancen, wenn man so nah wie möglich bei der Wahrheit bleibt. Im Auto habe ich versucht, zu überlegen, wie ich es gemacht hätte, wenn ich die Frau ermordet hätte. Und ich hätte niemals die Kontrolle verloren und jemanden im Affekt getötet. Da bin ich sicher. Wenn ich Bernhards Geliebte getötet hätte, dann genau so, wie ich es der Polizei erzählt habe: ich hätte ein paar Wochen gewartet, mich mit ihr an einem einsamen Ort verabredet, sie zum Essen eingeladen, damit sie keinen Verdacht schöpft. So hätte ich es gemacht, so wäre es für mich psychologisch richtig gewesen. Und dann kann man auch leichter lügen. Wenn ich gewußt hätte, daß ich deswegen eine erheblich längere Strafe bekomme, hätte ich mir vielleicht etwas anderes ausgedacht. Aber ich hatte, wie gesagt, nur sehr wenig Zeit zum Nachdenken, und mir war nur wichtig, daß man mir glaubt.«

Sie hörten Schritte und das Rasseln von Schlüsseln im Flur.

»Werden Sie tun, was ich gesagt habe?« fragte Yvonne.

»Ich werde darüber nachdenken.«

Plötzlich machte Helena einen Schritt auf Yvonne zu und sagte mit einer Stimme, die vor zurückgehaltener Intensität bebte:

»Sie sehen nicht aus wie eine Putzfrau. Wer sind Sie eigentlich?«

Yvonne dachte einen Moment nach und sagte dann:

»Bernhard nannte mich seinen Schutzengel. Sagen wir, ich bin eine Art Observateurin. Oder war. Wenn ich hier wegfahre, ist mein Auftrag beendet. Jetzt hängt alles an Ihnen, Helena.«

IV

Mondschein überm Vorort

Eine leichte Brise wehte vom Ägäischen Meer her. Sie ließ die runden Volants des Sonnenschirms flattern und kühlte Yvonnes heiße, sonnengebräunte Haut. Sie lag auf dem Rücken auf einer gemieteten Sonnenliege und schaute Simon beim Schnorcheln zu, man sah nur das Schnorchelrohr und den badebehosten Po, der langsam im türkisblauen Wasser seine Kreise zog. Er fotografierte Fische mit seiner Unterwasserkamera, die Jörgen ihm gekauft hatte. Hin und wieder tauchte er auf und rief ihr zu, was er unter Wasser gesehen hatte.

Jörgen kam von dem kleinen englischen Strandpub zurück, er hatte zwei Bierkrüge in der Hand und setzte sich neben sie auf die Liege. Er reichte ihr den beschlagenen Glaskrug, die Tropfen liefen am Glas hinunter.

»Ein kaltes Bier an einem heißen Strand, was gibt es Besseres?« sagte er.

Sie hatten die Charterreise schon im Januar gebucht, als die Sommerkataloge herauskamen und sie noch eine Familie waren, die eine gemeinsame Ferienreise plante. Seitdem hatten Yvonne und Jörgen immer mehr ihr eigenes Leben gelebt, aber Simon hatte sich auf die Reise gefreut, und sie hatten sie nicht abgesagt.

Schon am ersten Tag, hier am Strand auf den Sonnenliegen vor dem englischen Pub hatten sie angefangen, miteinander zu reden. Jörgen hatte erzählt, daß er vom Herbst an in der Hauptniederlassung seiner Firma in London arbeiten würde. Sie hatten ein bißchen über seine Arbeit gesprochen, er machte gerade einen ordentlichen Karrieresprung, Yvonne hatte gefragt, ob es nicht schwer sei, in London eine Wohnung zu finden. Er hatte geantwortet, er würde bei einer schwedischen Frau wohnen, die auch in der Hauptniederlassung arbeitete. Yvonne hatte nicht weitergefragt, aber sie ahnte, daß diese Frau ein Grund für seinen Umzug war.

Sie hatten sich geeinigt, daß Simon jedes dritte Wochenende zu ihm kommen würde und daß er bestimmt alleine fliegen konnte, wenn eine Stewardeß ihn begleitete. Jörgen würde nur einige Kleider und ein paar Kleinigkeiten mitnehmen. Alle Möbel und großen Sachen konnte Yvonne behalten; das gab es alles bei Sofie, der Frau, bei der er wohnen würde.

Sie redeten sachlich und freundschaftlich miteinander. Das Wort Scheidung fiel erst ganz zum Schluß, als Jörgen meinte, es wäre gut, den Papierkram beizeiten anzugehen, damit alles erledigt sei, wenn er fuhr.

Und dann hatten sie wunderbare Ferien zusammen verbracht. An einem Tag hatten sie Fahrräder geliehen und waren an die Südküste der Insel gefahren und hatten am Felsstrand gebadet. An einem anderen Tag waren sie auf Eseln in die Berge geritten, auf schmalen Pfaden hoch hinauf, wo die Luft nach Thymian und Zitronenmelisse duftete. Sie hatten in einem Olivenhain mit Brot, Käse und Wein gepicknickt, waren abends spät in einem kleinen Restaurant essen gegangen und dann durch schmale Gassen im weichen Mittelmeerdunkel nach Hause geschlendert.

Jörgen war richtig gut gelaunt gewesen. Er war so entspannt und befreit wie seit Jahren nicht mehr. Er war zu Scherzen aufgelegt und großzügig, und wenn es Probleme gab – z.B. als Simon einen Umweg über spitze Steine gefahren war und auf dem Heimweg einen Platten hatte –, da war er geduldig und hilfsbereit und hatte das Mißgeschick belächelt.

Wie glücklich wir zusammen sind, jetzt wo wir zugeben, daß wir einander nicht mehr lieben, dachte Yvonne.

Simon kam aus dem Wasser und setzte sich ans Fußende von Yvonnes Sonnenliege.

»Bekomme ich nichts zu trinken?«

Jörgen gab ihm einen Geldschein, und er lief zum Pub, um sich etwas zu trinken zu kaufen.

»Sollen wir es ihm erzählen?« sagte Jörgen.

Yvonne nickte.

Als Simon mit einer Pepsi-Cola zurückkam, erzählte Jörgen ihm, daß er eine Zeitlang in London wohnen werde. Deshalb könnten sie sich nicht mehr so oft sehen wie bisher. Der letzte Satz schien Simon zu erstaunen. Er hörte auf zu trinken und schaute seinen Vater fragend an, denn Jörgen war nur selten zu Hause, wenn er wach war, und in den letzten Monaten hatte er seinen Vater fast überhaupt nicht gesehen. Als Simon hörte, daß er jedes dritte Wochenende nach London reisen und alleine fliegen würde, freute er sich sehr und machte gleich Pläne, was er alles machen und kaufen könnte.

Ja, es waren merkwürdigerweise richtig schöne Ferien. Die zwei Wochen in Griechenland und dann der lange schwedische Sommer – es war in diesem Jahr ungewöhnlich sonnig und schön – genügten, damit Yvonne sich richtig erholen konnte. Sie räumte ihren Balkon auf, den sie seit Jahren nicht benutzt hatte, kaufte neue Gartenmöbel aus Teak und einen viereckigen Sonnenschirm aus naturweißer Baumwolle und Bambus, und dann saß sie im Schatten und las oder hörte Radio.

Als sie Ende August wieder ins Büro von »Deine Zeit« kam, hatte sie das Gefühl, das etwas Altes abgeschlossen war und sie im Begriff stand, in eine neue Lebensphase einzutreten.

Die Zeit, in der sie Nora Brick gewesen war, Bernhard Ekbergs Putzfrau, schien ihr sehr weit weg, ja fast schien es, als wäre es nie gewesen. War es wirklich möglich, daß sie,

Yvonne Gärstrand, erfolgreiche Arbeitsberaterin mit Zeitmanagement als Spezialgebiet, begehrte Seminarleiterin und Ausbilderin, das Haus eines fremden Mannes geputzt hatte, in Hosen aus Baumwolljersey und einem ausgeleierten Pulli? War es möglich, daß sie ihren schlanken, sorgfältig gepflegten Körper diesem Mann überlassen hatte? Und war sie wirklich viele Kilometer gefahren, um dessen Frau im Gefängnis zu besuchen?

Ich muß in einer sehr verwirrten Phase meines Lebens gewesen sein, dachte Yvonne. Vielleicht so eine Art Midlife-Krise. Überdruß im Berufsleben, die triste Ehe – ich hatte eine Leere in mir. Ein Vakuumzustand – das war das Wort –, in dem fremde Gegenstände sich an einem festsaugen können, wie ein Glas, das man sich über den Mund stülpt. Hatte sie nicht einmal einen Vortrag darüber gehört? Oder hatte sie selbst einen gehalten?

Na, wie auch immer, es war jetzt vorbei. Sie saß in ihrem sparsam möblierten Büro, in einem einfachen, aber eleganten Leinenkostüm und war wieder die normale, ausgeglichene, effektive Yvonne. Und mit dem Gefühl, das man hat, wenn man aus einem Alptraum aufwacht und sich in seinem sicheren Schlafzimmer wiederfindet, rief sie aus: »Mein Gott, wie wunderbar!«

In diesem Moment klopfte es an der Tür. Eine der jungen Frauen, die die Schreibtische aufräumen, schaute herein.

»Du hast Besuch«, sagte sie.

Yvonne runzelte die Stirn und warf einen Blick auf ihren Kalender. Hatte sie einen Termin? War sie in den Ferien vergeßlich geworden?

Eine Frau um die fünfzig, mit kurzen eisgrauen Haaren und einem wettergegerbten Gesicht trat ein. Ohne auf Yvonnes Aufforderung zu warten, setzte sie sich in den Besuchersessel.

»Guten Tag«, sagte Yvonne verwirrt und versuchte, die Frau irgendwo unterzubringen.

»Yvonne Gärstrand?« fragte die Frau. Sie hatte eine dunkle, heisere Stimme, vermutlich vom jahrelangen Rauchen.

Yvonne nickte.

Die Frau stellte sich mit einem Namen vor, den Yvonne sofort wieder vergaß, weil sie im nächsten Moment hinzufügte:

»Kriminalpolizei.«

Yvonne antwortete mit der ängstlichen Standardfrage, die die Frau sicher schon tausendmal bei solchen Gelegenheiten gehört hatte.

»Ist etwas passiert?«

»Ich ermittle in einem Fall«, sagte die Frau. »Sie können mir möglicherweise helfen.«

»Gerne. Wenn ich kann«, antwortete Yvonne entgegenkommend.

»Wir würden gerne in Kontakt kommen mit einer Frau namens Nora Brick. Kennen Sie sie?«

Der Name kam zwischen den trockenen, blutlosen Lippen der Frau herausgezischt, blitzschnell und unerwartet, wie ein Schlangenbiß.

»Wieso?« fragte Yvonne dumm. »Ich meine, wie heißt sie?«

Die Polizistin wiederholte den Namen.

»Nein, ich kenne niemanden mit diesem Namen«, sagte Yvonne.

»Wir haben einen Verdächtigen. Nora Brick hat als Putzfrau bei ihm gearbeitet. Sie könnte eine wichtige Zeugin sein, und wir würden gerne mit ihr in Kontakt kommen.«

Die Polizei hatte also neue Ermittlungen aufgenommen. Aber warum kamen sie zu ihr?

Als ob die Frau ihre Gedanken gelesen hätte, reichte sie Yvonne eine kleine Karte. Yvonne betrachtete sie erstaunt und verwirrt. Es war eine Visitenkarte von »Deine Zeit« mit dem Tautropfenlogo und ihrem Namen.

»Der Verdächtige hatte die Karte in seiner Brieftasche«, erklärte die Polizistin. »Er bekam sie von Nora Brick, als sie sich bei ihm bewarb. Sie gab ihm die Karte als Referenz. Sie behauptete, bei Ihnen geputzt zu haben. Haben Sie vielleicht ihre Adresse oder Telefonnummer?«

Yvonne schüttelte den Kopf.

»Tut mir leid. Ich habe nie eine Putzfrau mit diesem Namen gehabt.«

»Ich ermittle nicht in einem Steuervergehen, wenn es also eine schwarz angestellte Putzfrau war, brauchen Sie sich keine Sorgen zu machen. Das interessiert mich nicht«, sagte die Frau trocken.

»Aber ich habe nie eine Putzfrau mit diesem Namen gehabt«, wiederholte Yvonne bestimmt und gab die Karte zurück.

»Sie hat sich vielleicht anders genannt. Nora Brick ist vermutlich nicht ihr richtiger Name.«

»Ach ja?«

»Sie hat ihren Mantel bei dem Verdächtigen vergessen. Im Kragen war ein maschinengesticktes Schild mit dem Namen Nora Brick. Vermutlich der Herstellername. Der könnte sie zu ihrem erfundenen Namen inspiriert haben.«

»Aber warum sollte sie einen falschen Namen angeben?«

»Das wissen wir nicht. Sie hatte vielleicht keine Arbeitserlaubnis. War vielleicht illegal im Land.«

»Sie war also keine Schwedin«, entschied Yvonne.

»Sie hatte braune Augen und dunkle Haare. Aber das können Schweden ja auch haben. Wie Sie zum Beispiel.«

Yvonne erschrak.

»Und sie sprach fehlerfrei Schwedisch«, fuhr die Polizistin fort. »Kommt Ihnen das bekannt vor?«

Yvonne schüttelte heftig den Kopf.

»Ich habe noch nie eine Nora Brick als Putzfrau gehabt. Ich habe überhaupt noch nie eine Putzfrau gehabt. Ich ziehe es vor, meinen Dreck selbst wegzuputzen. Und das sollten alle tun, finde ich«, sagte sie in etwas schärferem Ton als beabsichtigt.

Jetzt lächelte die Frau zum ersten Mal – zumindest vermutete Yvonne, daß das kleine Zucken im Mundwinkel ein Lächeln war.

»Ganz meine Meinung«, sagte die Frau kurz.

»Es tut mir leid, daß ich Ihnen nicht helfen kann und sie umsonst hergekommen sind.«

Sie hatte endlich ihre normale, selbstsichere Yvonne-Stimme wiedergefunden, und aus Erleichterung darüber lächelte sie ihr normales, selbstsicheres Yvonne-Lächeln. Sie war wieder auf sicherem Boden und wußte, daß die Polizistin sich im nächsten Moment erheben würde, ihr die Hand reichen und sich entschuldigen würde, daß sie ihre Zeit in Anspruch genommen habe. Daraufhin würde Yvonne ihr Glück bei den Ermittlungen wünschen und sie nicht nur bis zu ihrer Bürotür begleiten, sondern bis zur Eingangstür. In Gedanken war sie schon dort, an der schönen Flügeltür der alten Patrizierwohnung, in der das Büro von »Deine Zeit« untergebracht war, und sie war deshalb ein wenig desorientiert, als die Frau einfach sitzen blieb und mit ihrer heiseren, unberührten Stimme sagte:

»Ich fahre nie umsonst irgendwohin. Wir haben Nora Bricks Mantel bei uns. Wenn Sie ihn sehen, können Sie sich vielleicht an die Frau erinnern, die ihn getragen hat. Auch wenn sie nicht als Putzfrau bei Ihnen gearbeitet hat, so hat sie doch Ihre Visitenkarte bekommen. Sie müssen sie also irgendwo getroffen haben.«

»Tausende von Menschen haben meine Visitenkarte. Ich verteile sie zusammen mit dem Informationsmaterial bei meinen Fortbildungsveranstaltungen, ich lege sie meinen Werbesendungen bei, und die Leute geben sie weiter an Freunde und Bekannte. In meiner Branche muß man sich zeigen. Ich muß diese Frau also keineswegs getroffen haben.«

»Es wäre dennoch gut, wenn sie die Möglichkeit hätten, ins Polizeipräsidium zu kommen und den Mantel anzuschauen.«

»Ich habe heute sehr viel zu tun«, sagte Yvonne mit bekümmertem Gesicht.

»Es wird nicht lange dauern. Sie werden hin- und zurückgefahren. In einer Stunde sind Sie wieder hier. Ich würde es wirklich zu schätzen wissen, wenn Sie mitkommen würden.«

Wirklich zu schätzen wissen. Hoppla, dachte Yvonne, die wußte, was ein Befehl war, wenn sie einen hörte. Mit einem entgegenkommenden Lächeln stand sie auf und sagte:

»Selbstverständlich komme ich mit. Ich werde nur rasch meinen Mitarbeiterinnen Bescheid sagen.«

Irgendwie war sie auch ein bißchen neugierig. Helena hatte also mit Bernhard gesprochen und ihn dazu gebracht, ein Geständnis abzulegen. Vielleicht würde die Polizistin ihr etwas erzählen, aber sie durfte nicht allzu interessiert und neugierig auftreten.

Im Polizeipräsidium brachte die Polizistin sie in ihr Dienstzimmer. Sie bat Yvonne, einen Moment zu warten, verließ das Zimmer und kam kurz darauf mit dem in eine Plastikfolie gehüllten Mantel zurück. Sie entfernte die Hülle und hielt den Mantel, ohne etwas zu sagen, am Kleiderbügel hoch.

Yvonne war selbst erstaunt über ihre Reaktion. Es war schließlich nur ein Mantel. Aber wie er so auf dem Bügel hing, leicht schaukelnd, nachdem die Frau die Plastikhülle hochgezogen hatte, die Ärmel an den Ellbogen etwas gebeugt und das Vorderteil über der Brust ein kleines bißchen ausgebeult, hatte Yvonne einen Moment lang das Gefühl, daß sie einen Menschen sah und nicht ein leeres Kleidungsstück. Sie hatte den Eindruck, daß der Körper einen deutlichen Abdruck im Mantel hinterlassen hatte, fast so deutlich wie ein Gipsabdruck.

Ihr wurde bewußt, daß die Polizistin ihr Gesicht beobachtete.

»Kennen Sie diesen Mantel?«

»Nein«, sagte Yvonne mit Nachdruck.

So mußte ein Schmetterling sich fühlen, wenn er sich umdreht und seine leere Puppe sieht, dachte sie. War dieses graue, zerknitterte Ding wirklich ich?

Die Frau zog die Plastikhülle wieder über den Mantel und legte ihn über einen Stuhl.

»Na also. Vielen Dank für Ihre Hilfe. Es hat doch nicht lange gedauert, oder? Ich werde jemanden bitten, Sie zurückzufahren.«

»Ja, es ging schnell. In was für einem Verbrechen ermitteln Sie eigentlich?« fragte Yvonne leichthin, als sie zusammen durch den Korridor gingen.

»Einem Mord.«

Yvonne zögerte. Sie wollte es wissen.

»Der Mörder ... ich meine der Verdächtige ... hat er sich selbst gestellt und gestanden?«

»Nein.«

»Hat ihn jemand angezeigt?«

»Nein.«

»Aber woher wissen Sie denn, daß Sie die richtige Person haben?«

Sie versuchte so zu klingen, als sei sie ganz normal neugierig, aber sie hörte selbst, wie schrill ihre Stimme klang.

»Er hat gestanden«, sagte die Polizistin ruhig. »Die Indizien gegen ihn sind stark. Und seit er gestanden hat, ist er sehr gesprächig und hilfsbereit.«

»Die Indizien«, wiederholte Yvonne verwirrt. »Meinen Sie Haare und DNA und so Sachen? Aber ist das nicht sehr schwer, bei einem so lange zurückliegenden Mord?«

»Lange zurückliegend?« Die Polizistin schaute sie erstaunt an. »Was meinen Sie damit? Der Mord wurde vor drei Tagen begangen.«

28

Den Rest des Tages hatte sie in einer Art Nebel verbracht. Zerstreut und abwesend hatte sie in einer Besprechung mit Cilla und zwei Kunden gesessen, und während des Arbeitsessens mit dem Direktor eines großen Weiterbildungsunternehmens hatte sie hauptsächlich gekaut und geschwiegen und ihn die Konversation führen lassen. Nach drei hatte sie keine Termine mehr und ging deshalb nach Hause, ehe sie noch mehr Schaden für die Firma anrichtete.

Als die Regionalnachrichten kamen, machte sie den Fernseher an. Es war gleich die erste Nachricht. Die Kamera machte einen Schwenk über den Vorort. Beim Anblick der wohlbekannten Fassaden, in lauschiges Grün gebettet, spürte sie ein merkwürdiges Ziehen in der Magengrube, wie wenn man zuviel von einer Delikatesse gegessen hat.

Die Stimme der Sprecherin: »Hier in diesem idyllischen Vorort ...« Und kurz darauf: das Haus! Orchideenweg 9, mit den hohen, schmalen Giebeln und dem Efeu, dem tiefgezogenen, gleichsam beschützenden Satteldach. Die Eingangstreppe, die sie so oft gefegt (und sogar gescheuert hat, weil Bernhard das Moos entfernt haben wollte). Das Gartentor, das sie oft geöffnet und geschlossen hatte. Der verwahrloste Garten, den man nur ahnen konnte. Und drum herum: das blauweiße Absperrungsband, wie eine Schleife um ein riesiges Geschenk.

Die Nachrichtensprecherin berichtete, was geschehen war:

Die Bewohnerin – die eine Gefängnisstrafe verbüßte – hatte übers Wochenende den Hafturlaub zu Hause verbracht. Als sie am Sonntag abend nicht wieder ins Gefängnis zurückkehrte, wurde sie zur Fahndung ausgeschrieben.

Die Polizei suchte den Ehemann auf, und der sagte aus, er habe sie am Sonntag vormittag zur Bahn gefahren. Spuren im Haus machten die Polizei jedoch mißtrauisch, und der Leichnam der Frau, der zahlreiche Stichwunden aufwies, wurde später unter dem Kies eines sogenannten japanischen Steingartens gefunden. Der Mann wurde verhaftet und hat die Tat gestanden.

»Schrecklich«, sagte Vivianne vor ihrem lila Haus, während Hasse versuchte, den kläffenden Zwergspaniel zum Schweigen zu bringen. Sie beugte sich zum Fernsehreporter vor, hob die Augenbrauen und sagte mit geschlossenen, bebenden Lidern, als wolle sie die fremde, blutige Szene ausblenden: »Hier!«

Als Yvonne Simon gute Nacht gesagt hatte, sagte sie ihm, daß sie noch einmal weggehen würde und er sich keine Sorgen machen solle, wenn er nachts aufwachte und niemand da wäre. Es kam öfter vor, daß sie noch spät bei Veranstaltungen war. Simon war daran gewöhnt und wußte, daß er sie auf dem Handy erreichen konnte.

Als es nach zwölf war und sie annehmen konnte, daß die meisten Menschen schon schlafen gegangen waren, fuhr sie in den Vorort. Sie parkte an der Stelle, wo sie immer parkte, und ging zum Orchideenweg hinauf. Sie ging an Nummer 9 vorbei, ohne stehenzubleiben oder das Haus auch nur anzuschauen. Zwanzig Meter weiter, wo die Straße in einer Wendeschleife endete, ging sie in den Wald.

Sie hatte schon beim Herfahren bemerkt, daß Vollmond war, aber erst zwischen den Bäumen, wo er keine Konkurrenz von Straßenlaternen bekam, konnte sie auf einmal das starke, weiße, immer irgendwie fremde Licht sehen, das so wenig zu der Welt der Menschen zu passen schien.

Sie ging parallel zur abgesperrten Grundstücksgrenze ein Stück in den Wald hinein. Dabei behielt sie das Haus und den Garten im Auge, um eventuelle Wachen nicht zu übersehen. Aber niemand bewachte das Haus. Das Windspiel gab einzelne, unregelmäßige Töne von sich, sie schwebten kurz im Mondschein und lösten sich dann in Stille auf.

Als sie auf der Höhe des Steingartens war, blieb sie stehen. In einer Öffnung, die von dem kleinen Felsen und Laubbäumen begrenzt wurde, sah sie den künstlichen Teich. Die Polizei mußte die aufgegrabene Stelle wiederhergestellt haben, denn die oberste Kiesschicht war so glatt wie immer, vielleicht noch glatter. Aber irgendwie auch dunkler. Im Schein des Mondlichts sah sie wirklich wie eine Wasseroberfläche aus.

Das Licht schien silbrige Reflexe zu werfen. Der Wind legte sich und – wie merkwürdig! – in der Oberfläche des Teichs sah sie das bebende, aber völlig deutliche Spiegelbild der zierlichen Bambusblätter, der Miscantusquasten und dazwischen: ein Stück des Hauses mit dem bleiverglasten Schlafzimmerfenster. Aber wie konnte das sein? Wie konnte sich in einer Kiesfläche etwas spiegeln?

Sie sah sich auf dem Boden um, fand einen kleinen Stein und warf ihn in den Teich. Plopp! machte es. Die Spritzer glitzerten im Mondschein, und Wasserringe liefen übers Wasser.

Sie hatte das magische Wort gefunden, das Stein in Wasser verwandelte. Sie mußte es ausgesprochen haben, ohne es zu kennen. Hatte sie nicht genau das vermutet? Daß das Wort so alltäglich war, daß man es nicht merkte?

Vielleicht war das Wort, das das Wasser zu Stein verwandelt hatte, genauso einfach und alltäglich, und vielleicht hatte auch dieses Wort jemand ausgesprochen, ohne es zu merken?

Als sie aus dem Wald trat und die Zweige ihr nicht mehr die Sicht versperrten, sah sie, daß um den Teich herum Berge von Erde und Kies aufgeschüttet waren. Sie erinnerte sich, daß Bernhard erzählt hatte, daß früher hier eine Wasseransammlung gewesen war und sie Gräben ziehen und das Loch hatten zuschütten lassen. Vermutlich war an dieser Stelle eine unterirdische Quelle, und als die Polizei hier aufgegraben hatte, war das Wasser in die Grube gedrungen.

Sie hob das Absperrungsband an, kroch darunter durch und setzte sich auf die Bank.

Sie war hergekommen, um ein letztes Mal den Steingarten zu sehen. Diesen merkwürdigen Ort, der sie immer an ein Grab erinnert hatte.

Jetzt war alles verändert. Der Wasserteich war viel kleiner als der Steinteich, eine Grube, ein Loch. Die aufgeschütteten Erd- und Kieshügel waren grotesk und häßlich und bedeckten die schmalen, aufrecht stehenden Steine, die aus dem Kiesteich geragt hatten.

Yvonne versuchte sich vorzustellen, was passiert war. Helena hatte Bernhard gebeten, zur Polizei zu gehen und sich zu stellen. Und er hatte sich geweigert.

»Und wenn er sich weigert?« hatte Helena bei ihrem Gespräch im Gefängnis zu Yvonne gesagt. Und Yvonne hatte geantwortet. »Dann ist er ein Schwein, und Sie sollten ihn verlassen.«

Mein Gott! Die Erinnerung ließ sie erstarren. Wie hatte sie nur so einen Rat geben können? Sie wußte doch, daß Bernhard nichts mehr fürchtete, als verlassen zu werden. Sie hatte es doch selbst erlebt, seine Angst, seine furchtsam geweiteten Pupillen, der harte Griff um ihre Arme – und sie war um ihr Leben gerannt. Wie hatte sie Helena nur vorschlagen können, etwas so Wahnsinniges zu sagen?

Yvonne schlug mit der Handfläche auf die Holzbank, sie war wütend und verzweifelt über sich selbst. Wie habe ich nur das Wort »verlassen« aussprechen können, dachte sie. Ich wußte es doch besser!

Aber, dachte sie, und die Einsicht kam so plötzlich, daß ihre Hand mitten im Schlag innehielt und in der Luft blieb.

Helena wußte es doch auch! Sie kannte Bernhard schließlich viel besser als Yvonne. Sie muß doch genau gewußt haben, wie er reagieren würde. War das der Gipfel ihrer Selbstauslöschung? Das Juwel in der Märtyrerkrone? Vielleicht hatten gar nicht irgendwelche unbedacht hingeworfenen Worte Bernhards Tat ausgelöst, sondern ein wohleinstudiertes Stichwort in Helenas glanzvoller, letzter Opferrolle.

Wie gut muß ihr das gepaßt haben, daß jemand anders sie aufforderte, Bernhard zu verlassen. Auf den Opferaltar geschubst zu werden.

Es raschelte im Wald. Yvonne drehte sich um. Unter den Bäumen bewegte sich jemand. Im nächsten Moment sah sie ihn hinter dem Felsen hervorschauen und dann in den Mondschein treten: ein Waldwesen mit langen, schlanken Gliedern, geschmeidigen Bewegungen und krausen, wild wachsenden Haaren. Der Gartenmann, Magnus. Mit einem weichen Sprung war er über dem Absperrungsband und setzte sich neben sie auf die Bank.

»Hallo. Lange nicht gesehen«, sagte er. »Ich habe gedacht, du hast hier gekündigt?«

»Das habe ich auch«, sagte Yvonne. »Ich bin nur zufällig hier.«

»Hat sich verändert. Neue Grenzen und Hindernisse, die es zu überwinden gilt.« Er nickte in Richtung des blauweißen Plastikbands. »Offensichtlich ist hier so einiges passiert. War vielleicht gut, daß du aufgehört hast.«

Sie fragte sich, was er wußte. Er hatte bei ihrer Gartenwanderung gesagt, daß er keinen Fernseher hatte, aber er konnte die Neuigkeit ja aus dem Radio oder dem Internet wissen.

»Du bist also noch unterwegs?« sagte sie, um das Thema zu wechseln.

»Ja, aber ich habe im Moment nicht viel Zeit. Ich habe

auch gekündigt. Ich habe jetzt einen neuen Job, in einer Gärtnerei. Gefällt mir prima, aber ich bin abends total fertig. Manchmal mache ich eine Runde. Die Lust ist noch da. Darf ich mal dein Handy haben?«

»Ja«, sagte sie verwirrt und holte es aus der Jackentasche.

Er drückte darauf herum und gab es ihr dann wieder zurück, ohne es auch nur ans Ohr gehalten zu haben.

»Was hast du gemacht?« fragte sie erstaunt.

»Ich habe meine Telefonnummer gespeichert, falls du mal wieder mitkommen willst. Du brauchst nur anzurufen, dann machen wir einen Termin aus. Es hat dir doch Spaß gemacht?«

Sie lächelte über seine Begeisterung.

»Ja, es hat wirklich Spaß gemacht. Aber ich glaube eher nicht. Ich habe genug Leute beobachtet. Ich melde mich vielleicht, wenn ich Pflanzen aus der Gärtnerei brauche. Ich habe meinen Balkon aufgeräumt. Aber vielleicht ist es zu spät im Jahr.«

»Überhaupt nicht. Wir haben jede Menge geeignete Pflanzen. Manche Sommerblumen und Geranien kann man noch lange kaufen. Und dann gibt es Astern in allen Farben. Ruf mich an, dann stelle ich dir einen tollen Balkon zusammen. Ich mache dir einen guten Preis. Aber jetzt muß ich weiter.«

Er stand auf und lief gebückt durch das hohe Gras auf die Tannenhecke zu. Yvonne drehte sich um und sah, wie er auf allen vieren an die Stelle kroch, wo das Loch in der Hecke war. Eine Wolke zog über den Mond, die Tannenhecke wurde von der Dunkelheit aufgesaugt, und als das Mondlicht wieder schien, war er verschwunden.

Der Mond scheint über dem Vorort.

Der Phlox blüht weiß und rosa an den Hauswänden des Nachrichtenmannes, und im Garten nebenan sind die großen, blauen Pflaumen reif.

Im lila Haus scheint sanftes Licht hinter den Schlafzimmervorhängen. Vielleicht liegen Vivianne und Hasse wach unter der lachsrosa Seidendecke, schaudern über den Mord im Orchideenweg und schätzen sich glücklich, daß es in ihrer Ehe keinen solchen besinnungslosen Haß gibt.

Die Glückliche Familie hat ein Gartenfest gefeiert und die Tische nicht abgedeckt. Vielleicht wurden die Eltern von Lust aufeinander überrascht, nachdem die letzten Gäste gegangen waren, und hatten es eilig ins Bett.

Die Papierservietten liegen im Gras und flattern gespenstisch im Mondlicht, eine Katze ist auf einen Tisch gesprungen und freut sich über die Essensreste.

In einem Garten hängt Wäsche auf einer Leine zwischen zwei Apfelbäumen: eine lange Reihe von roten Fußballtrikots.

An der Anschlagtafel lädt der Siedlerverein zur Versammlung ein. Der Vorsitzende hat einen iranischen Namen.

Aber all das sieht Yvonne nicht.

Sie geht schnell an den Häusern vorbei, die Augen geradeaus gerichtet. Sie setzt sich in ihr Auto, startet und fährt los.

Isabel Allende

Porträt in Sepia

Roman
Aus dem Spanischen von Lieselotte Kolanoske
suhrkamp taschenbuch 3487
512 Seiten

»›Das Licht ist die Sprache der Fotografie, die Seele der Welt. Es gibt kein Licht ohne Schatten, wie es kein Glück ohne Schmerz gibt‹, sagte Don Juan Ribero vor siebzehn Jahren zu mir an diesem ersten Tag in seinem Atelier. Ich habe es nicht vergessen. Aber ich darf nicht vorgreifen. Ich habe mir vorgenommen, diese Geschichte Schritt für Schritt, Wort für Wort zu erzählen, wie es sein muß.«
In *Porträt in Sepia* erzählt die chilenische Erfolgsautorin die Geschichte einer jungen Frau, die entschlossen ist, das Geheimnis ihrer frühen Vergangenheit zu lösen, an die sie sich nicht erinnern kann, und einen Alptraum aufzuhellen, der sie nicht in Ruhe läßt.

»Bildmächtig und leidenschaftlich entwickelt die passionierte Erzählerin eine mitreißende Saga. Sie schließt zeitlich die Lücke zwischen *Fortunas Tochter* und dem großen Bestseller *Das Geisterhaus*.« *Focus*

Lily Brett

Ein unmögliches Angebot

Roman
Aus dem Amerikanischen von Brigitte Heinrich
und Melanie Walz
suhrkamp taschenbuch 3955
325 Seiten

In der jüdischen Gemeinde in Melbourne bleibt nichts verborgen. Jeder kennt jeden, jeder wird beobachtet, alles wird kommentiert. Und eines verbindet sie alle: Ihre Eltern haben den Holocaust überlebt. Und sie leiden am »Trauma der zweiten Generation«. Sie essen zuviel oder zuwenig, sind traurig ohne Grund, haben Angst, allein auf die Straße zu gehen. Und sind gierig nach dem Leben. Sex spielt eine große Rolle. Ruthie Brot macht sich Sorgen um ihren Vater Moishe, der seiner verstorbenen Frau nachtrauert. Doch dann taucht plötzlich ein »chinesisches Mädchen« auf, und Moishe überrascht seine Tochter mit neuem Lebenswillen. Ruthie, von ihrem Ehemann Eddie vernachlässigt, beginnt eine Affäre mit Abe Lipshitz, dem Liebhaber ihrer Freundin. Auch Harry, der Ehemann von Eddies Schwester Susan, hat eine Affäre. Er ist in Diane verliebt, bis er plötzlich feststellt, daß es Susan und nicht Diane ist, die es ihm ermöglicht, mit seiner Vergangenheit zu leben.

Lily Brett beschreibt mit ihrem australischen Liebesreigen ein Drama, »wie es der Beziehungs-Spezialist Woody Allen hätte nicht besser verfilmen können«.
Südkurier

Louise Erdrich

Der Club der singenden Metzger

Roman
Aus dem Amerikanischen von Renate Orth-Guttmann
suhrkamp taschenbuch 3956
503 Seiten

Als der junge Metzgermeister Fidelis Waldvogel aus dem Ersten Weltkrieg heimkehrt, heiratet er Eva, die schwangere Verlobte seines gefallenen Freundes. Die kleine Familie wandert Anfang der zwanziger Jahre nach Amerika aus, um dort ihr Glück zu suchen. In North Dakota gründet Fidelis nicht nur ein Geschäft, sondern auch einen Gesangverein. Eva sorgt mit Geschick und Energie dafür, daß die Metzgerei Waldvogel der immer größer werdenden Familie ein sicheres Auskommen schafft. Eines Tages lernt sie die Artistin Delphine kennen und findet in ihr eine Seelenverwandte. Zwischen den beiden entwickelt sich eine wunderbare Freundschaft – bis Eva schwer erkrankt.

»Eine fast im Flüsterton erzählte Geschichte voller kleiner und großer Gefühle. Was folgt, wird Sie süchtig machen ... ein Meisterwerk.« *Cosmopolitan*

»Liebes- und Lebensgeschichte voll eigenwilliger Figuren, poetisch und fesselnd.« *Elle*

»Meisterlich erzählt.« *New York Times*

Fattaneh Haj Seyed Javadi

Der Morgen der Trunkenheit

Roman
Aus dem Persischen von Susanne Baghestani
suhrkamp taschenbuch 3958
415 Seiten

Teheran Anfang der dreißiger Jahre. Nachdem die selbstbewußte Mahbube mit ihren fünfzehn Jahren den Sohn einer Prinzessin abgelehnt hat, weist sie auch ihren Cousin zurück, der in sie verliebt ist. Warum? Das Mädchen hat sich in einen jungen Schreiner verguckt, und sie besteht auf ihrer Wahl. Wider Willen ringt der Vater sich dazu durch, ihr nachzugeben. Die Tochter erhält zur Hochzeit ein Häuschen und monatlich Kostgeld, aber das Elternhaus darf sie nicht mehr betreten. Die persische Autorin zeigt, daß Mahbubes Leidenschaft den Bedingungen dieser Ehe nicht gewachsen ist. Die junge Frau findet sich mit Ärmlichkeit und verletzenden Umgangsformen nicht ab. Nachdem ihr Sohn im Alter von fünf Jahren ertrunken ist, hält sie nichts mehr zurück – sie flieht zurück zu den Eltern und wird die Nebenfrau ausgerechnet des abgewiesenen Cousins.

»Einen Gabriel García Márquez oder eine Isabel Allende gab es aus dem Orient noch nicht zu vermelden. Das könnte sich jetzt ändern ... Der Roman ist ein Glücksfall für die orientalische Literatur. Er ist ein Glück für seine Leser.« *Berliner Zeitung*

Gita Mehta

Die Maharani

Roman
Aus dem Englischen von Margarete Längsfeld
suhrkamp taschenbuch 3959
595 Seiten

Jaya ist fünf, als ihr Vater, der Maharadscha, sie zur Pantherjagd in den Dschungel mitnimmt – ihre erste Lektion auf dem Weg zur Herrscherin. Im Indien der Kolonialzeit, das sich mehr und mehr gegen das Empire aufbäumt, wird Jaya zur Frau. Eine Welt zwischen erster Liebe und Pflichtehe, Hyderabad und London, Tempelritualen und Polospielen eröffnet sich ihr; und als sie schließlich selbst die Herrschaft über ein dreitausend Jahre altes Fürstentum antritt, muß sie sich als Maharani beweisen.
Ein farbenprächtiges Epos, ein packender historischer Roman, der die Geschichte Indiens von der Jahrhundertwende bis zur Unabhängigkeit 1947 erzählt, das Lebensmärchen einer starken Frau.

»Jayas Geschichte ist eine Geschichte der Befreiung: die Befreiung einer Frau, deren Lebensabenteuer in der luxuriösen Zurückgezogenheit eines Palastharems beginnt und in einem Gerichtsgebäude endet, wo sie sich als politische Kandidatin für ein eben unabhängig gewordenes Indien zur Wahl stellt.« *New York Times Book Review*

»Ein ergreifendes Epos.« *Rheinischer Merkur*

Frauenwelten

Ein Lesebuch

Herausgegeben von Susanne Gretter
suhrkamp taschenbuch 3960
250 Seiten

Eine Tochter verführt den Liebhaber ihrer Mutter (Isabel Allende). Nicht jede Wortarbeiterin wird eine erfolgreiche Schriftstellerin (Anna Gavalda). Sekt oder Champagner? Für eine reiche New Yorkerin stellt sich diese Frage nicht (Dorothy Parker). Eine Frau findet sich einfach schön (Silvina Ocampo), auch ohne den neuen Pullover aus Kaschmir (Doris Dörrie). Eine Stiefmutter macht einem persischen Mädchen das Leben schwer (Fattaneh Haj Seyed Javadi). Eine ruinierte Strickjacke läßt den lang gehegten Haß zwischen zwei Schwestern wiederaufleben (Patricia Highsmith). Eine Frau im besten Alter kann schnell mit Chers Mutter verwechselt werden (Lily Brett). Autorinnen aus allen Ländern zeigen uns Facetten eines Frauenlebens und laden ein zu einer abenteuerlichen und spannenden Reise durch die Welt der Frauen.